戲非戲1

步步生蓮

卷五

奪此千竿一池碧

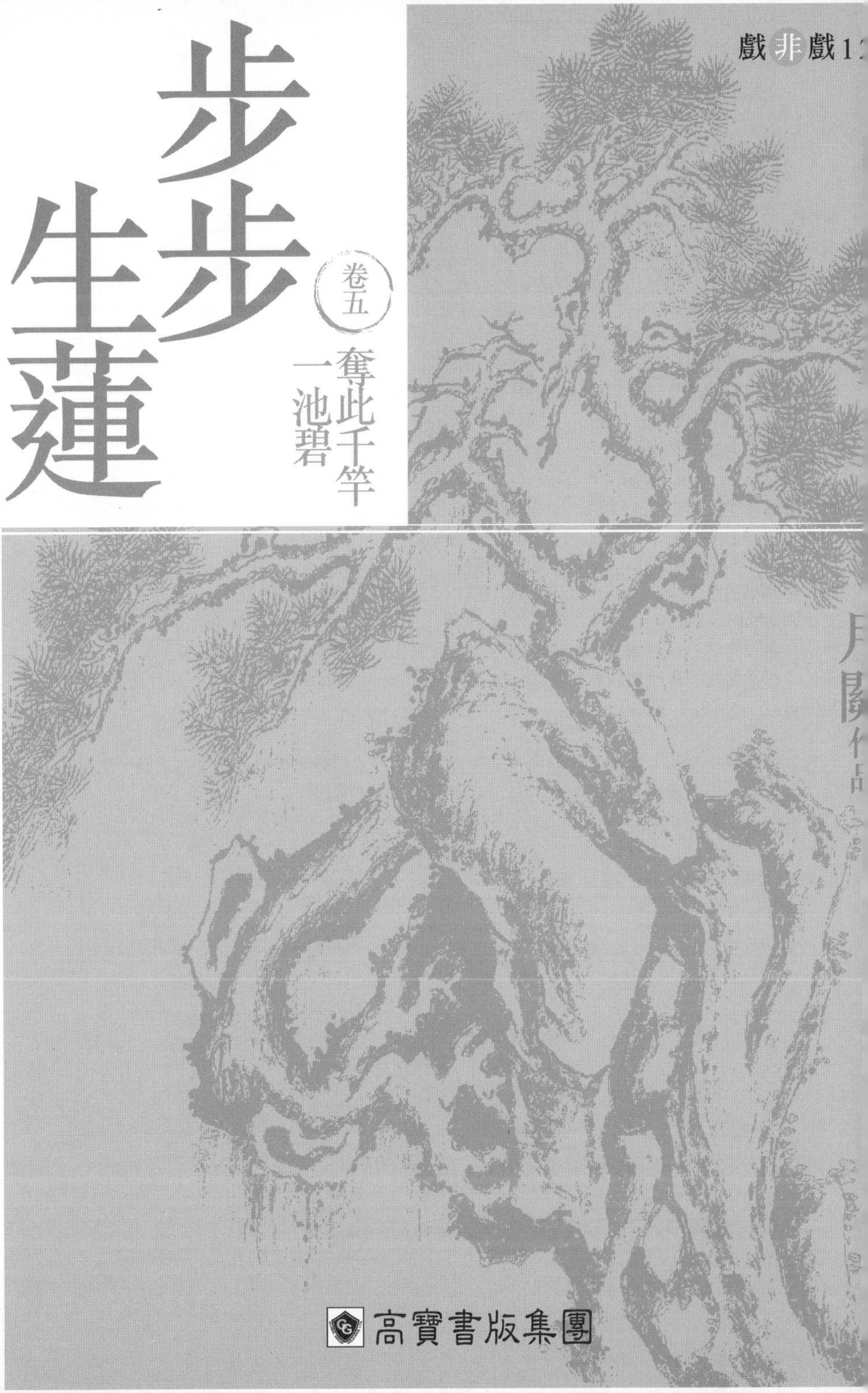

月關作品

高寶書版集團

戲非戲 DN128

步步生蓮

卷五：奪此千竿一池碧

作　　者：月　關
責任編輯：李國祥
執行編輯：顏少鵬
出 版 者：英屬維京群島商高寶國際有限公司台灣分公司
Global Group Holdings, Ltd.
地　　址：台北市內湖區洲子街88號3樓
網　　址：gobooks.com.tw
電　　話：（02）27992788
E-mail：readers@gobooks.com.tw（讀者服務部）
pr@gobooks.com.tw（公關諮詢部）
電　　傳：出版部（02）27990909　行銷部（02）27993088
郵政劃撥：19394552
戶　　名：英屬維京群島商高寶國際有限公司台灣分公司
發　　行：希代多媒體書版股份有限公司發行/Printed in Taiwan
初版日期：2010 年 8 月

國家圖書館出版品預行編目資料

步步生蓮. 卷五, 奪此千竿一池碧 / 月關著. --
初版. -- 臺北市 : 高寶國際出版 : 希代多媒體
發行, 2010.08
面； 公分. --(戲非戲 ; DN128)

ISBN 978-986-185-501-1(平裝)

857.7　　　　99014754

目次

百四八章　乞丐欽差

今天，是廣原知府徐風清的五十二歲壽誕，一大早便賀客迎門，香車寶馬絡繹不絕，徐知府身著松鶴梅和壽星翁圖案的長袍，笑容可掬地站在二堂高階之上親自迎客，狀若福娃。

徐府中，真是談笑皆豪富，往來無白丁，不一會兒工夫，各種珍貴禮物便堆滿了門房和二堂左右廊下披紅的長案。徐知府長袖善舞，見客便笑：「哎呀呀，馮老，有勞了、有勞了。哎呀呀，杜舉人，禮重了、禮重了。哎呀呀，駱觀察，使不得、使不得，如今官家征討北漢，正率大軍與契丹援軍苦戰，徐某一介文人，無力上陣殺敵，安守後方，寸功不立，做為食君之祿之人，已是慚愧之極，一個小小生日，怎敢當此厚禮？」

賀客們便不免要恭維一番，讚他經營後方，井井有條，各種物資，不斷輸運，戮力支援前線戰事，雖功名不顯，實有功於國、有功於民，喜得徐風清眉開眼笑。

待賀客們來得差不多了，徐府裡便擺開了盛宴。大戶人家一向的規矩，前堂是散席，中堂是貴賓，後堂是女客。徐知府是文人，這宅子布置得極是秀氣雅致，中庭是一個大水池，池中假山藤蘿，小亭曲橋，水中碧荷成片，錦鯉翩躚，抬眼望去，枝繁葉茂中便露出後宅紅樓一角，真如人間仙境。

池中小亭不止一個，呈梅花狀排列，中間一亭最大，各亭中都設酒宴，款待各方高朋貴友，眾人紛紛落座，賀過了老壽星，便杯籌交錯起來，酒過三巡，耳赤臉熱，廊下又有絲竹雅樂，倒不覺酷夏盛暑之苦。

徐風清受人恭維了幾杯，醉醺醺舉起杯來，向各亭中的賓客們高聲說道：「諸位好友，諸位好友，且聽徐某一言。」

中庭各個廳中的賓客們都停了箸筷酒盞，向他這裡望過來，徐風清一手持杯，一手撫髯，微笑道：「諸位，我廣原防禦使程世雄程大人正率廣原男兒隨聖駕征討北漢，勞苦功高啊。徐某與程將軍一文一武，共牧廣原，程將軍征戰北國，徐某心甚念之。在此，徐某提議，我等舉杯，遙祝官家大敗契丹、伐平北漢，建拓土開疆之不世武功。祝我程大將軍御前效力，旗開得勝，馬到功成，加官晉爵，步步高陞。」

「請啊請啊……」眾賓客們聽了轟然響應，紛紛起立，走到面向北邊的亭邊，舉杯在手，神色肅然，一本正經地隨著徐知府遙祝起來，這祝詞還沒說完，就聽月亮門那邊一陣喧鬧，眾人詫異望去，就見七、八個蓬頭垢面的乞丐衝了進來，迎客的家丁想要阻攔，被其中一個高大的乞丐一推，一跤便跌入了蓮花池，碧綠荷葉一陣晃動，待他站起身時，一隻青蛙蹲在他的頭頂張皇四顧。

徐風清又驚又怒：「豈有此理，何方乞丐來本府鬧事？」

北方戰事激烈，有些流民已到了廣原，廣原是由一座軍事重鎮發展起來的城市，雖容納不了太多居民，不過一些流民還是能照應過來的。徐風清今日壽誕，有意在城中四處搭起賑災棚子施粥，一來是件功德，二來免得流民鬧事，不成想竟有人膽大包天闖到他的府中來了。

就見那幾個乞丐闖進了中堂，二話不說便直奔徐知府所在的中間這個大亭而來，月亮門口這才出現徐府的老管家，腳步踉蹌，眼見中堂一片混亂，不禁急得搓手。

那七、八個乞丐闖過來，一屁股便占了他們的座位，頭也不抬，各自如狼似虎，伸出手來抓起食物便風捲殘雲般地吃起來。看他們破衣爛衫滿身泥土，其中一個手像雞爪子似地蜷在那兒，只有一隻手可用，可搶起東西來卻比其他人還快得多。

廣原通判張勝之一見勃然大怒，高聲喝道：「豈有此理，這是哪裡來的乞丐？敢擾亂知府大人壽宴，來人，來人，把這幾個膽大包天的乞丐給本官抓起來重重懲辦。」

那乞丐中有一個人低著頭，也不管魚中有沒有刺、肉中有沒有骨，只管囫圇吞嚥著食物，聽見張通判這麼吩咐，他抓起一壺美酒，一邊仰起脖子「咕咚咕咚」地灌著，一手解開肩上的一個包袱，「噹」的一聲扔到了張勝之的面前。

包袱一落地便散了開來，露出裡面兩件東西，一件竹竿似的東西，每一節上還箍著一些獸毛，此時髒兮兮的，也看不出那獸毛本來顏色，另一件卻是被折斷了長桿的一柄斧頭，黃澄澄的，斧頭上還鐫刻有細緻精美的圖案花紋。

杜之文杜舉人低頭看了一眼，愕然道：「這是什麼？」

張通判卻是認得的，他看清那黃銅斧頭上細緻精美的貔貅圖案，不由大吃一驚，急忙俯身抓起來看個仔細，隨後再拿起那短短一截帶獸毛的竹竿，便也認了出來，頓時驚叫道：「這是欽差節鉞？」

「什麼？」徐知府聽了，腳後跟上像安了兩個彈簧似的，嗖地一下便從亭邊閃到了張通判面前，那手「移形換影」的功夫令人嘆為觀止，他仔細看看張通判手裡的東西，吃驚地轉向那群乞丐道：「你……你你……你們是什麼人？」

他這一竄，一杯酒全潑在了前襟上，徐知府卻恍若未覺。就見他對面一個披頭散髮、滿臉泥垢的乞丐撕一口雞肉，喝一口美酒，然後把雞骨頭一扔，油乎乎的嘴巴嘬得跟雞屁股似地蠕動著，抬起雙手把披在臉前邊跟門簾似的長頭髮很瀟灑地左右一分，含含糊糊地笑道：「徐大人，久違了。」

「你……你是何人，你認得本官？」徐風清看著這乞兒那張瘦削的、鬍子拉雜、泥垢滿面的臉，愕然問道。

那人不理徐知府，先對左右道：「大家少吃一些，咱們餓得很了，一下吃得太飽，腸胃會受不了的。」

這些人中只有一個老乞丐神色從容一些，吃的也不太多，他只吃了幾口，喝了幾杯酒水便放下了杯子，聽了這乞丐的話便微微地點了點頭，他正想開口提醒呢。這個乞丐老頭也是蓬頭垢面，一件長袍破成了魚網狀。

這乞丐反覆催促了幾遍，那幾個同來的乞丐這才戀戀不捨地住了手，可是一雙飢餓的眼睛還是盯著桌上的酒肉，不肯移開一眼。那人苦笑一聲，又將臉上長髮左右一分，起身抱拳道：「徐大人不認得我了嗎？我是霸州丁浩……哦，我原本姓丁，如今已隨母姓改姓楊了，在下楊浩，與大人曾有幾面之緣，大人可記得去年冬天程將軍家的小公子被歹人擄走……」

徐風清「啊」的一聲跳了起來，指著他吃驚地道：「你是丁浩，不對，你是楊浩，本官知道，本官當然知道，聖諭早已頒下，曉諭各州各府，本官知道楊浩楊大人奉聖諭遷北漢之民回返宋境的事。可是，你……你怎麼到這裡來了，還弄成這副模樣？」

「一言難盡啊徐大人，如今每耽擱一刻，不知便有多少人餓斃在荒原之上，實在是等不及了，楊某已把欽差節鉞給大人看過了，大人知道我是欽差便好。走走走，咱們邊走邊說……」

楊浩走過來，抓起徐風清的手便往外走，徐風清訝然道：「楊浩，啊不……楊大人，這是往哪裡去？」

楊浩一邊走，一邊道：「去廣原府庫官倉！」

其他各席的客人就看見一群乞丐闖進來占據了主席，山吃海喝一陣，還沒弄明白怎麼回事，就見其中一個乞兒跳起來扯了徐知府便走，張通判和一眾同席的官員貴客們也不阻攔，都亂哄哄地跟在他們後面，那幾個披頭散髮的乞丐簇擁著徐知府便出去了，眾賓客不禁又驚又奇，連忙也撇下杯筷跟了上去。一時又有機靈的小廝跑去後堂通報，待徐夫人和徐小姐帶著一幫貴婦急匆匆地趕到中庭時，只見杯盤狼藉，已是一個人影也無。

* * *

廣原大街上出現了百年難得一見的一幕奇景，知府大人被七、八個披頭散髮的乞丐簇擁著急急往前走，一邊走徐知府還臉色沉重地跟旁邊那個乞丐交頭接耳地說著什麼。

在他們後面亦步亦趨地緊跟著的，是平素極威嚴的通判大人，通判大人左手提著一柄斧頭，右手提著一根雞毛撣子，氣喘吁吁一溜小跑。

再後面是幾個徐府門前扛槍守門的大兵，最後面是一幫衣著錦繡的高官、富紳與博學鴻儒，其中老朽的跑得上氣不接下氣，肥胖的跑得汗如雨下，可是仍然緊追不捨，不肯落下。

百姓們莫名其妙，彼此問問，誰也不知端詳，便也追在後面跑起來。推車的小販、抱孩子的婦人、逛街的老太太，越來越多不知情的百姓加入了這支遊行大軍，浩浩蕩蕩直奔前方。

楊晉城楊捕頭正在巡城，天氣熱，楊捕頭走得沒精打采的，他剛躲到一個茶鋪子裡要了杯茶水喝，猛一抬頭，就見無數百姓興高采烈地跑在大街上，把他嚇得「噗」的一聲便把一口茶水噴到了對面的巡捕身上。

他跳將起來，慌張叫道：「出了什麼事，可是流民鬧亂子？」

幾個跟班的捕快面面相覷，都不曉得出了什麼事情，楊晉城一看，趕緊打發年紀最大的老賈回衙門去叫人，眼看那百姓人山人海，楊捕頭嚇個半死，叫他趕緊把三班衙役、各房巡捕、民壯弓手盡皆調來聽用，再去城守將軍處報個信，他自己則帶著幾個巡捕提著刀跟在百姓後面追了上來。

徐風清聽楊浩把來龍去脈說了一遍，呼哧呼哧地喘著粗氣叫苦：「哎呀楊大人，本官早已接到朝廷令諭，所經之處各地官府要盡量予以方便的，你是欽差，既持節鉞到了，有如聖上親臨，本官哪有不依從你的道理。可是……霸州府存糧著實不多啊。新擴建的府庫官倉才剛剛建好，還不曾儲存糧食。舊府庫中的存糧前些日子押送到北漢去一批，剩下的糧食如今只夠全城百姓食用半個月了，霸州的糧隊還沒到呢。要是大人把糧食全拿走，萬一運糧車隊像上回一樣出了岔子，這廣原城就要鬧糧荒了……」

楊浩截口道：「大人，如果是你看到那遷徙大軍的悽慘，也一定會毫不猶豫拿糧出來的。這是救命糧，耽擱不得，先把糧食裝車讓我帶走，然後徐大人再緊急從附近城鎮或賒買、或借調，以應廣原之急吧。」

徐風清也是無奈，楊浩既已找上門來，他就沒辦法置身事外了。若是任由這幾萬百姓活活餓死，朝廷的言官學士、各道各路的御史觀察豈能不參劾他，那時他無論如何也是脫不了干係的，只是苦著臉答應下來。

可他轉念一想，又發愁道：「還是不成啊楊大人，供幾萬人食用的糧食得裝多少車？押運糧草去北漢的車子一直未見返回，如今府庫裡可是根本沒有幾輛車子可用啊。」

楊浩聽了心中頓時一沉，他忽地想起上次剛到廣原時去過的葉家車行，不由大喜道：「顧不了那許多了，本官是欽差，是有權徵調民車民夫的，事不宜遲，咱們兵分兩路，徐大人去府庫清點糧草，命人馬上打包準備起運。本官持節鉞去葉家車行借車借人。」

他剛剛轉身，忽又止步道：「不成，那些普通百姓哪裡認得什麼是節鉞，徐大人你還得借我個官，再借幾個兵來壯壯聲威才成。對了，這裡還有一位道長……」

楊浩把扶搖子老道一把扯到了面前，徐風清一看，眼前分明便是一個魚網裝的乞丐，哪裡像個道人。楊浩道：「難民中已有瘟疫跡象，急需一些藥物，還請大人派人隨這位道長去搜羅一些藥材，以便一同運往子午谷。」

徐風清忙回頭吩咐道：「張通判，你速隨欽差大人往葉家車行借車，徵調民車民夫聽用。你們幾個，都隨欽差大人去，有敢抗旨者，盡皆下獄。柴主簿，你隨這位道長去搜羅藥材，但需什麼藥材，各大藥房不得抗拒，所調藥材盡皆記下，本官會奏請朝廷，頒發帑銀，調撥餉需，再做償付。」

百四九章　路遇

張通判和柴主簿連忙答應下來。柴主簿帶幾個人隨扶搖子去取藥材，張通判則帶著幾個兵丁跟在楊浩後面往西角樓大街跑。徐風清自帶著剩下的繼續往府庫走。

楊浩急急跑向西城，那些百姓都跟在徐知府後面去看那誰也不知是什麼熱鬧的熱鬧去了，倒沒人跟著他搗亂。眼看到了西城境界，前方大街上忽有一個斯文公子，手裡提著一只鳥籠，頭搖尾巴晃地走過來。

那位公子一路走，一路看些年輕貌美的大姑娘，正覺風景怡人，「春光」無限好，猛地瞧見前邊急急跑來一個乞丐，微微一怔間，又看見那乞丐身後急急跑來的七、八個大兵，這位公子頓時臉色大變，調頭便往回跑。

楊浩人雖到了廣原，心卻還在荒漠，哪有心思管別人閒事，是以也沒理他。前邊那個公子卻越跑越慌，他發現自己往哪兒拐，後邊那群大兵就往哪兒拐，自己往哪兒走，那群大兵就跟著往哪兒走，眼看就要到自己的家門了，這位公子跑得一頭大汗，猛地頓住腳步，發狠地道：「罷了、罷了，你們不要追了，我把這隻鸚鵡放了還不成嗎？」

那個乞丐沒理他，從他旁邊跑過去了；那個一手提著斧、一手拿著撣子的人也沒理他，從他旁邊跑過去了；那些扛槍的士兵還是沒理他，照舊從他旁邊跑過去了。這位公子滿腹納罕，他看看手裡的鳥籠，又看看跑進自己家門的那些人，便也跟在他們後面跑進去了。

原來這位公子就是葉家車行的少東家葉之璇，上一回他從「迎春閣」出來，被剛在家惹了一肚子閒氣的程大將軍劈頭蓋臉一頓臭罵，放走了他那隻六十貫錢買來的雄鷹，從此得了「軍人恐懼症」的毛病。

他喜歡養鳥、遛鳥，又怕被當兵的看見，再逼他放掉，是以走在街上只要看見當兵的一定遠遠地躲開。近來程世雄率大軍往北漢參戰，廣原城中只留下守城的一部分人馬，城中街巷裡難得見到官兵，他走路才隨意了一些，不想今兒出門沒多久，卻又遇上了他們。

葉之璇回到家裡一看，不由大吃一驚，就見自己老爹率領一家老小正端端正正跪在院子裡，臺階上站著那個長髮披肩的乞丐，一手持斧，一手持著雞毛撣子，葉之璇不由又驚又怒，衝上前道：「光天化日之下，你這乞丐竟敢登堂入室，持斧搶……咦？」

他說到一半，忽地想起還有幾個官兵在場，強盜打劫，官兵總不會幫腔吧？到底出了什麼狀況？莫非有什麼是本公子不了解的？

這時就見他老爹回過頭來，厲聲喝道：「小畜牲，還不跪下！」

「爹……」

「跪下！」

葉之璇趕緊跪下，葉老爺回身伏地道：「欽差大人，小兒莽撞無知，欽差大人勿怪。」

「欽差大人？」

葉之璇只覺一陣天旋地轉，如罩雲山霧海。自己家裡雖說趁著幾個閒錢，可畢竟只是個商賈人家，你就是去求，知府大人都不會進他的家門，可欽差……欽差那可是皇上派出來的人，那是天使啊，天使到我家來幹什麼了，怎麼……怎麼這位天子使臣比叫化子還寒磣？」

楊浩和顏悅色道：「葉老掌櫃，事關數萬生靈性命，還望葉掌櫃仗義相助。本官此來，代表的是朝廷，你放心，如果車馬民夫有什麼傷害，朝廷自會撫恤補償。因徵用車輛造成生意停頓產生的損失，官府也會酌情賠付。」

葉老掌櫃頓首，慨然道：「欽差大人千萬不要這麼說，小人雖是一個商賈，卻也懂得大義所在。縱然我葉家的車隊全部葬送於塞外，這麼做也是值得的。這件事能著落在葉家，那是葉家的榮耀，葉家的車子騾馬每日行走各地，並不都在廣原，但是小人馬上開始準備，現如今正在廣原的所有車輛、車夫，全部調集起來，赴府庫聽候大人調遺。」

楊浩大為動容，他沒想到民間一個銖稱寸量、經營買賣的生意人竟然這樣知禮明義，他連忙把節鉞交到張通判手上，上前扶起葉掌櫃，歡喜地道：「葉掌櫃深明大義，本官會把此事告知徐知府，由其上疏朝廷，為葉掌櫃奏請表彰。」

葉掌櫃聽了連稱不敢，眉宇之間卻是喜氣溢然，錢他有得是，唯獨這名聲和榮耀，卻不是憑萬貫家財就能贏來的，若是朝廷讚許一聲「義紳善士」，從今往後葉家在這西北地面上還是一個商賈那麼簡單嗎？葉掌櫃確是誠心想為難民出一把力，如今意外得到欽差大人這樣的許諾，驚喜之下轉身便對兒子說道：「兒啊，這一番賑災救民，乃是一樁極大的善行義舉，你親率車隊，隨欽差大人赴子午谷去吧。」

「啊？我？」跪在一旁沒事人似的葉之璇哪知父親一番苦心，想把這「義紳善士」的嘉獎封號戴到他的頭上，一聽這話愕然抬頭，指著自己的鼻子尖問道。

＊　＊　＊

楊浩趕到府庫時，徐知府正在指揮人將糧食打包待運，見他趕到，徐知府連忙迎上來，拱手道：「楊大人，可曾調來了車輛？」

楊浩道：「葉家雖是經營運輸的，不過車輛都在各地運營，如今他們在城中的車子也並不多，今日運輸回城的車子已經盡都截了下來，只待卸了貨便馬上趕來。還有一些運輸客人的車子，也需向客人說明情況，賠付運資，然後便會趕來。不過……這些車子光是運糧也還是不夠啊，我本想運足夠的糧食和藥材過去，還要弄些空車，讓老幼多病的人乘車而行，這樣可以加快行進速度，想法雖好，如今可是大打折扣了。」

徐風清忙道：「楊大人莫要心急，大人著急運糧回去，便只管先行一步，這幾日本府再好生籌措一番，準備一批車輛，乘載糧食隨後趕去接應。對了，北邊如今戰事如何？可需官兵押送？實不相瞞，廣原如今守城的官兵不多，本官抽不出多少人手，扣除護城人馬，送你三百兵還勉強使得……」

楊浩搖搖頭，心道：「北邊現在都打得一團亂了，如果真的運氣不好碰到契丹人，你那三百人還不夠人家塞牙縫的，派去何用？」

他正想拒絕，忽地瞧見楊晉城帶著一堆巡捕衙差站在那兒，這都是他從衙門裡叫來的，到了這兒才知道只是虛驚一場，原來只是朝廷欽差趕來徵調糧草。這位欽差竟是他認得的人，半年的工夫，人家就從丁家一個小管事成了朝廷上的堂堂欽差、八品都監，楊晉城站在一邊瞧著，實在眼熱得很。

楊浩一見了他，本已到了嘴邊的拒絕忽又嚥了回去，一指楊晉城，笑道：「徐大人，本官不要你的兵將，只望你能借我一些巡捕衙差聽用，如何？」

徐知府一聽愕然道：「楊大人是說……他……他們？」

他指著楊晉城一行人，楊晉城等人霍地挺起了胸膛，徐知府哂笑道：「他們，除了巡城更戍，城管治安，防奸禁暴、查緝走私，抓抓搶劫行竊、打架鬥毆的潑皮，趕趕占道經營、亂倒馬桶的刁民，還有什麼用處？」

楊晉城等巡捕衙們聽了又羞又臊，那剛剛挺直了的腰桿又悄悄彎了下去。

楊浩搖搖頭道：「徐大人此言差矣，一物降一物，滷水點豆腐。三千精兵做不了的事，你只消借我三百城管……啊不，三百衙差巡捕，卻能做得井井有條，有聲有色呢。」

楊晉城等人聽了又洋洋得意地挺起胸來。

徐風清恍然道：「楊大人是想……讓他們去管理那些北漢遷來的百姓？」

楊浩道：「不錯，近五萬人吶，男女老少，良莠不齊，吃喝拉撒，行進駐營，就是一座移動的城市大軍。那些官兵戰場廝殺並不含糊，讓他們管理百姓卻不在行，除了喊打喊殺，他們也不會做別的了。這些事，貴府的差役巡捕們卻最在手。」

徐風清道：「要借調些巡捕差役倒是使得，不過本府一共只有五百衙差，借你三百……」他猶豫了一下，頓足道：「罷了，還是欽差大人那邊的事情緊急一些，本官這裡，就讓剩下來的人辛苦一些就是了。」

楊浩一聽，欣然道：「多謝徐知府慨然相允，五萬軍民都會感謝徐大人的恩撫照應。」

就在這時，有人馳馬趕來，他勒馬駐足，見府庫中忙忙碌碌，許多力工在裝盛著糧食，便高喊道：「糧儲使大人何在？在下是霸州丁家的信使，丁家起運的糧食馬上就要入城了。有請大人準備點收。」

楊浩身子一震，霍地抬起頭來：「霸州丁家！」

從別人嘴裡聽到霸州丁家或從他自己嘴裡說出霸州丁家時，他都沒有什麼感覺，可是現在聽到丁家莊的運糧壯丁自己報出「霸州丁家」四個字來，卻如蟄伏一冬之後的第一聲春雷，一下子把他封閉了許久的心竅都震開了來。

這些日子，先是戰場上的血雨腥風，接著是絕地跋涉的生死掙扎，他以為自己已經麻木、已經淡漠了的，突然又無比鮮明地浮現在他的心頭。

那個有些嘮叨、有些怯懦、一輩子只想守在丁家大院裡，卻對他慈愛萬分的老娘；那個大冬天的打隻麃子，藏在土洞裡等著與他分享，一輩子只想有個女人、活得像個男人的兄弟臊豬兒；那個溫柔純真得像一泓清澈泉水似的羅冬兒……他們的音容笑貌一一浮現在楊浩的腦海裡，就像一柄溫柔的刀，一刀一刀削去了他心頭已經結痂的傷疤，重又流出鮮紅的血來。

徐知府看了一眼那報訊的使者，回頭再看楊浩，忽地嚇了一跳，這位乞丐裝扮的欽差大人，不知何時已雙淚長流……

*　　*　　*

楊浩與徐知府並騎趕往城外，那丁家的家丁已被先行打發回去了，徐知府令丁家車隊暫在城外等候不必入城，那家丁莫名其妙，不知道是不是像上次一樣，又因為什麼事得罪了官府，是以屁也不放一個便急匆匆溜了。

徐知府雖是文官，倒也懂得騎馬，不過他只能騎太平馬，縱馬馳騁是不行的，好在如今還要等扶搖子搜集草藥，等待葉家車行的車子向這裡集中，一時不急著上路，所以楊浩便陪他慢慢向城外趕。

丁家車隊來得還真是時候，他們現成的車馬，而且都是慣跑長途的，糧食也是早就捆紮好的，楊浩已決定直接將丁家運來的糧食撥一部分運往子午谷，就連丁家的車馬和車夫也都一齊用皇令徵調了。

馬向東城去，堪堪走到一個十字路口，就見一行人緩緩走來，正好堵住了他們的去路。那是一戶人家正在出殯，看那情形應該是個大戶人家，家族人丁也不少，百十口人披麻帶孝，打著招魂幡、一路撒著紙錢，前邊八個大漢抬著一口棺材，棺材前邊一個身披紫色袈裟的僧人，在兩個灰衣僧人的陪同下，念念有詞地誦著經。

那一口棺材和百十號送葬的人把路擠得滿滿當當，讓人家退回去是不行的，何況死者為大，官府也不能不遵民俗，徐知府便皺眉道：「楊晉城，要他們快些過去，本府有要事待辦。」

楊晉城正要驅馬上前，楊浩制止道：「算了，咱們的藥材、車子還未集中上來，不差這一時半刻，家有喪事，本已悲痛，不必催促了。」楊浩說著，朝那隊出殯的人仔細看了一眼，這一眼望去登時呆住。

漢魏時高僧常著紅色袈裟，唐宋時風俗卻是穿紫色、緋色袈裟，這位僧人穿的就是紫色袈裟，胸前以象牙結鐶，頭戴毗盧帽。只見他慢慢吞吞、一步三搖，口中念念有詞，走一步，手中金剛鈴便「叮」地一響。

看他模樣，脣紅齒白，端的俊俏，再披上袈裟，戴上僧帽，儼然便是唐三藏再世，楊浩不禁失聲叫道：「壁宿！」

壁宿被太陽晒得昏沉沉的，正眼也不抬地誦著好不容易背下來的「聽聞解脫咒」，忽地聽人叫起他「俗家」的名字，啊呸！老子根本就不曾出過家，還不是趕鴨子上架……

他趕緊抬起頭來，就見一個叫化子騎在馬上，旁邊騎馬的人物也各有特色，除了另外兩個形容剽悍的乞丐，還有一個錦衣長髯的文士、皂帽紅袍的巡捕，不禁有些訝異。

楊浩翻身下馬，站在路邊說道：「壁宿，你……你怎麼做了真和尚？我是楊浩啊。」

「楊浩？」壁宿大喜，撇下那兩個灰袍僧人便興高采烈地衝了過來：「我聽說你做了欽差，你怎麼這副模樣，微服私訪嗎？」

「微服個屁啊，」楊浩發牢騷道，「甭提了，一路被契丹狗追殺，迫不得已我只好率人轉了方向，這回來，是向廣原徐大人徵糧的。你出家了？」

「我出個屁家啊。」

壁宿大吐苦水道：「你留下的那些錢本來算計是夠用的，誰想那個庸醫治病沒本事，收診金、藥費倒是奇高，他說是什麼北方戰事吃緊，許多藥材都被官府收購走了，所以藥費才貴了幾倍不止，我也不知真假，那時整天趴在炕頭上，只得由他說去。唉，我是虎落平陽被犬欺啊，就這麼著，等把病治好，藥費、診金早把我的錢花光了，倒欠了店家一大筆宿費、飯費……」

楊浩看著這位難兄難弟，不信地道：「憑你本事，要弄回點錢來還不容易？」

壁宿瞪起桃花眼道：「容易?容易什麼?北邊大戰，廣原城裡每天都要查驗戶籍來歷的，我住的那店裡巡捕們不知來了多少趟，其中有個竟然是認得我的，曉得我的身分，警告我不得在廣原作案。如今非同往日，但有趁亂行竊打劫，罪加十等，當眾砍頭也是有的，我縱然弄得到錢，又沒有出城的腰牌，那時還不讓人甕中捉了……咳咳，萬般無奈，只好替那客棧掌櫃的灑掃洗碗，當個小二，這債也不知道要還到什麼時候，你去風風光光做了欽差大使，我卻在客棧裡成了小二哥，苦哇……」

壁宿說得悲傷，楊浩聽得幾乎都要一掬同情之淚了，他們一行人進城時，就看到守城官兵對出入行人盤查甚嚴，遠方逃來的難民都要全身上下搜個仔細，若不是范老四等人身上揣著官兵的腰牌，他也是進不了城的，知道壁宿這番話並無虛言，便道：「是我思慮不周，那你怎麼又……」

壁宿嘿嘿一笑，洋洋自得地道：「天無絕人之路，咱這賣相好啊。錢員外的老爹死了，想要風光大葬，又捨不得花錢請那普濟寺裡和尚做法事，便從這廣原城裡找了兩個遊方和尚，又嫌他們太過醜陋，便靈機一動，雇我做主持法事的大和尚，說定了要替我償清飯錢宿費的。」

一旁有個麻子臉的胖子，一身的孝衣，外披麻袍，手裡執著一根哭喪棒，聽見壁宿這番話，登時臉皮發紫，想來就是那位錢員外錢大孝子了。可他聽說這個叫化子是欽差大老爺，又見旁邊站著知府老爺，卻是不敢發作。

楊浩聽了便去看那兩個真和尚，只見這兩個灰袍僧人，一個粗眉惡目、鼻孔碗大，一個憨厚粗壯、膀大腰圓，倒似沙和尚與豬八戒再世，若再配上前邊那個扛著引路招魂幡的小童，就可以演一齣《西遊記》了。

壁宿訴完了苦，兩眼放光地道：「楊浩，啊不……楊欽差，楊天使，咱們可是患難之交啊。如今你做了大官，可不能忘了自家兄弟，你身邊還缺不缺人？如果你肯要，我就投奔了你去，為你鋪床疊被、端茶遞水……呸呸呸，這幾天在客棧裡做慣了這些事啦，都說順嘴啦。我為你牽馬墜鐙，帳前聽用，行不行？」

楊浩正色道：「不瞞你說，我這欽差，如今可不是享福來著，你真的願隨我去？」

壁宿跳起來道：「願去願去，當然願去，寧給好漢牽馬，不給賴漢當爺，誰不想往高處走啊？瞧瞧你這才幾天的工夫，都跟知府老爺肩並肩地站著了，我當然願意跟你去。吃得苦中苦，方成人上人嘛。你等等……」

壁宿返身便走，回到棺前，整了整毗盧帽，抖了抖紫綬袈裟，棺材前一人捧著靈牌，一人捧著香盤，都不知道這位神神道道的和尚要做什麼。

只見他走到香盤前，拿起一根針，穿上一條紅絲線，將針插在淨沙中，左手無名根掐著紅絲線頭，結金剛拳印，右手劍指淨沙，念念有詞地道：「已故錢鑫隆，貧僧空慧，現有超渡解脫祕法，使你離苦得樂，了脫生死，你須用心聽，至誠信，明此理，發大心，成佛道，渡眾生，莫失最後善緣良機。

「已故錢鑫隆，諦聽！諦聽！依教奉行！金剛經云：『一切有為法，如夢幻泡影，如露亦如電，應作如是觀。凡所有相，皆是虛妄，若見諸相非相，即見如來。』你果能如是觀行，諸境頓空，即得解脫，永無苦惱，即得快樂。

「已故錢鑫隆，諦聽！諦聽！依教奉行！勿生瞋心及邪念……壽命無量，無有疲倦，如上忠言，真實不虛，毫無妄語，切記！切行！南無一切如來心祕密全身舍利寶篋印陀羅，尼經咒塔梭哈。南無十方三世一切阿彌陀佛，嗡，嘟嚕嘟嚕，渣雅穆克梭哈……」

壁宿說完，便到棺前，稽首一禮，拾起棺上搭著的白綾解了一個結，誦道：「塵緣已了，解脫一切，願以諸功德，使我佛信徒錢鑫隆施主往生極樂世界，回向一切佛淨土，業消智朗，解脫成佛……」

壁宿這個半調子大和尚，把這本該沉棺入土時做的法事就在這大街上一口氣做完了，拍拍手掌，渾身輕鬆地走回來，對目瞪口呆的錢老爺道：「這下成了，你只管把你老子抬去埋了吧。貧僧這就去了。」

楊浩愕然道：「你……從哪兒學的做法事？」

壁宿一指那兩個真和尚道：「跟他們學的。」

楊浩吐了一口氣，苦笑道：「你倒真的用心。」

壁宿一本正經地道：「你以為我想背下來？可是不盡心不成啊，我怕被那錢家老鬼纏上，那時怎生消受得起？」

楊浩聽了，啞口無語。

百五十章　葉少爺北遊

東城外，丁家的車隊綿延數里，幾個小管事都跑到前邊來詢問出了什麼問題，可大管事李守銀也不知詳情。問那報訊的人，那人只說知府大老爺親自吩咐，令糧隊就在城外候著不得進城，你再多問一句，他便直著眼發傻，大熱的天，把李守銀急得一身臭汗，順著脖子往下淌。

他的辦事能力其實有限，又因自知智拙，少與人爭，一直也沒指望能混上炙手可熱的大管事。結果出盡風頭的丁浩丁大管事完蛋了，機警狡獪的柳十一柳大管事也完蛋了，最後沒想過去爭的他卻被抱上了位，成了外院大管事。可他畢竟能力不足，一遇特殊情況，他也是兩眼一閉，瞎搞一通了。

如今丁家是二少爺當家，楊夜做了內院管事，李守銀是外院管事，陳鋒調進城裡掌管那五家店鋪，丁府如今設了個大總管的職位，由雁九爺掌攬全局。這次運糧干係重大，雁九爺本來是隨他一起來的，眼看著到了廣原城了，估量著也不會再有什麼意外，雁九爺才匆匆離開，說有一件私事要辦，回頭再來廣原尋他一同返回霸州。不成想，九爺不在，卻讓他攤上了這麼一樁事。

李守銀怕啊，上次因為延誤了交糧，被廣原防禦使程世雄把他們打發到西城廢棄的軍營待了十天，這一次連城都不讓進了，丁家又做什麼事惹徐大老爺不開心了？

幾個大小管事正在那兒瞎琢磨呢，就見城門外擁出一隊人馬。如今入城防備極嚴，許多百姓都在城門口排著長隊等待盤查，那隊人一出來，這些百姓便被擠到了一邊去。眼看那行人個個騎著高頭大馬，其中有幾個分明便是皂紗官帽、披紅官袍的巡捕老爺，李守銀帶領一眾大小管事連忙迎了上去。

見了一匹馬當先馳來，李守銀連忙一個長揖落地：「老爺，霸州丁家管事李守銀，押運糧草到了，不知幾時才可入城交糧。呃……」他猶豫了一下，小心地問道：「這位老爺，我們……這回沒有延誤交糧吧？」

馬上那人笑了一聲道：「那倒沒有。我也不是老爺，這位才是我們知府老爺。」

那人正是楊晉城，他把馬一提，閃到了一邊，李守解一聽是知府老爺，他哪見過這麼大的官呀，雙腿一軟就跪了下去：「草民李守銀，見過知府大老爺。」

李守銀暈頭暈腦只是想：「上回來，見的最大的官就是倉大使，從九品的官老爺，倉大使管一個糧倉，這知府老爺可是管著廣原城和附近縣鎮的，也不知道是幾品的大官，他……怎麼親自迎出來了？」

「嗯……」馬上的徐知府拈著鬍鬚，拖著官腔問道：「糧……運到啦？」

「回大老爺，運到了，運到了，這一次糧食可多，為了儲備官倉，丁家收購了整整半年，此次全都運來了。」

李守銀大氣不敢喘，心如打鼓地跟這位大人物交談了一句，已經有些窒息的感覺。

「嗯，甚好，真是及時雨啊，哈哈哈……欽差大人，這一下你的事、我的事可就都解決了，你看看，要帶多少車糧食走，就向他們宣旨吧。」

李守銀一聽知府大老爺後面還有一個欽差大大大老爺，幾乎嚇癱在那兒，他以前可只在戲文裡頭才聽說過欽差這麼個官，怎麼竟有皇帝的欽差到了這兒？

楊浩一直在打量著丁家車隊的這些人，其中許多他都認識，望著他們，楊浩也說不出心中是個什麼滋味，直到徐風清回頭問他，他才一踢馬腹走上前來，淡淡答道。

一見欽差的馬蹄踏到了跟前，李守銀等人更是頭都不敢抬，只是覺得這位欽差的口音有些熟悉，這時卻聽那位欽差道：「李守銀，本欽差奉皇命，遷徙北漢百姓往我宋境，急需糧草若干應急。你們來得正好，本欽差持有節鉞，有權徵調民役、民物，如今你送我廣原府的這些糧食，本欽差要帶一部分走，並且徵調你的車子和車夫。」

李守銀聽楊浩叫出他的名字，大驚之下抬起頭來，此前已聽著楊浩聲音耳熟，此時再看這位叫化子欽差，畢竟是多年相處的人，一眼就讓他認出了身分，不由驚叫道：「丁浩！」

楊晉城喝道：「大膽！這是欽差大人，你敢直呼欽差名諱，活得不耐煩了？」

「是是是，小人冒犯，小人冒犯。」李守銀趕緊低頭，心中只想：「奇了、奇了，還不到一個月的時候，他怎麼做了欽差。欽差……怎麼比叫化子混得還慘？」

楊浩此時無暇與他多談，他與徐知府交談幾句，估算了一下大致的糧食用量，便縱馬前行，從糧隊中挑選高大的騾馬、結實的車輛，被他指定的，便從車隊中趕出來，到路的另一邊停下。

楊浩挑出一些大車，令他們就在城外停候，以便隨他北返，然後也不理丁家莊人竊竊私語、又畏又敬，只顧與徐知府匆匆回城。待到了官倉，扶搖子已帶了幾車草藥趕回來，又過片刻，葉家車行的車子也陸續趕來，直至一個時辰之後，葉公子才哭喪著臉帶著最後十幾輛大車趕來，說道：「欽差大人，葉家車行如今能調來的車子已經全調來了。」

楊浩道：「那也夠了，咱們這便啟程，徐大人，楊浩著急回返，就不與你多說了，若有機會，他日相見，楊浩再擺酒謝過。」

徐風清忙道：「都是為了公事，楊大人千萬不要說得這麼客氣。」

楊浩一笑，又向眾官吏豪紳行個羅圈揖，幾句場面話剛剛說過，就聽後面起了爭吵聲音，楊浩轉身一看，就見後面眾人圍成一圈，范老四、劉世軒正在那兒勸解，楊浩趕過去一瞧，就見壁宿扯住一個老道，氣得滿臉通紅：「是你，是你，就是你，若不是你偷了爺爺的錢袋，爺爺怎麼會混得這麼慘，你這死老道，今日落在我手裡，勢不與你干休。」

扶搖子乾笑道：「小施主此言差矣，若非貧道借了你的錢去，你今日有機會投到欽差大人門下嗎？一飲一啄，莫非前定呀。小施主，貧道一個出家人，你這樣拉拉扯扯，可不成體統。」

壁宿氣得口不擇言：「誰是你的施主？你是老道，我是和尚，本禿驢與你誓不兩立。我的錢呢？」

扶搖子雙手一攤：「花光了。」

壁宿慘叫一聲：「啊！你一個出家人做什麼需要用那麼多錢？那可是一百吊啊！」

扶搖子翻翻白眼，不以為然地道：「一百吊很多嗎？老道在太華山的時候，徒子徒孫們孝敬來的極品紫筍茶，一兩就得十吊錢。」

壁宿氣極而笑：「算你狠，我也不與你計較那許多，既然你這麼有錢，還我的錢來。」

扶搖子笑笑搖頭：「小施主這又說差了，你看看貧道現在這副模樣，渾身上下可能翻得出一文錢來？呵呵呵，小施主靈蘊於內而秀於外，此後跟著欽差大人青雲直上，何愁沒有錢花？待你聞達之日，回頭再看，區區一百吊錢又算得了什麼？貧道看你頗有慧根，這才有心點化，旁人欲求老道點撥，貧道還懶得伸手呢。」

壁宿大怒，當下撩起袈裟便去解褲子：「來來來，讓你看看爺的慧根，濟得什麼鳥事……」

旁邊范老四、劉世軒和一眾巡捕衙差都掩口偷笑，楊浩見了忙喝止道：「壁宿不得無禮，當著諸位大人，成何體統？你既跟了我，以後那些匪氣須收一收。」

范老四哈哈笑著上前攬住壁宿肩膀道：「行了、行了，不就一百吊錢嘛，待辦完了這趟差使，風風光光做了官，這一百吊錢還怕賺不回來？」

當下幾人上前你一言我一語，這才把壁宿說開了，扶搖子聳聳肩膀，嘿嘿一笑。

一行車隊到了城外與丁家車隊會合，帶著滿滿當當的五十大車糧米，便急急啟程北向而行，楊浩徵用了丁家五十輛大車，百餘個夥計，李守銀哪裡放心得下？只得硬了頭皮跟來，囑咐其他管事在城中等候雁九爺回來再一同回返。

楊浩便與他坐了一輛大車，車子繞到北城上了大道，楊浩這才問起霸州丁家情形：「李管事，丁家莊如今有些什麼情形？」

李守銀早知他必會盤問自己，心中已經有了準備。雖知他是欽差，但畢竟是熟人，反不如見了徐知府時緊張，便陪著笑臉道：「丁管……楊大人，您想知道些什麼？」

楊浩淡淡一笑：「你知道什麼，就隨意說說吧，路還長得很，我都想聽聽。」

「是是是，」李守銀想了想，道，「自從楊大人離開之後，咱們丁家莊又發生了許多事。」

「哦？說來聽聽。」

「那個……柳十一柳管事……死了？」

李守銀說完，緊緊盯著楊浩的臉色，可楊浩臉上根本沒有一點表情，他有些失望，便自顧接下去道：「他是和董寡婦死在一張榻上的，被人一刀捅了個透心涼，慘吶。可惜……兇手迄今不曾查清，霸州府代通判趙傑趙大人派來查案的那位捕快老爺，整日在李家和柳家兩個原告那兒吃吃喝喝，吃得兩家實在受不了了，最後只得把這位捕快老爺給恭送回城，這一刀兩屍的命案，如今已不了了之了。」

「哦？」楊浩聽到這裡才微微有些動容，心中漾起一股暖意和感激：「趙縣尉，這分情，兄弟給你記下啦。」

李守銀又道：「還有……老爺……也過世了……」

「什麼？」楊浩霍地扭頭，瞪大雙眼看著他：「你說什麼？」

李守銀有些害怕，在小民口口相傳中，欽差可是有權隨便殺人的，他心中認定了楊浩就是殺死柳十一和董李氏的人，雖說自己不曾得罪過他，可……可丁家卻是對不起他的，自己在丁家做管事，他可別一怒之下把自己宰了，當下更是小心翼翼，說道：

「是，老爺他……其實病體也拖了很久了，那幾日大概太過疲累，就在……就在楊大人破門而出的第三天晚上，老爺……便過世了。」

楊浩默然，半晌不發一語。致使冬兒死去的罪魁，他已經殺了。如今只剩下逼得母親過世的兇手：丁庭訓和丁承業。想不到，丁庭訓也死了，這個血緣上的父親，生活中的仇人，聽說了他的死訊之後，楊浩沒有傷感，仇恨也隨之消散，剩下的只是一片空虛和茫然。

見他怔怔地看著前方不說話，李守銀不知是否該繼續說下去，只得怯怯地候在一旁，過了半晌，楊浩才低沉地道：「還有什麼事？繼續說。」

「是……」李守銀知道他所問的丁家莊的事，肯定是與丁家有關的事，如果把劉家裡生了個帶把的，高二那小子偷看霍家姑娘上茅房被她老爹打斷了兩根肋骨這些亂七八糟的事說出來，恐怕這位欽差真要惱了，便揀和丁家相關的大事繼續道：「老爺死了，大少爺昏迷不醒，如今丁家……是由二少爺當家的。二少爺設了大總管之職，由九爺……雁九擔任，又提拔楊夜做了內院管事，由我……做了外院管事，陳鋒打理霸州城裡的幾家當鋪……」

楊浩冷笑，忽地問道：「大小姐如今情形如何？」

李守銀知道在丁家除了丁大少爺，就只丁大小姐與楊浩親近，是以對她的消息一直不敢說，就怕觸怒了楊浩，這時被他問起，只好硬著頭皮支吾道：「大小姐……老爺生前，曾想將大小姐許配給胥家公子為妻。胥家公子叫胥墨臨，是官宦世家子，說起來也還匹配，老爺過世後，二少爺說婚事是老爺生前已定下的，所以可先停喪不辦，先為大小姐操辦了婚事，然後再為老爺辦喪事，這樣就不算父喪期間成親，不算有違禮制了……」

楊浩眉尖微微一挑，李守銀又道：「可是大小姐堅決不肯，姐弟二人最後還在靈前動了武，最後經雁九勸說，二少爺才退了一步，說女子守孝一年足矣，可在一年之後再為姐姐操辦婚事，大小姐放出話來，說要終身不嫁，也不許他為自己主張婚事，姐弟二人……鬧得很是不愉快……」

「還有嗎？」

「旁的……倒是沒了，老爺葬在雞冠山下咱們丁家下莊裡頭，大小姐搬了過去，說要就近為老爺守靈。還說那裡山青水秀，要接大少爺過去歇養病體，不在府裡與二少爺鬥氣，可大少夫人不願搬去，我來廣原的時候，姑嫂二人還在為了此事爭執呢。」

楊浩說不清心裡是個什麼滋味。說起來，自己回霸州，早晚是要尋那丁承業算帳的，可是這帳到底怎麼個算法？老娘的死，丁承業對自己的陷害絕對是誘因，卻不是直接致死的緣由。如今就算做了官，就能整得他家破人亡、以命償債？他沒有那樣的權力，宋廷也難容那樣的酷吏。

可是不收拾了丁承業那個畜牲，他實在心有不甘。以范老四等人的心狠手辣，再加上做過馬賊的背景，憑他們之間生死與共的這種交情，要他們幫忙做掉丁承業，想必不難，他們一定會慨然應允，這些傢伙雖然當了兵，眼中有軍紀，卻是沒有王法的。

然而，丁玉落那裡又該怎麼辦呢？就算丁承業有一千一萬個不是，他也是丁家的人，是承續丁家香火的唯一後人，以丁玉落的秉性為人，她就算恨死了丁承業，一旦丁承業有難，她也是寧可自己死掉，也要護他周全的，難道真要跟大小姐從此反目成仇？

他仰起頭來，長長地吁了一口氣，就見天空中正有一隻蒼鷹盤旋，楊浩心中忽然有些羨慕起那隻鷹來：如果，自己投生成一頭鷹該多好，翱翔於九天之上，振翅雲霄，俯瞰四海，不管到了哪裡，都是這樣獨來獨往，與其他生靈之間，只有一對一的你死我活，沒有人世間那許多愛恨情仇、恩怨糾葛，鷹啊鷹，你可比我楊浩幸福多了。

車隊中，葉之璇葉大少爺此時也在仰著頭看著那頭鷹：「奶奶的，比本公子花了六十貫買到的那隻扁毛畜牲威武多了，瞧那翅膀，根根如鐵，嘖嘖嘖，本公子玩了那麼多隻鳥，還沒一隻這麼氣派的，這要是弄回城去，還不羨慕死那群同道？唔……此去北地草原，雄鷹一定不少，我得想個法子逮一隻回來，否則豈不是身入寶山空手而歸？」

這樣一想，葉之璇頓時興致勃勃地向自己的夥計張羅起捕鷹的東西來，在葉大少心裡，這次送糧，大概也就與春遊相仿吧……

百五一章　凡夫俗子

第四天，快要到子午谷了。

楊浩的心情緊張起來，他不知道羅克敵帶著那支龐大的逃難隊伍能否趕到這兒，快馬馳出荒原，趕到廣原城，再當日返回，快馬加鞭往回走，足足用了七天時間，這段時間按理說羅克敵的隊伍應該也堪堪走到子午谷了，如果他們能熬出來的話。

他離開時，軍隊手裡還控制著一些飲水和食物，每日節省著發放一點，可以讓大多數人吊著命繼續趕路，當然，這過程中一些體質虛弱、年老多病者，因為缺水少糧，恐怕是撐不住了。楊浩自荒原中趕出來時，在接近荒漠邊緣的地帶已經見到一些零星的水源，有了水，羅克敵的人馬即便沒了糧食，把那剩下的十幾匹戰馬宰了給大家熬肉湯喝，應該也能勉強撐到地方。

但這只是他的想法而已，越接近子午谷，他的心情越緊張，他擔心看不到人，他怕看到走出了沙漠的只有寥寥數人。楊浩再也按捺不住，便喚過壁宿、范老四和劉世軒，四騎快馬先行奔向子午谷。

四人一走，董十六賊眼亂轉，便開始打起了逃跑的主意。他可是大宋朝廷通緝的殺人逃犯，天知道此間事了，這個欽差會不會過河拆橋，把他扔進大獄裡去，眼下懷中揣著乾糧，囊中裝著飲水，胯下有匹快馬，哪裡去不得呢？

楊浩四人北行的道路是沿著一條大河而行的。這條大河就是從子午谷中流出來的，子午谷是東西向、兩山夾峙的一個山谷，谷中的河水出了谷口便調頭南向，流向廣原城。河道極寬，那是因為洪水時沖出來的，如今河水只占了河道三分之一的寬度，其餘地方生著密集的野草。野草甸子使得地面韌力很強，足以承載大車和戰馬的重量。

到了子午谷處，再往北去是二十餘里的草原，但是草原再往前去就是連綿的高山，沒有可行的道路了，當初程世雄率軍北上與官家大軍會合討伐北漢，至子午谷處也是要轉向西去，繞一個大大的圈，這才折向北漢的。否則當初遷民之時，趙大也不會選擇向西或向東的路線，獨獨沒有直接南下廣原的選擇了。

但是現在難民們如果到了子午谷，卻是繞過了北方阻路的大山，這時就多了一條直接南下廣原的選擇路線，楊浩就要與諸將研究一下，考慮下一步行動路線了。是直接穿子午谷西行，趕赴府州、麟州一帶足以安置這許多百姓的地方，還是沿河南下趕赴軍鎮廣原。

廣原城是消化不了這麼多民戶的，周圍土地過於貧瘠，也不適宜開墾農荒，但是可以在那裡歇整一段時間，然後再決定把人往哪裡帶。楊浩心裡是屬意到了廣原城後，把難民分散遣往中原的，官家的心思他或多或少也猜到了一些。

一路擔心著難民們的安危，想著他們趕到之後下一步的安排，楊浩快馬疾馳，已經到了子午谷前。縱馬踏上一個綠草高坡，看到眼前的情景，楊浩的眼淚「唰」地一下就流下來了。誰說男兒有淚不輕彈？有情便有淚！

眼前，是絡繹不絕的逃難大軍，前不見頭，已沒入山谷之中。後不見尾，正連綿不斷而來。這支隊伍兵不像兵，民不像民，個個都跟叫化子一般，扶老攜幼，踉踉蹌蹌地奔向山谷。不管如何，他們還活著，還活著。就連范老四、劉世軒這樣殺人不眨眼的兵痞，看到眼前的一切，雙睛都紅紅的。

「走，咱們過去，讓大家在這裡歇息一下，告訴大家，糧食馬上就到。」楊浩揚手一鞭，便當先奔下坡去。范老四、劉世軒和一身袈裟的壁宿立即緊隨其後。

「我是欽差楊浩，羅將軍在哪裡？」

楊浩衝到近處，勒馬駐足，攔住一個依稀有點軍士模樣的漢子問道，他的手裡還有一桿槍，此時用槍桿拄著地，一副搖搖欲墜的樣子。

那人一聽大喜：「欽差大人，欽差大人，你可回來啦。羅將軍在後面。」

楊浩見他疲憊的樣子，便道：「你等可就地歇下，糧草馬上就到。」

那人道：「歇不得，契丹人馬不知從哪兒冒了出來，大軍雲集，羅將軍命我等速速將人帶進山谷藏身，他自率兵斷後，遲了的話，契丹騎兵包抄上來，我們再無一戰之力了。」

「什麼？」楊浩的心一下子沉到了谷底，此時此地，這般情形，契丹人大軍雲集？這時還用什麼大軍？只消一支千人隊，就可以如屠豬狗一般從容斬殺這數萬軍民了。難道……難道到頭來終究是功虧一簣，老天也要亡我嗎？

一時間，楊浩手腳冰涼，只聽那士兵又道：「官家的大軍也到了，正與契丹鐵騎對峙，我們須得盡速入谷，暫避兵鋒。」

楊浩一聽這話，已經死掉的心又恢復了一絲活氣：「官家大軍也到了？」

「在後面，都在後面。」那士兵向隊伍後面指了指，楊浩再不搭話，立即策馬迎著隊伍馳去。范老四和劉世軒跟在他後面一路吆喝著：「大家行快些，糧食馬上就到，進了山谷便有飯吃啦，大家都走快些。」

那些腳下虛浮的百姓聽了這個消息果然振奮起來，他們使盡最後一絲力氣，行進的速度加快了一些。楊浩奔到隊伍尾部，這時落後的人已經不多了，人群稀稀落落。楊浩縱目一看，便看到羅克敵站在一個高坡上正揮著手催促落在隊尾、人數不多的人趕緊趕路。

楊浩快馬加鞭，一直衝上山坡，高呼道：「羅將軍！」

羅克敵聞聲回頭，一見是他，狂喜道：「大人，糧草到了？」

楊浩站在山坡上，呆呆地看著眼前的一切，已是根本答不上話來。

在他眼前，是一大片開闊的平原，平原上，兩個龐大的軍陣正在徐徐調動。楊浩見過羅克敵擺陣，可是那幾千人馬匆匆擺出來的小陣與眼前的大陣相比，簡直是天淵之別，眼前的大陣讓人看一眼便目眩神馳。以前，看電影電視，聽評書，把陣法說得玄之又玄，可那些玄虛大陣在眼前這兩個瀰漫著沖霄殺氣的大陣前，簡直就是小孩子扮家家，可笑到了極點。

這才是真正的戰陣，沒有那許多花哨，也沒有繁褥，說到底，陣法其實就是諸兵種的合理分配，擔負不同任務的諸軍營的合理排布，士卒攻守保持隊型的一種必要手段而已。否則數萬人、數十萬人一旦同時投入戰鬥，馬上就會變成一場毫無秩序的混戰，根本無從調度指揮，發揮威力了。

有陣還是無陣，在當時的指揮條件、兵員素質和武器限制下，是能否發揮出最大戰鬥力的一個重要標準。當年前秦軍隊以弱勝強、屢戰屢勝，最後卻在淝水之戰時百萬秦軍一敗塗地。王猛以十萬步卒大敗前燕數十萬鐵騎，俱有戰陣之功。

楊浩立馬坡上，眼前平原上難民們逃來的方向是空蕩蕩的，這是一片開闊地。在它北面，就是一座龐大的宋軍軍陣。先鋒陣、策先鋒陣、大陣、前陣、東西拐子馬陣、無地分馬、拒後陣、策殿後陣……

一眼望去，那一座座各具功用的小軍陣就像無數的鑿、斧、鋸、銼、錐、鉗，組成一部精密的殺人機器，雖然每個小軍陣之間都有寬敞的間隔，但是沒有人敢輕率地衝進去，否則數百人、上千人的隊伍，也足以在一瞬間被絞得粉碎。

開闊地的南面，也就是他們行來的這一側，居然是契丹人的陣營，真不知道他們的大軍怎麼竟然繞到了宋軍的前面，截住了他們的去路。契丹人也有步卒，但是和宋軍配置弓弩手超過七成相似，他們軍中騎兵的配置也超過了七成。

契丹騎兵的前軍正在布車懸陣，這是昔年漢驃騎大將軍霍去病研究出來的一種騎兵突擊戰術，一個個騎兵錐形陣正在有序地排列開來，前後、左右不同兵器的使用，各騎之間的間隔便也不同，戰馬之間留出了足夠的空隙，使他們發起衝鋒時，使敵軍步卒可以閃躲讓路。

但是……騎兵隊伍也是幾十排甚至上百排的，而且每一排騎兵都是錯列的，一旦讓他們發揮出突擊威力，他們可以像除草機一樣，掃平眼前的一切。他們是沒有專門的弓兵的，宋軍要訓練一個合格的弓兵耗時良久，可草原上的騎士人人都是善射的弓手。

「楊大人，楊大人？」

「啊？啊……喔，運到了，運到了，羅將軍，你可還好？」

羅克敵虛弱得搖搖欲倒，卻欣然笑道：「楊大人，末將幸不辱命，百姓們……我都帶回來了。」

范老四策馬過去，一把抓住他的手臂，把他扯上了戰馬，楊浩道：「老四，快送羅將軍去後面，我來殿後。」

范老四應了聲是，不顧羅克敵抗議，載著他便向後奔去。楊浩抬頭再看宋軍軍陣，那大陣已經將要布置成形了，靠近右側山谷，集中布置的是宋軍騎兵，看來正是由於這支騎兵隊伍虎視眈眈地壓在那兒，對面的契丹人馬唯恐突襲難民隊伍時被他們攻擊側翼，這才放過了叫化子隊伍，與宋軍保持著對峙狀態。

眼看大戰一觸即發，楊浩無暇多看，抓緊機會衝下山坡，對剩下不多的百姓高呼道：「快，馬上進入山谷，到了山谷就有飯吃！這邊要打仗了，快點走！」轉頭他又對劉世軒道：「你快去，催促糧隊加快行進，也入山谷隱藏，兩軍一旦戰起，恐怕會掃了兵尾。」

劉世軒知道事情緊急，連忙應聲去了。

這時，只見一個婦人轉身要往谷口外衝，一個老漢滿臉惶急地攔著他們，楊浩氣沖沖馳馬過去，喝道：「還不入谷，你們在磨蹭什麼？」

那婦人哭叫道：「我的孩子，我的孩子，她落在了外面。」

那老丈愧然道：「馬大嫂，真是對不住。老漢……老漢……唉，妳不能出去哇，否則哪裡還有命在？」

楊浩驚聲道：「馬大嫂？妳的孩子……狗兒怎麼了？」

婦人回頭一看是他，不禁又驚又喜：「楊大人，狗兒生了病，小婦人實在抱她不動了，本託劉大叔照應。誰知……」

那老漢頓足道：「老漢也沒了力氣，迫於無奈，央了一個漢子幫忙，誰知……誰知眼看這兩方的兵就要打起來了，那漢子膽怯，竟將孩子丟在了前邊，唉，老漢對不住妳啊馬大嫂……」

說著那老頭也急出淚來，楊浩聽了，抬頭向那片空曠地上望去，只見契丹人的陣營中戰馬微微已起騷動，對面宋軍陣營，後面一個個槍兵與弓手搭配的方陣正「鏗鏗鏗」地向前挺進。

三軍微微一動，如泰山之傾。舉步重重一踏，鏗聲入耳。楊浩不由驚心。

在冷兵器時代，哪怕你勇冠三軍，沒有戰友掩護時，面對一、二十根長槍也只有送命的分。一旦像熱兵器時代的單兵一樣小跑或奔跑衝鋒，快速衝鋒必然陣形大亂，那時一個個孤立的槍兵只配給整齊的敵軍送菜。他在軍中混了這麼些日子，已經知道在千軍萬馬的大集團作戰中，這種閱兵式的結陣前移，實際上就是馬上開戰的徵兆。

一旦開戰，萬矢齊飛，千軍萬馬踏上戰場，莫說一個生病的孩子，正處於兩陣衝鋒交錯地帶，誰還能有活路？

楊浩站在高處，急忙向下極目望去。忽然，就在那兩軍對壘之間，他依稀看到一個弱小的身影在躑躅前行。也許是感受到兩軍即將交鋒時散發出的濃濃殺氣，那個小東西正奮力想往前跑，但因為力弱，沒跑出幾步，便跌倒在地，也許是摔傷了腿，但他仍執著地往前爬行著。

是狗兒！楊浩心中猛地一緊，是這個瘦瘦弱弱，生這麼大沒有見過太陽，一心嚮往著開封不夜之城的孩子。「楊浩大叔！」那脆生生的呼喚似乎就在耳邊迴響，楊浩心中一熱，沉聲道：「速速入谷，我去救人！」說罷一提馬韁，衝出谷去。

他疾風般馳過壁宿身旁，伸手一扯，便將壁宿那件袈裟扯了下來，高高舉在手中，迎風獵獵，衝向雙方十數萬大軍一觸即發的戰陣中央。

烈日當空，開闊地兩側千軍萬馬殺氣沖霄，劍戟生寒，寒意壓住了天上的烈日。雙方就要揮軍大戰的當口，楊浩策馬獨騎從谷中衝了出來。

雖千萬人，吾往矣！

此行，無關大義，只為那一聲「楊浩大叔」。

百五二章　人是未來佛

「鏗鏗鏗鏗……」宋軍槍兵鐵甲鏗鏘，手執櫓盾長槍，排著密密麻麻的陣形，足足有二十排、四十列，長槍高舉，森然如林地走上前來，隨著一聲大喝，所有交錯排列的兵卒單膝跪地，長槍前指，排成了一個立體防禦的槍陣。

槍陣兩翼，在策先鋒陣翼護之下的投槍手和步弓手也排著整齊的隊列大步向前，這麼近的距離，快馬一衝就到，他們只有射三箭的機會，是以各軍陣中間給他們留下了退往中軍大陣的通道，中軍大陣是中空的，步軍槍刀手以密集的陣形排成了一個方方正正的大陣，隨時可以開「門」放他們退入，外設刀槍，內輔弓弩，屆時仍可配合作戰。

對面，契丹鐵騎的錐形車懸陣也已布置停當，排在最前列的，是得勝鉤上掛著鏈錘、狼牙棒、大戟、火叉等重兵器的戰士，重兵器都放在觸手可及的地方，此時他們已執弓在手，一手緩緩探向肩後的箭壺。再往後看，彎刀如草，道道反光似河水粼光，中軍陣中，一面狼頭大旗筆直地豎起。

現在，只須一聲令下，便是千矛叢集，萬矢齊至，就在這時，「希聿聿」一聲馬嘶，宋人遷徙大軍避入的山谷中突地衝出一騎，向兩軍陣前狂馳而來。

這一騎來得突兀，雙方將士不由自主都向他望來，只見一匹健馬向兩軍陣前筆直地衝來，馬上一人如同乞兒，散髮飄揚，手無兵器，一手高舉，手中擎著的不是大旗，卻是一件紫色袈裟，袈裟迎風抖開，彷彿大鳥的翅膀。

此時無論宋國契丹還是西域雜胡，大多崇信佛教，眼見衝出這人兵不像兵、民不像民，手中高舉一件袈裟，雙方士兵都不免為之愕然。

楊浩心如擂鼓，熱血翻湧，那一顆心都提到了嗓子眼上。他也知道，不須雙方主將下令進攻，只消一小卒抬手一箭，便可了結他的性命。真要是因為自己衝出來而引發雙方提前發動，那自己更要成了傳說中的楊三郎和楊七郎的綜合體：楊三郎馬踏如泥爛，楊七郎萬箭把心穿。可人家楊三郎有後，楊七郎只做了一夜夫妻的娘子杜金娥也給他留了後，自己可是一人死掉，全家完蛋了。

然而此時，他已顧不得那麼多了，他甚至無暇往兩旁令人膽寒的大軍望上一眼，他只是一路狂奔，尋找著狗兒的身影。手中那件袈裟，他也只是臨時起意，存了一絲僥倖，希望雙方這些軍卒們哪怕能稍有疑惑，手下留情而已。

契丹軍陣中，一輛高大的戎車，宋軍軍陣中，中軍高挑黃羅傘蓋，正欲一決雌雄的兩位英主都注意到了突然殺出的這一騎馬。

趙匡胤微感詫異，急急吩咐一聲，旗號一展，蓄勢待發的三軍將士便為之一頓，只這一頓，便藉那衣角磨擦，兵器頓地發出一聲沉雷般的聲音。

對面契丹軍陣中那輛戎車上，一個玉人，身披鎧甲，眉間一點朱紅。她把蛾眉微微一挑，嬌軀前傾，好奇地看著那個手舉袈裟的怪人，素手微微一舉，站在戎車踏板上的一個「那可兒」便急忙舉起牛角，嗚嗚地吹了幾聲。

「那可兒」在契丹被一般牧民尊稱為「哈剌出」，是權貴身邊最親近的武裝侍衛，得到蕭后親隨示意，契丹前軍瞄向楊浩的弓箭也放了下來。

就在這時，蕭后戎車上有個女孩忽然叫了起來：「浩哥哥，是浩哥哥！」

這少女又叫又跳，惶然道：「皇后娘娘，求您放我過去，那是……那是我的浩哥哥。」

這少女模樣的人赫然竟是羅冬兒，她急急哀求著，不斷回頭看向那縱馬疾馳的楊浩，生怕一錯眼珠就會失去他的蹤影。

「哦？他……是妳的男人？」蕭后微微一笑，饒有興致地看向羅冬兒，羅冬兒急急點頭，蕭后不禁莞爾：「不錯嘛，妳很有眼光，選的男人……嗯，漢人中竟也有這般血性男子，呵呵……」

羅冬兒知她身分尊貴，不敢去扯她衣袖，只是急急哀求：「皇后娘娘，求您行個好，放小女子過去與他相會吧。」

蕭后哼了一聲道：「我放妳過去，誰放我過去呢？」

「啊？」羅冬兒杏眼張大，不曉得蕭綽在說什麼。

蕭后輕輕一嘆，有些意興蕭索地靠回了狼皮交椅上，淡淡地道：「這萬馬千軍豈是兒戲，本后沒有下令放箭，只是好奇他想幹些什麼而已。再送妳過去？妳當本后率領十萬大軍來到中原，是開善堂還是扮家家啊？」

「皇后娘娘……」羅冬兒急得快哭出來了，她再也顧不得了，提起裙襬就跳下了戎車，那戎車極為高大，光是車輪幾乎就有她的人高，這一跳下去幾乎拐了腳，她也不管不顧，發力便想往前狂奔。

可這中軍大陣距前陣還有著相當遠的距離。一排排戰馬峙立不動，安穩如山。她一跳下去，四處一看全是馬腿，連路都看不到，浩哥哥快馬到了哪裡更是看不到，這可如何是好？心中一急，眼淚就流了下來。

一旁有位英眉朗目的年輕將領一偏腿便輕盈地跳下了戰馬，柔聲安慰道：「冬兒姑娘，如今大戰一觸即發，妳現在衝出去，一旦戰陣發動，立時就會被踏成爛泥。還是先上車去吧，只要有命在，還怕沒有相見之期？」

羅冬兒一把扯住他，哭泣道：「耶律大哥，冬兒知道你本事大，你送我過去好不好？」

耶律休哥苦笑搖頭，羅冬兒心生絕望，再也忍不住扶著車輪便大哭起來，耶律休哥眼中露出憐惜之色，他抬手想要安慰安慰她，可是看到羅冬兒手上纏的繃帶隱隱滲出的血跡，略一遲疑，終究只是輕輕一嘆，無力地垂下手去。

楊浩策馬狂馳，只覺心跳加速，覺得氣息都不夠用了，就在這時，他發現前方草地上伏著土黃衣色的小人，立即高呼道：「狗兒，狗兒！」

「楊……楊浩大叔。」草地上那個俯臥在地的那個孩子微微仰起了頭。她正在發燒，燒得迷迷糊糊的，兩眼無神，嘴脣皸裂，有些發黃的臉蛋上灼著兩團紅暈。她無力地蜷伏在哪兒，只道自己要就此睡去，一覺睡下，再也不用醒來，朦朦朧朧中忽地聽到楊浩的聲音，便下意識地答應起來。

楊浩一見她動靜，不由大喜若狂。他沒有鐙裡藏身的本事，策馬衝到狗兒面前，楊浩立即勒馬停住，他扳鞍下馬，就在兩翼十餘萬大軍的注視之下走到狗兒身旁，單膝跪下，喚道：「狗兒。」

「楊浩大叔，狗兒找不到娘親了，狗兒要死了……」

「狗兒不會死的，大叔救你回去！」楊浩將那袈裟一揚，把狗兒整個裹在裡面，往懷裡一抱，狗兒下意識地摟緊了他的脖子，發燙的臉頰貼在他的頰上，喃喃地道：「狗兒好渴，大叔，有好多人……在做什麼啊……」

楊浩抱著她走回馬旁，試圖扳鞍上馬，可他馬術有限，懷裡抱著個孩子，三、四次都攀不上去，左面的宋軍都替他捏了一把冷汗，對面的契丹兵都看不下去了，有一個大鬍子怒喝道：「兀那漢人，有顆潑天的膽子，卻沒一身馬上功夫，連個娃兒都救不起，看得老子一肚子鳥氣，你奶奶個熊……」

「噹」的一聲，他正罵得起勁，頭上鐵盔被一名百夫長用馬鞭敲了一下，忙吐吐舌頭，重又舉起箭來。

楊浩好不容易抱著狗兒上了馬，雙方的士卒竟不約而同地長舒了一口氣。只見楊浩雙鐙一叩馬腹，又向來路疾馳而去。兩方軍陣中登時發出雷鳴般一聲喝采。

蕭綽一雙妙目往那疾馳而去的漢家男兒背影一瞟，素手向下狠狠一劈，一雙嫵媚的明眸中便透出一股殺氣。

「嗚——嗚嗚……」數十枝牛角同時吹起了蒼涼激越的號角聲。

「通！通通！通通通通通……」與此同時，對面的宋軍也不失時機地擂響了戰鼓。

「殺！」聲如殷雷，滾過低過，萬箭齊發，儼然烏雲。天空的陽光都為之一黯。

壁宿立馬谷口，只見箭矢穿梭，如飛蝗一般遮天蔽日，契丹鐵騎策動，如滾滾洪水，對面宋軍猶如一塊塊峙立不動的山峰，眼看這巨浪與山峰就要碰撞在一起。而楊浩單騎獨馬，就在這潮與岩碰撞的一線之間，就在這遮蔽了整個天空的如雲箭矢中馳入谷來。

壁宿面如土色地站在那兒，喃喃自語道：「大和尚說，佛是過來人，人是未來佛。楊浩啊楊浩，你如今就已立地成佛了。」

百五三章　御風扶搖子

正在谷口等候楊浩的一些士兵見他安然而返，登時便喝一聲采，只是疲餓之下，這聲采喝得未免有氣無力，完全被谷外雙方大軍海嘯一般的吶喊聲壓制了下去。

馬大嫂一見楊浩趕到，急急上前從他懷裡接過狗兒，垂淚就要下跪。楊浩氣喘吁吁地道：「莫要客套了，快快進谷。」

他對壁宿道：「你去看看糧車都到了沒有，如果到了，叫他們從速入谷，把炒米分發下去，先給大家充飢，我在這裡看看情形。」壁宿急忙答應一聲，從馬大嫂懷裡抱過狗兒，領著他們匆匆奔向谷內。

這谷口是朝向東南方向的喇叭口，因谷口外一片區域是個傾斜的高坡，然後才是一馬平川，所以河水一出谷口便轉向南方，河水出谷後走的是乙字形，車隊沿河而來，而前方地勢較高，這樣他們便不會被正全神貫注與正前方宋軍交戰的契丹鐵騎發現，得以進入山谷。

此時那車隊剛剛拐進山谷，這一路上他們利用空車炒好的兩車炒米迅速分發下去，百姓、士卒們人手一把炒米，就著河水吞嚥，哪管什麼契丹人正在外面大戰，現在就算有人提著刀直奔他的人頭而來，也得先把這口炒米吞下肚去再說。董十六眼見谷中一片混亂，眼珠一轉，便趁沒人注意悄悄向後退去。

羅克敵與赫龍城、徐海波一邊吞嚥著炒米，一邊匆匆計議了一下，幾員將領便商量著往回走，欲待看看雙方大戰情形。此時丁浩伏在坡上，正向下面張望。

以步兵為主的兵種對以騎兵為主的兵種，其實未必不能戰勝，如果是在山地、峽谷、沼澤地帶，說不定還能大占上風，但是在平原曠野上，他們是一定要吃些虧的。尤其是他們對敵騎兵還有一個致命的弱點，那就是勝了難追、敗了難逃。因此宋軍陣營此時基本採用守勢以耗敵銳氣，只有他們集中於右翼的騎兵，甫一臨戰便衝了上來，與契丹騎兵在谷口外一箭之地混戰在一起，其掩護谷中百姓的意圖十分明顯。而步兵方陣則在承受了敵騎的猛烈撞擊之後，開始步步前進，向騎兵中軍突進。這個行進速度很慢，他們必須在緩慢的行進過程中保持長槍如林的密集陣形，才能抵消契丹的騎兵衝擊優勢。

契丹鐵騎在中軍指揮下，左翼騎兵大隊走了一個弧形向宋軍大陣側翼發動了攻擊，右翼騎兵則緊緊咬住宋軍的騎兵隊伍，意圖把宋軍僅有的這支機動力量消滅，但是宋軍騎兵一側依著山谷岩壁，另一側靠著先鋒槍陣，與契丹騎兵的接觸面有限，一時未呈敗象。

隨著激烈的戰鬥，雙方的戰陣都有些撼動，戰場範圍開始呈現擴大趨勢，一些處於戰陣邊緣的游騎散兵開始向兩側擴散，靠近山谷附近。羅克敵趕到山口時，只見漫空箭矢，廝殺震天，行伍湧動如同一股股洶湧澎湃的巨浪潮水，雖然看似混亂，其實各有章法。

羅克敵觀察一陣，說道：「敵我雙方倉促接戰，雖匆匆布下陣勢，其實彼此各有不足。這一仗若由我來指揮，以敵轉移進攻方向的速度，這樣龐大的戰陣，我們多少是要吃虧的。」

楊浩見宋軍大陣在潮水般澎湃而來的敵騎衝擊之下巋然不動，大小各營均有章法，而且還能徐徐挺進發動反擊，倒是契丹鐵騎如一股股洪水般在宋軍陣營留出的空隙間湧來湧去，始終不能突擊進去，明明是宋軍占了上風，不禁詫然問起。

羅克敵道：「平原作戰，敵騎是占了地利便宜的。雖說目前我軍尚能與敵膠著不分上下，但是在兵員相當的情況下，敵軍不管哪一部受了重創，其餘各部騎兵都能迅速補償過去堵住疏漏，而我軍皆為步卒，但有一營失陷，其他諸營只能棄子，而不能往援。這樣苦戰下去，便有蠶食之險。此其一。

「官家大軍與我等並無聯繫，此番突然出現，應該是自群山之中突圍出來回轉中原，而契丹人已獲悉消息，以騎兵之機動，繞路攔到了他們的前面。官家並不曾料到我們會突然出現，倉促間只能把我大軍一貫置諸中軍充作預備，關鍵時刻予敵重創的騎兵，放在了側翼掩護我們撤退，契丹人顯然也注意到了這個變化，消滅我軍騎兵便是他們的突破口。」

楊浩從善如流，豈肯與這朝廷大將賣弄兵法、談論用兵之道，當即詢問道：「那依將軍，我們該怎麼辦？」

「撤！唯有甩掉我們這個大包袱，官家才能從容迎敵。」

「撤？往西還是往南？」

「往西，沿山谷西行。往南正在契丹軍營一側，契丹只需分一支千人隊出來，我們就萬無生理了。」

楊浩拳掌一擊，喝道：「那就走，十數萬大軍在為我們爭取時間，時機稍縱即逝，遲延不得，馬上上路。」

此時董十六牽著馬悄悄退到谷口，趁人不備翻身上馬便疾馳而去，他倉皇之下並未沿著乙字形的河道路線繞行，而是筆直衝上了高坡。一過高坡，就見契丹騎兵漫山遍野，如狼似虎地馳騁過來。

他們衝鋒一久，隊形也有些散亂了，已開始向兩翼慢慢擴散，有些騎卒已經衝到了坡上，此時董十六就算沿河而行，他們居高臨下，也是瞞不過他們眼睛的，更何況這樣當面衝來。

董十六大駭，把雙手急急搖動，大呼道：「我不是宋軍，我不是宋軍。」主將一聲令下，敵我大戰已起，此時契丹士兵眼中只有敵我，哪裡還有人理他到底是什麼人，董十六甫一亮相，「嗖嗖嗖」雕翎破空，他便得了個亂箭穿心的下場，前胸、肋下，便連腦門上都中了幾箭，像隻刺蝟似地仆下馬去，碗口大的契丹鐵蹄便從他的身上踐踏過去，向守在谷口的宋軍騎兵急急包抄過去。

羅克敵等人趕回谷中，催促剛剛喝了一口水，吃了一把炒米的百姓打起精神，繼續向西趕路。許多百姓一來是疲累之極，二來是愚昧無知，只道外面兩軍交戰，不會有人來欺侮他們這些尋常百姓，任你呼喝叫喚，就是不肯起來。

這時楊浩那三百衙差便派上了大用場，他們張牙舞爪地撲進人群，連蒙帶騙，連唬帶嚇，手中鐵鏈哨棒飛舞，他們打人極為技巧，看著兇悍，打著痛楚，偏偏不是要害。只見他們如虎入羊群，片刻工夫，許多老幼便被他們扔上車去，許多青壯便像轟牛趕羊拖死狗一般動起來，也不理其他百姓，便押著這些人急急往山谷深處衝。

這些百姓都有從眾心理，人人都不動，明明刀槍臨頸，許多人也看不出危險，如今有人先動了，他們便開始害怕起來，又有其他士兵呼喝催促，便也一轟而起，隨著被差役巡捕們驅趕開路的前鋒部隊，沿著山谷向縱深行去……

天黑了，一輪彎月爬上半空，照著黝黑的山谷。

＊　＊　＊

谷中生起了一堆堆篝火，許多百姓吃了兩碗香濃的米粥，被禁止繼續進食之後，望著那一車車糧食，還是有些饞涎欲滴的感覺。

扶搖子指揮著幾個人在架起的大鍋上敖煮著藥湯，蒼天垂憐，總算沒有令這支逃難大軍再生起不可控制的大瘟疫來，但是大多數軍卒百姓體質都已極差，有些人還生了這樣那樣的病來。扶搖子取來的這些藥材既是治瘟疫的，其中自然有些是益氣補虛、強身健體的，這時便挑出來煮成藥湯讓大家服用。

總地看來大家氣色還好，雖說他們現在依然是衣衫襤褸，可是腹中有食，心中不慌，大多數百姓都像久旱之後的野草忽地淋了一夜細雨，重又煥發了精神。

狗兒躺在娘親的懷裡，就著她的手，小口小口地吞嚥著那些發苦的藥湯，那可是扶搖子為她開的小灶，說是喝完了明天就能活蹦亂跳，不然這樣病懨懨的，楊浩大叔一定要為她多操心，狗兒聽了才肯這般聽話地服藥，若非如此，這麼苦的藥湯她怎嚥得下去？

人們三五成群地坐著，訴說著劫後餘生的喜悅，談論最多的就是楊欽差今日單騎救狗兒的事。這些百姓最在意的不是兩軍陣前楊浩這種行為何等英勇，而是他救的只是一個小小的百姓孩童，一個名叫狗兒、命賤如狗的小民。

堂堂欽差，為了一個小民捨生赴死，這才是令他們最在意的。因為他們就是小民，自然感同身受，巴不得天下的官都像楊欽差一般愛民如子，於是那誇獎的話便也毫不吝嗇地說了出來。

馬大嫂抱著狗兒，一邊餵她吃藥，一邊繪聲繪色地向周圍的人說著楊浩單騎衝回兩軍陣前救回狗兒的事情。狗兒躺在她懷裡，撲閃著大眼睛，聽著娘親的述說，喝進口中的藥湯似乎也不是那麼苦了。

程德玄抱膝坐在人叢後面，微笑著聽馬大嫂講故事。曾經衣冠楚楚、最重儀表的他，此時那裡還修什麼邊幅？他和普通的叫化子沒什麼兩樣，衣衫襤褸、蓬頭垢面，雖然不遠處就是潺潺流淌的河水，他都沒有洗一把臉。

楊浩當初離開時，本來安排了兵丁看著他，限制了他的自由，形同軟禁。但是逃難隊伍從兩軍陣前匆匆逃入山谷時已經徹底混亂了，看守他的兵丁也被龐大的人流擠散了，直到現在還沒找到他。

眾人聽了馬大嫂的話，更是嘖嘖連聲地讚嘆，程德玄隨聲附和著，眼底有一簇妒恨的火苗悄悄在燃燒。聽著有百姓說待逃出生天之後要做萬民傘、德政牌給楊欽差，程德玄忽地插口道：「若非楊欽差，咱們這數萬人都化了枯骨了，理應好好感謝楊欽差才是。只是我等身無長物，到了定居之地，一時怕也無錢做出萬民傘、德政牌來送與楊欽差，再說楊欽差這一路歷經艱險，一旦帶著咱們安全進入宋境，一定會盡快回京去見官家，楊欽差立下這樣的大功，官家一定會陞官晉爵的，咱們還不知什麼時候才能再見到欽差大人。依我之見，待安抵宋境之後，咱們向楊欽差叩幾個頭，道一聲萬歲，祝一聲無疆，也就是了。」

「萬歲」、「萬壽無疆」一類的吉祥話，自春秋以來直至漢初，都只是吉利話，並不指定什麼品級的人才可用。直至漢武帝時，才成為官方對皇帝的一種專有稱呼，但是民間文化普及太差，所以口語相沿一直未改。

唐末時有些地方的百姓逢年過節彼此拜年，還以萬歲相賀。民間起名萬歲的更是大有人在，以至有時在鄉間還能看到婦人站在門口扠著腰高喊：「萬歲，你個小兔崽子快點回家吃飯。萬歲他爹，找找你那混帳兒子去！」

就是如今這大宋，像澧州、廣南等地方除夕夜放炮仗的時候，百姓們也是拍手高呼萬歲。萬歲一詞真正做到盡人皆知是稱皇帝，那是宋朝文化高度普及之後的事了。是以這些鄉民聽了絲毫不覺有異，反而拍手稱讚，盡皆贊同。

可是，過節時同鄉友好見了面，拱拱手稱一聲「萬歲萬歲」和除夕夜衝著鞭炮喊「萬歲萬歲」，跟幾萬人同時朝一人下拜高呼萬歲真的一樣嗎？這些小民只想表達自己的感激之情，卻未細想其中的道理。

程德玄眼見奸計得售，便趁他們不注意，帶著幾分陰惻惻的笑意悄悄退出了人群……

此時楊浩正在河中洗澡，雖是盛夏夜，其實澗中清泉仍有些涼意，可是這時候也講究不得了。他從頭到腳洗了個乾淨，這才赤裸著身子走到岸邊拾起衣服來穿起，又將長髮挽好，扯下一截布條束緊。

羅克敵大步走過來，他也已經沐浴完畢，腹中有了食物，又洗了個清清爽爽的澡，他又恢復了那個英挺俊俏的少年將軍形象。腰桿挺得筆直，腰間那柄劍也擦得鋥亮，精芒畢露，英氣勃發。

「楊大人。」

「羅將軍。崗哨可曾布好？」

「布好了，末將在五里之外布下兩個警哨，若有消息會通報回來。」羅克敵苦笑一聲道：「這警哨只是聊勝於無吧，契丹人若真的乘馬追來，他們縱然來得及報訊，咱們也來不及逃走的。我只寄望於官家，希望官家能予契丹人重創，這裡畢竟是宋境，雖說周圍並無強援，想來契丹人也不敢久待，他們若是大敗，必然急急逃去，咱們或可逃過一劫。」

楊浩輕輕搖頭道：「羅將軍，我與你的看法卻有些不同，谷外那場血戰，若是契丹人大勝，我猜他們才不會追來，而是逕去追擊官家的敗軍以圖擴大戰果。恰恰相反，若是契丹人敗了，或是不曾在官家那兒占了什麼便宜，恐怕……他們才一定不會放過咱們，他們興師動眾來到宋境，若是官家那裡占不到便宜，再不能把我們這支移民隊伍消滅，那他們所為何來？」

論打仗楊浩不及羅克敵，論起政治見解，雖說楊浩以前不曾聽過什麼大官，一旦身臨其境，實比羅克敵看得透澈，聽了楊浩這番論調，羅克敵不禁愕然道：「我本盼契丹人能在官家手上吃個大虧，聽你一說，倒是官家吃了大虧咱們才能安全？」

楊浩苦笑著搖搖頭，這種話題實在不便多講，他岔口問道：「程大人找到了嗎？」

羅克敵道：「剛剛找到，程欽差如今也狼狽得很，正在下游河裡沐浴，我重又安排了兵士『照顧』他。不過看起來他如今倒是安分多了，神色間也少了些怨尤。」

楊浩淡淡地道：「他怨不怨，我也顧不了那麼多了。當初孤注一擲，奪節抗命，楊某為的是這數百軍民的前程著想。如今，只要咱們這一路人馬平安抵達宋境，那便是一樁天大的功勞。縱然是官家，也不會再計較我奪節之罪，怕他何來？」

羅克敵猶豫了一下，說道：「大人光明磊落，此心可昭日月，不過，程大人是南衙趙大人的親信，趙大人可是當今皇弟啊。楊大人，末將有一番話，不知道當講不當講？」

「你說。」

羅克敵誠懇地道：「大人，官場上，朋友是用來有福同享的，若非受你扶持，隸屬同脈，又或意氣相投的多年政友，在涉及你與其他官員的政爭之事時，大多都要袖手旁觀的。何況對方的靠山實在大得嚇人，而楊大人你官場根基豈止是淺，簡直沒有一個政友，所以……樹一敵實不如結一友，縱不能成為朋友，若能消解他的敵意，也好過彼此為敵。

「楊大人，先前，你與程大人見解不同關乎數萬人生死，那是縱想不得罪他都不成。可是如今西向已成不可更改的事實，似乎……楊大人可以與他試著緩和一下關係？」

楊浩聽了微微有些動容：「那依羅將軍看，我該如何與他修補關係？」

羅克敵道：「楊大人私下不妨與他融洽一下關係，待咱們把這數萬百姓安全送到地方，覆旨於聖上時，這功勞嘛，不妨順手帶上了他。那麼奪節一事，他自然絕口不提，有我們這些將官在，他承了你恩惠的事不能盡掩他人耳目，那時怎好意思再與你為難？縱再與你為難，他先失了道義，也必受百官鄙夷。楊大人切莫小看了百官的看法，一旦人盡視你如小人，再想交個知心朋友就難了。那時他必受百官孤立。

「可你若現在執意與他為敵，那便不同了。不管你是否為了百姓萬民，現在可是你奪其節鉞、斷其王命在先，他執意東行全因聖上屬意於將百姓遷往中原。所以官家縱然責他糊塗，也絕不會處斬。咱大宋還少有謀反大逆之罪之外輕易斬殺大臣的，頂多辦他個流放，有南衙趙大人在，用不了多久便會重新起用他，那時他就是你一世之政敵了。楊大人何必爭一時意氣呢？其中得失，末將說到這個分上，想必大人自然明白。」

「咦？」楊浩欣然笑道：「羅將軍，楊某只當你一桿銀槍驍勇無敵，乃一糾糾武夫，想不到你竟有這般細膩的心思，對為官之道看得這般透澈。」

羅克敵乾笑著自嘲道：「末將雖是武人，家父卻是文官，家父歷唐晉漢周宋五朝而不倒，人稱政壇不老松，小羅耳濡目染，多少也能繼承一二。」

楊浩聽他說得有趣，不禁與他把臂大笑。

* * *

扶搖子忙著熬藥煮湯，等到把藥湯全分發下去已是深夜，他在東一堆西一堆就地睡下的百姓群中胡亂走著，不知怎麼偏就找到了馬大嫂母女所在的地方。老道往地上一坐，捶著大腿道：「喂，小女娃，妳不是一到晚上就有精神的嗎？怎麼，今兒病得也撐不住了？」

狗兒枕著娘親的大腿似睡非睡的，聽他一說登時醒來，她哼了一聲道：「才不是呢，沒人陪我說話，我又不敢去打擾楊浩大叔，他一定很累了，自己一個人待在這兒好沒意思。」

說著她翻身坐了起來，摸摸額頭道：「不過道士爺爺配得那苦藥湯倒是真的靈驗，我已好了七、八分了。」

扶搖子自得地一笑道：「那是自然。老道配的藥，旁人都說是仙丹呢！到了妳這小丫頭嘴裡就成了苦藥湯，真是白費我心思。」

狗兒向他扮個鬼臉，笑道：「本來就苦嘛，難道說不得？」她托著下巴，撲閃著大眼睛想了許久，忽然道：「道士爺爺，今天……狗兒被人扔在路上不管了，是楊浩大叔冒險衝上戰場把我救下來的。」

扶搖子莞爾一笑道：「嗯，這事已經傳開了，老道也聽說了，這個妖孽……啊！這個楊浩，嘿嘿，倒是有一顆慈悲之心。」

狗兒鄭重地道：「所以，道士爺爺，你一定要教我法術。」

扶搖子一愣：「這和教妳法術有什麼關係？」

狗兒很認真地道：「我爹說，受人滴水之恩，當湧泉相報。我受了人家湧泉之恩，你說若不學點本事，還能如何報答？」

扶搖子摸摸鼻子，乾笑道：「這個嘛，妳一個女娃，又不是男子漢大豆腐，用不著這麼認真啦。」

狗兒道：「那怎麼成？有恩就一定要報的，道士爺爺，你教我法術好不好？」說著她湊過來，討好地給扶搖子捶著腿：「道士爺爺累了吧？狗兒給你捶腿。狗兒知道道士爺爺是個大好人，你一定不忍心讓狗兒失望的。」

扶搖子苦笑道：「妳這娃兒，老道這一顆道心，竟也被妳說動了。」

他摸摸狗兒的腦袋，抬頭望著天上一輪弦月，悠悠說道：「他能窮則獨善其身，達則兼濟天下。妳這小娃娃曉得感恩戴義，常懷欲報之心。老道呢，老道睡中悟道，混沌無為，獨善其身，不干勢利，自謂方外之士，卻又離不得人間俗物的報效，比起妳這小娃娃來，真是自覺有愧啊。」

狗兒道：「道士爺爺又在說什麼讓人聽不懂的話了？」

扶搖子捋鬚笑道：「老道是說，妳也不要纏磨了，老道收了妳這小徒弟便是，這一回，妳聽懂了嗎？」

狗兒大喜：「多謝師父爺爺，那……從今以後，狗兒就是你的徒弟啦。」

扶搖子大笑道：「好一個師父爺爺，老道還是頭一回有個徒兒這麼叫我，哈哈哈，從今以後，妳便做了老道的徒弟孫兒吧。」

天將破曉時，所有人都在沉睡之中，谷中寂寂，似乎鳥兒都未醒來。

托腮酣睡的扶搖子耳朵忽地微微牽動，雙眼倏地一張，兩道冷電似的光芒一閃，翻身便坐了起來，待他看見伏在自己膝上睡得正香的狗兒，眼光卻又轉趨柔和。

他輕輕扶起狗兒的腦袋，給她枕下墊了一塊圓滑的大石，摸摸她頭髮，嘿嘿笑道：「小女娃，妳既喚我一聲道士爺爺，爺爺怎麼也要護妳周全才是，數十年不沾塵事了，老道今朝便為妳這娃兒破例一回。」

他飄然起身，便向來時路途飛奔而去，一路疾行，奔出五里路去，峽谷中兩個睡眼矇矓的哨兵隱約似乎瞧見一條人影，待他們定睛細看時，空谷寂寂，何曾有過人來？

扶搖子恰似閒庭信步，御風一般馳出十里，氣血流暢，意氣飛揚，不由放聲吟道：「吾愛睡，吾愛睡，不臥氈，不蓋被。片石枕頭，簑衣覆地。南北任眠，東西隨睡。轟雷掣電泰山摧，萬丈海水空裡墜，驪龍叫喊鬼神驚，吾當恁時正酣睡。閒想張良，悶思范蠡，說甚曹操，休言劉備。兩三個君子，只爭些小閒氣。怎似我，向清風，嶺頭白雲堆裡，展放眉頭，解開肚皮，打一覺睡！更管甚，玉兔東升，紅輪西墜。哈哈哈，胡虜小兒，擾我清夢，道爺拂袖，去去去，刀兵且藏，盡付一睡……」

扶搖子聲若空靈，裊裊不絕，腳下一雙麻鞋或踩青草卵石，或踏碧水清波，大袖飄飄，直若仙人。

前方，蹄聲如雷，契丹鐵騎已然到了！

百五四章　一嘯退千軍

一隊契丹鐵騎正沿著谷中道路急急而來，藉著清晨的曦光，他們騎速極快。這支騎兵是契丹一個千人隊，千夫長名叫鐸剌，南院大王耶律斜軫麾下一員大將。

谷外那場大戰直打到傍晚，雙方各自收兵。宋軍稍顯頹勢，但契丹人做為攻方，傷亡更加慘重。趙匡胤為防敵軍趁夜襲營，便收攏隊伍，徐徐後退，背依連綿高山紮營，減輕四面受敵的壓力，這樣一來，原本為了掩護難民隊伍撤退，護在谷口一側的騎兵也撤了回來。

不出楊浩所料，此番蕭后率大軍截到趙匡胤的前面，如果她打一個大勝仗的話，那麼她可能會放過逃入谷去的這支難民大軍。如今契丹軍隊沒有取得預期的勝利，他們的注意力便重又放在這支難民隊伍上了。

一天的鏖戰下來，蕭后自知在趙匡胤這位自身便是名將的大宋皇帝面前討不了太大便宜，這裡是宋境，她的大軍只能速戰速決。既無取勝的把握，蕭后當機立斷，紮營之後便令難以追隨大軍行動的傷兵、殘兵取道山路返回北國，又將大軍按部族、部落分為幾路，令各部化整為零，趁夜潛出大營，殺奔宋境各處城鎮「打草穀」，以彌補此次遠征的錢糧消耗，然後自行取道回國，同時令南院大王耶律斜軫派一路人馬追殺遷徙隊伍。

人口也是一筆財富，如果擄些青壯和女奴，照樣能賣個好價錢，而且追殺這些已不堪一擊的難民，遠比攻城掠寨用身體去抵擋宋人的檑木滾石划算，是以鐸剌接了這個命令只當是個肥差，心中喜不自禁，待天色微明戰馬可以行進時，他便迫不及待地追進谷來。

這山谷並非一條直線，亦有曲折彎繞，但兩側壁立如峭，谷中卻很平坦，少見大石巨木，不虞被人伏擊，是以鐸剌放心策馬疾行，正馳騁間，胯下戰馬希聿聿一聲長嘶，陡地人立而起，幾乎把他摔下馬來。

虧得鐸剌騎術精湛，連忙挾緊馬腹，一勒馬韁，怒斥道：「畜牲，要作反不成？」可他胯下戰馬彷彿發了瘋，連蹦帶跳，狂嘶不已，哪肯再聽他駕馭，與此同時，疾馳而至的騎士們紛紛發出驚呼，就聽戰馬驚嘶聲不絕於耳，一匹匹戰馬發了狂，狂嘶亂蹦，就地打滾，甚至彼此廝咬起來。

一匹健馬向前一栽，一頭撞在鐸剌的馬腿上，「咯嚓」一聲，便將他的馬腿撞斷，他的戰馬一聲哀鳴仆倒在地，鐸剌再也坐不住一頭摔了下去，兩人兩馬便滾到一起。

鐸剌如此狼狽，他手下兵將更是不堪，那些戰馬正急急前衝，忽然就像撞上了一條條無形的絆馬索，有的馬仆倒在地，有的馬驚慌失措，有的馬發了瘋一般踢咬其他戰馬，後續騎兵勒馬不住，紛紛擁上來，更加劇了這種混亂，許多騎士摔下馬去，被無數馬蹄踐踏著發出淒厲的慘叫，更有許多騎士連人帶馬都摔下河去。

鐸剌倉皇爬起，就見一匹戰馬掉頭想要逃跑，可是被擁塞的人馬阻住去路，竟長嘶一聲，發瘋一般撞向岩壁，「砰」的一聲，碩大的一顆馬頭撞得岩石風化的碎屑簌簌而下，那戰馬撞得腦漿迸裂，當場死亡。

鐸剌「唰」地一下，全身的汗毛都豎了起來。沒有敵人，他看不到敵人，可是突然之間所有的戰馬都發了瘋，那些訓練有素的戰馬現在比看到成群撲來的野狼還要害怕，眼看著擁擠在一起毫無用武之力的士卒們只能徒勞地與胯下的戰馬搏鬥著，然後一一栽下馬背，被上千匹擁塞在這窄窄一段谷中發狂般互相廝咬的戰馬用鐵蹄踐踏，鐸剌張皇失措，不知該如何應對這樣的局面，他面如土色，心中只想：「怎麼會這樣？怎麼會這樣？莫非我們衝撞了什麼山精木魈、妖魔鬼怪？」

這時，他才發現四周的樹木花草盡在清晨曦光之中簌簌發抖，那本來流暢奔湧的河水就像下面架了乾柴烈火的大鍋，氣泡直冒，河水翻騰。在他腳下，有一匹戰馬噴著鼻息和泡沫，好像一口氣馳騁了三百里路，馬腿劇烈地抽搐著，一雙馬眼中竟滲出了血絲，其狀苦不堪言。

前方半里路外，扶搖子立在谷中一方青石之側，老頭瘦小，一身灰衣，天色又未全亮，竟無人看到他的身影。他的兩隻大袖翅膀似地張開左右，彷彿被無形的絲線牽引到了空中。此時的他平素那副睡不醒的模樣已全然不見，他雙目如電，頸部一下子粗了近一倍，根根筋脈如小蛇般盤附，他正做出撮脣長嘯的模樣，可是他的口中卻沒有發出半點聲音。

一種人耳難以聽到的高頻聲波如漣漪般向前方蕩漾開去，彷彿若有實質，激得河水如沸，花草樹木簌簌顫抖。兩側壁立如削的岩壁發揮攏音、擴音的作用，那種人耳聽不見的高頻聲波就像被高音喇叭放大了一倍，肆無忌憚地衝擊著前方那千餘匹聽得到這種高頻聲波的戰馬。

衝過來的千餘騎戰馬在半里路外便不肯再進半步，牠們禁不住那種高頻聲波的激盪折磨，無數戰馬發狂一般自相踐踏，到處亂撞，掉頭就逃，將馬上騎士摔下，或者乾脆從主人身上踐踏過去，一支千騎鐵軍在扶搖子一嘯之下土崩瓦解。

鐸剌站在那兒，倉皇地看著滿地打滾的戰馬，和哀叫倒地的士卒，莫名的恐懼令得他面色如土，他完全不明白眼前這一切到底是什麼原因。他五歲便在馬背上馳騁，十一歲殺狼，十三歲殺人，千軍萬馬在前他也毫無懼色，可是對看不見摸不著的鬼神，他卻懷著一種莫名的恐懼。

眼前的一切太詭異了，他眼睜睜地看著自己帶來的一千鐵騎突然崩潰，卻連敵人是什麼樣子都沒看到，心中的恐懼實是到了極點。鐸刺再也忍不住大叫一聲，棄了自己的隊伍便發瘋一般蹚著岸邊淺水向來路奔去，好像他的背後有無數隻厲鬼在追著他，他竟連頭都不敢回……

逃難的隊伍收拾行裝繼續上路了，兩名哨兵也趕了回來，沒有人知道二十里山路外發生過什麼事。扶搖子老道也出現在人群裡，還是一副總也睡不醒的模樣，一路哈欠連天，而習慣了晚上活潑、白天睡覺的狗兒正趴在他的背上，頭上罩了一件衣服，昨日白天被太陽晒過的地方敷了他親手炮製的草藥泥，睡得正香。

太陽，噴薄而出，躍出了最後一絲雲彩……

* * *

豔陽當空。

彎刀小六和鐵牛耐心地伏在草叢中，沒有風，汗水順著他們的腦門悄悄滑落，他們沒有動。蚱蜢蹦到了他們的脖梗上，癢得教人難受，他們還是一動不動。

山路上，有兩匹戰馬慢慢走近了，馬上的兩名騎士明顯是契丹人的裝束，看來與宋軍一戰，他們受了不輕的傷，北返之時竟然落在了大隊的後面。

眼看二人走到近前，彎刀小六和鐵牛突然從草叢中狼一般竄了出來，鐵牛縱身躍起，缽大的拳頭重重地打在那個契丹武士的臉上，契丹武士臉上傳出骨裂的聲音，他慘叫著摔下馬去，噴出一口鮮血和幾顆牙齒。

彎馬小六則像靈猿一樣躍上了馬背，手中小刀一揮，便割開了那個契丹武士的喉嚨，伸手一推，將他的屍首推下馬去。鐵牛緊跟著撲上一步，用膝蓋壓住那挨了一記重拳的契丹武士，抱住他的腦袋狠狠一扭，澈底結果了他。

「快一些，小心被人撞見。」小六招呼一聲，兩人便急急把屍首拖進了草叢深處，然後牽著兩人的馬匹繞進了一片密林。

二人坐在林中石上，狼吞虎嚥地吃著契丹武士留在馬背袋囊中的奶酪、肉乾和馬奶酒，鐵牛嚥下一口肉乾，說道：「小六，算上剛才這兩個，咱們殺了九個了。什麼時候去廣原找大哥？」

彎刀小六繃起面孔道：「我說了，殺夠一百個，再去向大哥請罪。你要是怕了，就先走。」

「誰說我怕了？」鐵牛瞪起眼睛，嘀咕道：「這不是因為落單的契丹狗越來越少，下手的機會不多了嗎？」

彎刀小六道：「下回捉個活的，問問他們的情形。」

就在這時，忽聽林外傳出一陣叱喝之聲，二人倏地跳了起來，順手抄起兩個契丹兵掛在馬上的長兵刃向林外摸去，林外小徑上，兩個契丹人正跟一個漢服的男子廝打在一塊，二人一見，立即快步趕了過去，趁那兩個傷兵不備，結果了一個，用刀逼住了另一個。

地上那個男子氣喘吁吁地推開壓在身上的屍體，翻身坐了起來，只見他鼻青臉腫，嘴脣腫得老高，可那模樣還辨認得出來，正是他們的兄弟大頭。

「啐！」彎刀小六不屑地朝大頭臉上狠狠呸了一口唾沫，押著那契丹兵便走，似乎在這多站一會兒，身上都會是髒的。鐵牛對大頭道：「記得把屍體拖走，免得招來一群契丹狗。」說完返身便走。

「鐵牛，帶上我吧。」大頭哀求道：「多個人多把力，也好多殺幾個契丹狗。」

「鐵牛，還蘑菇什麼，走啦！」彎刀小六冷冷一喊，鐵牛哼道：「就算我容得你，小六也容不得你，他的脾氣你又不是不知道，你……自己保重吧。」

大頭失望地爬起來，看著他們的背影忽然高喊一聲：「鐵牛。」

鐵牛轉頭看他，一言不發。大頭澀然道：「我不知道……還能殺幾個契丹人，如果我死了，看在咱們曾經兄弟一場的分上，替我……向大哥說一聲對不起。」說完他擦擦眼淚，扭頭扯起那具屍體便拖向草叢。鐵牛猶豫了一下，跺跺腳快步離開了。

彎刀小六把那契丹武士押到林中，用刀逼住他的喉嚨，狠狠問道：「說，你們的大隊人馬現在到了什麼地方？」

他本想這契丹武士不會輕易招供，說不得那時就要對他動刑，這才把他帶進林中，不想那契丹兵卻並不怕洩露消息，他見彎刀小六一副漢人百姓打扮，便滿不在乎地笑道：「告訴你也不妨，老子倒不是怕你，我們的大軍已分散到你們宋境各處城鎮打草穀去了，想我契丹鐵騎來去如風，你大宋官兵能奈我何？嘿嘿，你們想必是與逃進谷去的那些百姓失散的漢人吧？我告訴你們，南院大王已派了一支精兵追進子午谷去，你們的親人很快就要被殺光啦，哈哈哈……呃！」

他笑聲未了，喉嚨便被彎刀小六一刀切開。彎刀小六在他屍首上踢了一腳，對鐵牛說道：「契丹狗到各處城鎮劫掠，咱們追他不上。還是先在這附近繼續打埋伏，收拾些傷兵殘卒，然後往子午谷裡追，應該能撿些便宜。」

鐵牛應了一聲，回頭看看林外，大頭已經不見了，他不由暗暗嘆息一聲。原來，三人要護著羅冬兒赴廣原尋找楊浩，卻因戰事一起，各條道路皆設巡檢官沿路盤查，須有官引才能通行，三人弄不到官憑路引，三個青壯少年伴著一個少年女子，在這父母在不遠遊的年代，更是特別顯眼，循著正常的路徑根本無法西行。

好在彎刀小六這幾年做潑皮，城狐社鼠、三教九流都結交了些朋友。他向人多方打聽，終於探到了一條祕密通道。這條通道就是楊浩等人走過的那條路。於是三人便準備了充足的水源和乾糧之後，帶著羅冬兒上了路。

那條路只不過是橫穿一片不毛之地，倒不是一定要循著那條乾涸多年的古河道走，但是大致路徑相仿。他們從荒原上穿插過來，每日靠太陽認準方向，向子午谷跋涉。快到子午谷時，地面已經出現零星的湖泊、水草，水鳥和小獸也多了起來。

他們這一路都是乾糧清水，羅冬兒能適應得了，他們這三個平素吃慣了酒肉的少年卻覺得嘴裡幾乎淡出鳥來。於是便興致勃勃要去獵些野味回來烤了吃，因為大頭身手比較笨拙，彎刀小六便找個有樹的陰涼地，讓他護著大嫂在那兒歇息，自己與鐵牛去獵野獸。

一有了水源和野草，各種野味便也多了起來，沙雞、野雞、野鴨、麃子……兩個人獵了幾隻野雞，又追著一隻麃子下去，結果離大頭和羅冬兒歇息之地越來越遠，就在這時，契丹大軍出現了。

突然看到大隊契丹騎兵，羅冬兒和大頭嚇得魂飛魄散，當下拔足便逃。羅冬兒一個弱女子，身著羅裙又嫌礙事，哪裡跑得過契丹人的快馬？奔跑之間一跤跌倒在地，大頭急急返身來扶，就見數十騎胡人兇神惡煞地追了上來，遠遠張弓搭箭，幾枝利箭射在他的身周，把大頭嚇出一身冷汗。

彎刀小六平日好勇鬥狠，大頭雖也常與他一塊與人打架，卻怎看過這樣殺人不眨眼的陣勢，一時駭得全沒了主意，只想逃得越遠越好。羅冬兒自知難以逃脫，仆在地上只是大叫：「快逃，快逃，莫要管我。」

大頭略一猶豫，便有一箭貼著他的頭皮射了過去，大頭驚出一身冷汗，他從未見過這樣陣勢，心中實是恐懼到了極點，又聽冬兒催促，便把牙根一咬，棄了她獨自逃命去了。

堪堪逃進林中時，大頭回首一看，只見羅冬兒顫巍巍站起來，拔下頭上一枝釵子，便向喉間刺去，大頭心中又愧又恨，只恨自己怯懦無用，堂堂男兒救不下一個婦人，還不如就此死了的好，可是本能的恐懼，卻使他雙足發力，頭也不回地逃進了林中去。

待他從林中繞出老遠，與輾轉找來的彎刀小六和鐵牛碰面時，才放聲大哭，他把前因後果一說，彎刀小六登時勃然大怒，與鐵牛兩個把他痛毆一頓，聲言就此劃地絕交，再不認他這個兄弟，二人便撇下他獨自離去。

大頭遠遠跟在他們後面，只盼自己死了才能洗刷這樣的恥辱。逃命時他只本能地想要護得自己性命周全，這時清醒過來，又受彎刀小六和鐵牛一番責罵，他忽然覺得，死也未必便有那麼可怕，如今不止良心受責，還被從小相依為命的兄弟鄙夷拋棄，這樣活得如行屍走肉一般，真比死了還要難受。

可是，如今勘破生死，卻已為時太晚。想起當時羅冬兒舉釵刺向自己咽喉的果決，哪裡還有可能活著？他們原來歇息的地方已經變成了契丹人的一座座軍陣，戰馬如雲，無邊無沿，想找回羅冬兒的屍首掩埋以慰自己的良心都辦不到了。

羅冬兒當然沒有真的死掉，當時剛剛趕到谷口的契丹人發現一棵大樹下有人歇息，立即呼喝而來，引起了契丹先鋒大將耶律休哥的注意，他想抓個活口，問清這些人的來路，於是便飛馬追了上來，遙遙見一女子欲待自盡，耶律休哥想也不想，反手一箭便射了出去。

以他神射之技，百步之內可以穿楊，這一箭正射中羅冬兒的掌背，羅冬兒吃痛，被這一箭射得將釵子失手落地。耶律休哥策馬如飛，超越了那些嘍囉，衝到她的面前，一彎腰便把她撈上了馬背。

本來按照草原上的規矩，戰陣之上，誰擄奪來的俘虜，便都算是他私有財產，要打要殺都由得他。但契丹上層人物，大多接受中原文化熏陶，儘管他們垂涎中原沃土，總想侵占中原，但是對中原文化、中土人物，其實心底很是傾慕。耶律休哥自幼飽讀中原詩書，並不是一個牛嚼牡丹大煞風景的人物。

平素擄得奴僕，他大多分賜帳下將校，這次他見羅冬兒容貌俏美，楚楚可憐，那柔弱模樣與草原女子大不相同，心中大起憐惜之意，便起了把她留在自己帳下的心思。但他見羅冬兒有自盡之意，自被擄來，更是滿眼戒備，雖是嬌嬌怯怯的一個女孩，神色間卻一片決絕，只怕自己稍一用強，這朵嬌柔的花便要凋謝在自己手裡，所以只是喚人幫她包紮了傷口，又好言寬慰一番，想著以自己本事，讓她心甘情願侍奉自己。

這時契丹皇后蕭綽率領大隊人馬便到了。耶律休哥是她貼身將領，她自然看到了耶律休哥身邊帶著的這個中原女子，好奇之下把她喚上自己所乘的戎車。聽她訴說了千里尋夫的前因後果，蕭綽不曾被她那種中原人特有的纏綿深情所打動，卻喜歡了這漢家女子的柔婉和談吐。

她雖性格剛毅豪爽，不似尋常女兒家氣短情長，嫁入宮中之後更是以皇室和蕭氏的安危為己任，雖是巾幗女兒身，卻把自己當成了男子一般，但是她畢竟只是一個十六、七歲的少女，有時也難免心中苦悶，所以便有意把這漢家女兒留在自己身邊做個近侍。蕭后開口討人，耶律休哥怎敢不允，之後，便發生了兩軍陣前，楊浩手舞袈裟，單騎救人的一幕。

這一切，彎刀小六和鐵牛自然蒙在鼓裡，他們聽了大頭的述說，只道大嫂已經身故，自覺有愧於大哥，便想趁契丹傷兵散返北地的機會襲殺他們為大嫂報仇，然後再去向大哥請罪。大頭如今已拋卻了膽怯之心，便跟在他們後面，襲殺契丹人為自己贖罪，希望能夠得到自己兄弟的原諒。

「走吧，不會有人來了，他們不是有一支隊伍進了子午谷嗎？咱們追上去看看有無機會。」埋伏到黃昏時分，又殺了幾個落單的契丹兵，小六身上也挨了一刀，此後卻再不見有契丹散騎趕來，彎刀小六從草叢裡站起來，看著遠處的子午谷，對鐵牛說道。

大頭埋伏在草叢裡，也等著有落單的契丹兵經過以便撿便宜，他時不時就看看彎刀小六和鐵牛埋伏的地方。憑心而論，三人之中他的性格最為懦弱，心眼也少一些，平素與人往來，他都唯小六或鐵牛馬首是瞻，從不曾獨當一面，雖然彎刀小六和鐵牛都當他是兄弟，但是他所居的角色卻與嘍囉無異，這也就難怪他驟逢大事時驚慌失措了。

此時他雖打定主意豁出命去為大嫂報仇，其實並無自己的主意，一切仍看小六和鐵牛的決定。但他避入草叢中方便了一回，再返回原來潛伏地時，探頭探腦半晌，卻始終不見小六和鐵牛的動靜，大頭慌了，急急趕到他們潛伏的地方一看，兩人早已沒了蹤影，大頭急急尋找一陣，茫然站在落日餘暉下，突然有種被整個世界拋棄了的感覺，孤獨得只想去死……

* * *

西行的隊伍終於走出了子午谷，面前開始出現大片的草原，水草豐美，白雲朵朵，除了這支絡繹的大軍，一路罕見行人，到處都是原始生態的草原景象。

平緩延伸出數里的山坡上，是一大片的白樺樹林，樹冠是波浪般的綠，下面是一片片雪一樣的銀白。抬頭看，湛藍的天空中雪白的雲彩低得似乎伸手可及。葉大少很是逍遙地躺在馬車上，身子底下墊著厚厚軟軟的青草，蹺著二郎腿看著天空。

他是葉家大少爺，要在葉家車行的車內給自己弄個舒適的位置，這點特權還是有的。基本上，葉大少沒吃什麼苦，他既沒被如狼似虎的契丹兵追上來，把他這個小白臉擄去北國做奴隸，也不曾有過食不果腹、乾渴欲死的經歷，除了食物不及家裡做得精細，基本上……他的確在春遊。

看吶，多麼藍的天啊；看吶，多麼清新的風啊；看吶，多麼美麗的草原啊。看吶，多麼神駿的老鷹啊……

葉大少瞇著眼，看著天空中盤旋的那頭蒼鷹，有種似曾相識的感覺。奶奶的，這隻鷹不會就是我上次見過的那一隻吧？嘿嘿，那倒真是有緣。葉大少笑得更賊了，就像一下子偷到了三隻雞的小狐狸，真是一個得意。

「我說，把車駛開點，噯，劉大屁股，說你呢，把車駛離大隊，要不然那鷹不會上鉤。」葉大少吩咐著，仍然躺在車上不動。車子按照他的吩咐，駛離了大隊，向右側草原上偏去，駛到了一片草坡上停下。右側，是連綿起伏的草原，地勢雖有起伏，但是起伏緩慢，遠遠望去如同波浪。

在他的車上，有兩三根和魚線一樣既輕又韌的絲線探向天空，如果你向車上面望去，你就會發現，有兩三隻鴿子始終在馬車上方繞著圈盤旋，不管這輛車子駛到了哪兒，那些野鴿都跟著飛到哪兒，牠們徒勞地拍著翅膀，卻始終無法飛得更高，也飛不了太遠。葉大少捕這幾隻野鴿並未費多大功夫，但是為了訓練牠們聽話地盤旋而不到處亂飛，卻著實費了兩天工夫。

天空中那隻盤旋的老鷹早就注意到了這些鴿子，牠受過嚴格的訓練，即便有人把最鮮美的牛肉放在地上，牠也絕不會去食用一口。但是自己捕獲飛在空中的野鳥……卻是牠偵察敵情抑或傳遞情報時自行進食的主要手段，要不是方才礙著人多，顧忌到弓箭的傷害，牠早就撲下來了。

這時一見那些野鴿飛離了大隊人馬的上空，那隻蒼鷹頓覺機會來了，牠在空中盤旋一周，忽然翅膀一斂，一個俯衝，箭一般撲下來，利爪一抓，便扣住了一隻正在低空盤旋的肥鴿。

「哈哈，哈哈，任你奸似鬼，也喝老娘的洗腳水！」葉大少一見那老鷹上當，大喜躍起，忘形之下，把他老娘的口頭禪都喊了出來：「快快快，收線收線。」

葉之璇說著，不待別人有所反應，便撲到車邊，絞住那根線便往下拉。那線又韌又細，是不能用手直接拉的，下邊有幾個簡易的小木轆轤，葉之璇急急轉動轆轤，那根線上繫著的野鴿便向回收來。奇的是，那頭老鷹不停地拍著翅膀，卻也隨著那隻野鴿不斷降低，不知牠是不是捨不得爪下的食物，就是不肯棄了那野鴿逃走。

眼看那一鴿一鷹降到了一人高的地方，旁邊一個葉家的車夫舉著個帶套子的大木桿，一把便將那鷹和鴿子套了進去，葉大少如獲至寶，趕緊撲到地上，隔著布袋摁住了那鷹的翅膀，喊道：「快快，把牠的爪子解下來。哎呀，瞧你笨手笨腳的，這要是傷了牠的腳那就廢了，來來來，你摁著翅膀，要用力啊，我來解。」

遠遠的，楊浩在車隊中正聽李光岑和木恩講述著草原上的故事，三人談笑風生，正聊得投機，忽見不務正業的葉大少偏離了大隊，獨自駛到了一個坡上去，蹲在那兒也不知在做什麼，便苦笑一聲，向李光岑告了個罪，便縱馬向他馳去。

葉大少和那車夫換了個位置，輕輕拉開布袋，只見那隻鴿子身上除了翅膀和頭頸，都有那種又韌又細的魚線纏繞，如同魚網一般，那頭鷹如鐵鉤一般的利爪扣進了鴿子的身體，那彎鉤一般的爪子便也纏進了那團絲線，再也休想掙脫得開。

葉大少一邊小心地往下解開鷹的爪子，一邊好為人師地教訓道：「看到沒有？得這樣，把牠的腳盡量往後伸直，讓這個地方和這個地方平行，鷹爪子的筋被伸開，牠就攥不緊了。嘿嘿，鷹啊鷹，這可是我親手抓的鷹啊。」

葉大少正洋洋自得，那撅著屁股使勁摁著鷹翅膀的車夫忽地驚叫道：「大少，有人，會不會是契丹人？」

葉大少嚇了一跳，急忙扭頭一看，果不其然，遠處有百餘騎健馬護擁著兩輛馬車正向他們駛來，那些騎士也發現了他們，立時有兩匹健馬飛快地馳來，到了近處本想向他們發問，忽地發現坡下還有更多的人馬，前不見頭、後不見尾，竟是草原上難得一見的景象，那兩個見多識廣的騎士也驚呆了。

「你們是什麼人？若敢意圖不軌，看到沒有，我……我背後可是千軍萬馬！」葉大少也不管自己身後那支隊伍大多都是一副叫化子打扮，色厲內荏地恐嚇道。

那兩個騎士雖見他身著漢服，又說的是漢語，狐疑地看了他兩眼之後，卻仍是用地道的契丹語問道：「你們是什麼人？這麼多人……這是哪個部族遷徙？」

葉大少愕道：「啊？你們說的是什麼鳥語？」

那兩個騎士聽了頓時鬆了一口氣。要知道北國契丹擁有燕雲十六州之地，那裡大多都是漢人，契丹為了管理這些漢人和地區，專門設置有南院大王管理漢人地區，在整個北國實行一國兩制，漢語也因此成了契丹的第二語言，而漢服更是許多契丹貴族喜穿的衣服。所以方才雖見葉大少身著漢服，說著漢語，那兩個騎士卻不敢大意。

他們是商人，在他們懷裡揣著幾樣東西，分別是大宋的官引路憑、契丹的官引路憑，還有党項羌部的通行證物、吐蕃部的通行證物，若是路上碰上了哪一股勢力，他們就拿出哪一股勢力的信物來，除非遇到馬匪，那才只有出手一搏。現在知道這支奇怪的隊伍果然是漢人，他們才澈底放下心來，因為他們也是漢人。

他們向後面呈戰鬥隊形的隊伍打了一個奇怪的手勢，又轉臉向葉大少用漢語問道：「原來你們真的是漢人，可你們這是……這麼多人，在做什麼？」

「我們……」被人家一問，葉之璇還真有點發懵，話說人家葉大少其實是西域半月遊來著，你問他到底負有什麼使命，他還真沒想過，怔了一怔他才想起這趟被老爹趕出來，好像是護送一堆叫化子去府州……

這時，那隊騎士接到安全訊號，護著兩輛馬車靠近過來，馬車在坡下一停，前邊馬車簾子一掀，便有一個少女翩然閃了出來，她往車轅上俏生生地一站，脆聲問道：「碰上什麼人啦？」

葉大少一看那位姑娘，兩隻眼睛登時就直了：這位小娘子，容顏當真嬌豔，柳葉眉、杏核眼、櫻桃小口一點點。一襲蔥綠色的對襟半袖短衣、湖水綠的長裙窄褲，纖腰一握，長腿錯落，妙目流轉、秋波盈盈。跟這美人一比，手上寶貝似的那隻雄鷹似乎成了草雞，哪裡還值一顧。

那小美人一見他望著自己呆呆出神，登時把柳葉眉豎直了，杏核眼瞪圓了，櫻桃小口張大了，雙手往小蠻腰上一掐，擺出茶壺造型向他咆哮道：「看什麼看？小心姑娘我挖了你一對狗眼！」

葉大少不以為忤，吃吃地道：「姑娘莫要生氣，在下並無意冒犯姑娘，不知姑娘妳尊姓大名呀？」

那姑娘眼珠滴溜溜一轉，道：「本姑娘先問你的，你先說。」

葉大少趕緊一腳踩住那鷹的爪子，也顧不得牠在自己腳下撲騰，忙整一整衣衫，斯斯文文長揖一禮道：「小生廣原葉家車行少東家葉之璇，不敢請教姑娘芳名？」

那姑娘恍然道：「哦，原來是葉家車行的，既然你不敢請教本姑娘的芳名，那麼就不必請教了。」

她一提裙襬跳下車，大步走上坡來：「你們葉家車行的生意做得這麼遠嗎？居然在這兒都能碰上你們。」她走到坡上往前邊一看，兩隻俏眼頓時就直了：「哇！果然不愧是西北第一車行，你們居然……一次能運送這麼多客人！」

這時楊浩策馬奔了過來，一見那少女模樣，驚得幾乎從馬上跌下來：「唐……姑娘？」

那翠衫姑娘翻了個白眼，沒好氣地道：「廢話，不是姑娘難道還是少爺？咦？你……你是那個……那個那個誰來著？」

百五五章　一報還一報

楊浩向唐焰焰欠身道：「我叫楊浩。」

唐焰焰拍拍腦門道：「喔，是叫楊浩嗎？你在這兒幹什麼？」

葉大少忙道：「唐姑娘？啊，唐姑娘，這位楊大人乃是奉旨欽差。」

唐焰焰這回著實吃了一驚：「奉旨欽差？就你？你什麼時候做了官啦？奉的什麼旨？接的什麼差？」

這時後面那輛馬車上的中年男人緩步走上草坡，聽了唐焰焰這句話滿面驚容道：「欽差？哪一位是欽差？」他看了一眼仍是一身破衣的楊浩，又看一眼公子打扮的葉之璇，快步上前，深施一禮道：「這位公子，不知上下如何稱呼？」

這面容清朗、三縷微髯的中年人正是唐焰焰的舅舅，大鹽商李玉昌。售鹽在歷朝歷代都是暴利行業，李玉昌是大鹽商，家業自然不菲，生意遍及整個西北。無論是大宋西北，還是契丹、党項、吐蕃，回紇，都是少不了鹽巴的，所以李玉昌在整個西北各種錯綜複雜的勢力間行走自如，這一次就是從回紇部落回府州的。

唐焰焰沒好氣地一指楊浩道：「舅舅，這一個才是欽差。」

一旁葉之璇趕緊手忙腳亂地抓起那隻大鷹，忙亂之間，那鷹足上部茸毛裡面綁附著的一個小竹管已被他踩鬆，這時滑落到了草叢裡，並無一人看見。

得知楊浩才是欽差，此番是奉旨攜北漢百姓遷往府州以南，李玉昌十分歡喜，西北地區人口增多，經濟便也隨之發達，他的生意自然便也越做越好。如今兩廂裡正好同路，他的人馬便與楊浩的隊伍混作了一隊，隨著他們一起向西南進發。

羅克敵等將領見楊浩帶回一隊人來，都好奇地上前打探，得知這位李員外是程世雄程將軍的親戚，都連忙拱手相見。赫龍城是程世雄手下大將，與李玉昌、唐大小姐更是相識的，彼此忙寒暄一番。

楊浩見了唐大小姐，心裡總是有點發虛的，替他們引見了羅克敵、劉海波等禁軍將領後，見雙方攀談甚歡，便悄悄地溜開了去。他到了狗兒所坐的車旁，狗兒一見他來，立即欣喜地向他招手。

狗兒平素都是白天睡覺，晚上有精神。可是那時是在她自己家裡，現在幾萬人馬都是白天活動，小孩心性喜歡熱鬧，她怎捨得睡覺，所以每日都趴在車棚下看著前前後後的行人，好像看不夠似的。一見楊浩大叔過來，她忙說道：「楊浩大叔，剛剛有位姓葉的公子捕了一頭好大的鷹，那鷹好兇呢，爪子又尖又利，喏，你看，就在那兒。」

楊浩笑道：「大叔已經看到啦。你喜歡小鳥嗎？要是喜歡，大叔託葉公子給你捉幾隻陪你玩。不過鷹太兇狠了，你可碰不得，牠不但抓人，還啄人呢。」

狗兒聽了喜不自禁，連連點頭答應。

前邊車上，葉大少盤膝坐著，檢查著那鷹的雙足，哀嘆道：「可惜，可惜，這扁毛畜牲的爪子都被踩壞了，也不知道還能不能養好。」

一旁壁宿鬼頭鬼腦地看著，捏著下巴道：「爪子上又沒有肉，養好了養不好的有什麼關係？唔，這鷹肉吃起來到底啥滋味，想必很有嚼頭，你說咱們是燉來吃還是烤來吃？」

葉大少向他翻了個「你是白痴」的眼神，扭過頭去不理他了。

這時，唐焰焰換乘了匹馬，英姿颯爽地馳到了楊浩的身邊，嘖嘖讚嘆道：「喂，姓楊的，本姑娘剛剛聽人說過你在兩軍陣前單騎救人的事，哎呀呀，真看不出來，你還這麼厲害呢，那可是數十萬大軍吶，一人吐一口唾沫都能淹死你，你……」

她看見趴在車欄上正好奇地打量她的狗兒，忽地若有所悟：「你救的……莫非就是這個小孩子？」

「就是他。」楊浩傍車而行，摸了摸狗兒的腦袋：「也沒什麼大不了的，當時就是仗著一股血氣之勇，回來以後我才雙腿發軟，幾乎下不了馬。呵呵……」

就在這時，李玉昌也追了過來，見許多百姓都看著唐焰焰，便無可奈何地道：「焰焰，妳一個大家閨秀，不要這樣大剌剌的好不好？沒得教人看了笑話。」

唐焰焰哼了一聲道：「大家閨秀就得天天躲在車子裡悶著？天這麼熱，整天悶在車子裡，大家閨秀就要變成大家生鏽啦。舅舅，你不要天天跟我娘似地那麼嘮叨成不成？喂，小弟弟，趴在車子裡做什麼？下來，姐姐帶你乘馬玩。」

唐焰焰在廣原府時，整日陪著她的堂弟程富貴玩耍，現在很喜歡小孩子，見狗兒秀氣乖巧，便想帶他玩玩。狗兒見她騎在駿馬上的威風，心中羨慕得很，可是聽了她的話，卻難過地垂下頭去，輕輕搖了搖。

楊浩嘆道：「這孩子生有一個怪病，見不得陽光，若被陽光照射，皮膚便會灼起瘡皰，敷藥不及時的話就要肌膚潰爛。這還是人多，他才在車上看看熱鬧，平常的話……他都是白天睡覺，晚上才能出來走走的。」

這話一說，更是勾起了唐焰焰的母性本能，看向狗兒時，她的眼中便帶起了幾分憐惜。

「今天陽光不算熾烈，要是打一把傘，應該沒啥事，真要不小心被日光炙傷了，不是還有老道我嗎？」躺在車子一角呼呼大睡的扶搖子打了個哈欠坐了起來。

唐焰焰一聽大喜，說道：「那倒容易，本姑娘車上就有油紙傘，小傢伙，你等等，姐姐一會兒就帶你乘馬玩去。」

「焰焰，唉，妳這丫頭……」李玉昌阻之不及，連連搖頭，他扭頭看了一眼那個大包大攬的老道，有些不悅地道：「這位是？」

楊浩忙介紹道：「李員外，這位是扶搖子道長，道長的一身醫術很是精湛。」

李玉昌拈著鬍鬚，本來滿臉不屑之色，可他略一思忖，神色忽轉凝重，遲疑著又問了一句：「道長的道號是……扶搖子？呃……未知道長在何方仙府修行？」

老道瞥了他一眼沒搭腔，楊浩介紹道：「這位扶搖子道長在太華山修行，什麼觀來著？呵呵，我倒有些不記得了。」

「什麼？」李玉昌大驚失色，上上下下又看了看那更加形似乞丐的道士，忽地翻身下馬，恭恭敬敬地道：「在下是府州李玉昌，前年曾赴太華山進獻香火，蒙令徒無夢道長為玉昌指點迷津，可惜玉昌福薄，不曾面謁仙長，想不到今日竟有緣得見真人，實在是三生有幸。」

扶搖子仰天打個哈哈，笑道：「什麼仙長真人，貧道只是一個嗜睡的懶人罷了。我這小徒自幼孤苦，不曾有過什麼快活日子，你那甥女既好心要帶她騎馬玩耍，員外就不要阻攔了吧？」

李玉昌驚道：「什麼？這孩子竟是真人的親傳弟子？哎呀呀，失敬失敬，真是失敬，真人不勞吩咐，能與令高足結交，那是焰焰的福分……」

楊浩見他前倨而後恭，對這不起眼的道士恭敬得無以復加，不禁大感奇怪。難道這道士還有什麼大來歷不成？他上上下下打量幾眼，這老道一頭烏髮，臉上皺紋雖多了些，看起來也不過六十上下，容貌無甚出奇，又是一身破衣，這個其貌不揚的人會是世外高人？宋初時候華山有什麼世外高人？

楊浩突地想起一個人來：睡仙陳摶，如果說宋初有什麼了不起的世外高人，那在史上有載的也就只有這個陳摶了。這個道人硬是從宋太祖手中贏去了一座華山，實是道家極有名的人物。可是陳摶是不是道號扶搖子，他卻不知道。睡仙陳摶，應該鶴髮童顏，一派仙風道骨吧？會是……眼前這個人？

扶搖子見李玉昌允了，嘿嘿一笑，又倒進車裡呼呼大睡起來。那李玉昌牽著馬畢恭畢敬隨車而行，竟不敢在他面前翻身上馬。

此時唐焰焰已飛馬馳來，肋下挾了一把油紙傘，李玉昌連忙棄了馬迎上前去，唐焰焰不悅地道：「舅舅，你還要攔我。」

李玉昌乾笑道：「哪裡哪裡，來來來，舅舅幫妳抱他上馬，焰焰，妳可小心著點，莫要摔傷了這位小兄弟呀。小兄弟，來來來，我抱你上馬玩。」

狗兒年紀雖小，也知誰真的對她有善意，一見李玉昌滿臉諂笑，假惺惺地要上來抱她，登時便避到了一邊，李玉昌大為尷尬。楊浩忙打圓場道：「呵呵，這孩子從小沒跟人打過交道，有些怕生，還是我來吧。」

說著他跳下馬去，向車上伸出雙手，狗兒立刻就身來抱，唐焰焰忙使傘為他們遮著，那油紙傘白色的，上邊繪著朵朵緋色的桃花，往頭頂一撐，傘下的光線柔和起來，便連她的肌膚似乎也如玉般溫潤。待狗兒坐上馬背，唐焰焰摸摸她的手臂，見她骨瘦如柴，心中更覺可憐，便柔聲笑道：「你叫什麼名字？」

「我叫馬燚。」狗兒說著，扭頭向楊浩甜甜一笑，楊浩大叔起的名字，那是一定很好聽的，四個火呢。

「好，小馬燚，雙腿夾緊一點，抓住馬鞍，不用怕，姐姐撐著傘，不會跑太快的，走嘍……」唐焰焰雙腿一磕馬腹，帶著頭一次騎馬的狗兒輕快地向前跑去。

看著騎在馬上咯咯直笑的狗兒，楊浩臉上也露出了笑意。他快走兩步，與李玉昌走了個並肩，故作隨意地道：「李員外也知道扶搖子真人？」

李玉昌回首看了一眼車上呼呼大睡的扶搖子，小聲道：「這是當然，扶搖子真人大名鼎鼎，咱們大宋官家未得天下時，就曾有幸見過真人，並得其指點呢。就算是現在，真人也是官家的座上客，不過……我是真沒想到扶搖子真人不在太華山享清福，居然會出現在這兒。」

楊浩摸摸鼻子，問道：「扶搖子真人……俗家名字可是叫作陳摶？」

李玉昌慌得雙手連搖，急道：「噤聲，噤聲，怎好直呼真人名諱。」

果然是他，一盤棋從宋太祖手上贏下整座華山的睡仙陳摶。楊浩想起剛發現這個道人時，自己還指使范老四等人把他一頓好揍，堂堂的陳摶老祖啊！居然讓我給揍了……楊浩的嘴角不由自主地抽搐了幾下。

*　　*　　*

心思簡單的人很容易就和心思簡單的人成為朋友。狗兒迷上騎馬了，整整一天都跟唐焰焰膩在一起，一大一小兩個人嘻嘻哈哈地很對脾氣。

楊浩還發現美女對搞好環境衛生居然也有著特別巨大的作用。本來，行伍中那些將領這些天行色匆匆，都已有些不修邊幅，丟盔卸甲自不待言，蓬頭垢面也已習以為常。可是唐焰焰帶著狗兒遛了馬回來，楊浩陪著她往回走的時候，就發現自軍都虞侯羅克敵、指揮使劉海波、赫龍城以下，幾員大將各自衣裝整齊，精神抖擻，猶如在官家面前閱兵一般，一個個精神抖擻。

黃昏，到了一處湖泊附近，幾員大將剛剛指揮兵士紮下營盤，就跟打了雞血似的，毫不嫌累地牽著馬到湖邊去，把馬刷洗得乾乾淨淨，然後又各自提水到林中去把他們自己也刷洗了個乾淨，楊浩坐在高坡青草地上，看著他們的舉動好笑地搖頭。

湖邊的風景很美，碧草連著一頃碧水，湖右是一片青翠的樹林。天邊是一片連綿的火燒雲，映得湖水也像被燒紅了一半。天地如洗，美不勝收，令人心曠神怡。

「喂，你怎麼不去沖洗一下？」

楊浩正看得入神，唐焰焰搖著馬鞭過來，一屁股坐在了楊浩身邊。

「嗄？」楊浩一見是她頓時愣住，他扭頭看看坡下，又回頭看看唐焰焰，臉上表情十分古怪。

唐焰焰翻了個白眼道：「有屁就放，什麼意思嘛？」

楊浩指指坡下道：「他們……在沖澡啊！」

高坡的正前方，就是湛藍色的湖泊，右前方緩坡下去是一片樹林，有些將領、軍卒將衣服搭在樹枝上遮擋，然後站在中間提了水沐浴。若站在平地上，有樹木和衣物擋著，就算看得見也不過是兩條小腿，可從這坡上望下去……

唐焰焰探頭看了一眼，嘿了一聲道：「我當什麼事呢，隔著這麼遠，也看不見什麼，不怕的。」

楊浩無語，這時代的女人不是應該很矜持的嗎？為什麼眼前這個女人卻是一個另類？

這個很另類的女人很男人地拍拍他的肩膀，笑嘻嘻地道：「喂，楊浩，你很不錯呀。」

「啊？我？哪兒不錯了。」楊浩有點跟不上她的跳躍思考。

「我聽小燚說了，」唐焰焰讚道，「你在北漢國搜索敗軍，同情他們母子的遭遇，留下錢給他們。兩軍陣前，大戰一觸即發，你能冒死救人，有仁有義啊。記得在廣原的時候，要不是你，我的堂弟就被人販拐走了，看起來你真是古道熱腸呢，可不像你說的，只是逞血氣之勇。好心有好報，你現在是欽差了，差使了了之後，論功行賞一定會陞官的，我這裡提前恭喜你了。」

楊浩笑了笑道：「本來，我是一直盼著自己能陞官的，可是這一路下來，我才知道，想要官陞得高，不知要拿多少人命往裡填呢。唉，我現在是不想那麼多，只盼能把這些人安安全全帶到地方就好。」

說到這兒，他忽地色變，一下子跳了起來，說道：「小心，有蛇！」

「哪裡？在哪兒呢？」唐焰焰大驚，一下子蹦了起來，靠近他的身邊，手按腰間短劍喝問。

楊浩指點道：「妳看那裡。」

唐焰焰順著他的手指定睛一看，不禁啼笑皆非，只見一條草綠色的小蛇，大約有筷子般粗細，比筷子稍長一些，正在草叢中蜿蜒前進。

唐焰焰直起腰來，嗔道：「瞧你大驚小怪的，這麼一條無毒的小草蛇，一腳就踩死了，用得著這樣大驚小怪的？」

楊浩卻如臨大敵，直到那蛇消失了蹤跡，他才心有餘悸地道：「別的動物都好些，我就是怕蛇。這種軟趴趴、花花綠綠的長蟲，看了我就汗毛直豎。說實話，我寧可遇見一群狼，做了牠們的腹中食，也不想掉進蛇窟裡，被這黏乎乎的玩意兒纏在身上。」

唐焰焰吃吃笑道：「原來萬馬軍中單騎闖陣的楊大英雄，竟然比我這小女子還要怕蛇，說出來怕不笑掉了旁人的大牙。」

「旁人就算笑掉大牙，該怕還是要怕的。」楊浩說著一扭頭，忽地驚覺兩人站得極近，連忙退開了兩步，唐焰焰又笑道：「我身上又沒有蛇，你怕什麼？」

楊浩一本正經地道：「還是保持距離的好。男女離得太近，弄好了是一段佳話，弄不好就成了閒話。」

唐焰焰白淨如玉的頰上微微騰起兩抹紅暈，輕啐道：「我和你會有個屁的佳話。」

「說的是啊，所以更要小心了，不然豈不傳出閒話？」

唐焰焰嗤之以鼻地道：「誰敢說本姑娘的閒話？本姑娘怕誰說閒話？」

楊浩攤手道：「妳既然不怕，那咱們坐下來繼續聊好了。」

唐焰焰哼了一聲道：「本姑娘沒那好心情了！」說完把手一背，一轉身揚長而去，走出去七、八步，她的嘴角輕輕一翹，忽地露出一絲盈盈的笑意：「怕草蛇的大英雄，嘻嘻，哈哈……」

看著她裊娜的背影，楊浩目中卻露出一絲感傷。唐焰焰蠻腰款擺、長腿錯落，有股說不出的嫵媚味道。那曼妙的身姿，與楊浩記憶中一個美麗的女子倩影融合在了一起：如果，她還活著，和我並肩坐在這兒，看著這人間天堂一般的美景，那該多好……

可是……楊浩轉首望向天邊火燒一般的雲彩，幽幽地嘆了一口氣：伊人已在天堂，我卻還在人間。

* * *

草原上，天堂般的美麗。

一座座白色的帳篷像一朵朵白色的蘑菇，散落在油綠的大草原上。這是一處軍營，同樣地處西北，與楊浩他們此時歇營的地方只有一天半的馬程。

這是蕭后親率的一支人馬。契丹人各自行動之後，在大宋的北方邊鎮任意肆虐劫掠一番，然後分頭返回契丹。有向東繞道回去的，也有向西繞道返回的，只要避開了廣原正北方那片橫亙的山脈，以他們的快馬自然無一處去不得。

羅冬兒坐在車轅上，蜷著雙腿，雙手托腮看著遠方，痴痴地出神。她從霸州出來，一路想著她的浩哥哥，那一天，千軍萬馬、槍戟如林，她終於看到她的浩哥哥了，他單騎獨馬，衝到兩軍陣前，只為救起一個孩子。

那時，只要有一個士卒失手放箭，可能就要了他的性命。畢竟，這種事憑的是膽氣，而不是武力。可是，就連那些殺人不眨眼的契丹漢子，都對他豎起大指嘖嘖稱讚呢。

「那是我的男人！」看到契丹漢子們欽佩的神情時，羅冬兒扶著戎車的欄杆，心中既驕傲又自豪。哪個女人不希望自己的男人是個頂天立地、受人欽仰的男子漢？我的男人是個連敵人都欽佩他的大英雄！一想到這一點，羅冬兒心裡就甜甜的，看到那些剽悍魁梧、面目兇惡的契丹武士時，心中也不那麼怕了。

「可是……什麼時候我才能跟浩哥哥相見呢？我現在正在去契丹的路上，他們又到我們宋國『打草穀』了，一國的軍隊，也要做這樣的強盜行徑。真教人難以想像下這命令的，竟是他們的皇后娘娘，那麼美的一個女子，怎麼就能眼皮都不眨地說出搶和殺來？北國人，真的與我們中原大不一樣，我們中原人的皇后娘娘，會做賢明淑良的後宮之主，永遠也不可能披上盔甲，帶兵馳騁千里，殺奔戰場的。」

聽那位契丹人的皇后娘娘說，他們的疆域比大宋還要大得多，東臨黃海、西抵金山，幅員萬里，遼闊無邊。我這一去，可還有機會見到浩哥哥嗎？什麼時候才能求得那位皇后娘娘開恩放了我呢？

羅冬兒幽幽地一聲嘆，忽聽身旁腳步聲響起，羅冬兒扭頭一看，只見耶律休哥穿著一件漢式涼衫，敞著懷大步走來，打扮十分粗獷，那一頭烏髮綰在他寬寬的肩側，髮梢還在垂著水滴，顯是剛剛沐浴過。

羅冬兒連忙起身，學著契丹人對他的稱呼乖巧地喚道：「休哥大人。」

耶律休哥一見她忙笑道：「不必拘禮，妳坐妳的。」他站定身子，四下張望一番，喃喃自語道：「奇怪，這時辰，牠早該回來了。」

羅冬兒怯怯地道：「休哥大人在找什麼？」

耶律休哥心神不屬地道：「在找我的鷹，真是奇怪，這一往一返，到這時辰無論如何也該回來了呀。這鷹是我親手熬練的，牠不會亂吃陷阱下的食物，以牠的神駿也休想有誰能射得到牠，應該不會出事啊。」

耶律休哥蹙著劍眉，背著雙手在地上大步踱來踱去，他衣懷敞開，胸口紋有一隻栩栩如生的青色狼頭，看著十分猙獰兇狠，羅冬兒不禁膽怯地退了幾步。

耶律休哥一扭頭窺見她的動作，忽地笑了起來：「害怕？」

羅冬兒點點頭，又怕觸怒了他，忙又解釋道：「我怕……那狼……很兇惡。」

「狼？狼比得上人兇惡嗎？」耶律休哥在車轅上坐了下來，望著前方的草原，漫聲道：「狼只有餓肚子的時候，才會為了活命去捕殺獵物，而人不同，人會為了權勢殺人、會為了金錢殺人、會為了名氣殺人，甚至為了……只為了覺得有趣而殺人……妳說……狼和人比起來，誰更兇惡呢？」

「當然是……人更兇惡！」

羅冬兒想起他們在漢人的領土上燒殺搶掠的惡行，忽然鼓足勇氣，一語雙關地應了一聲。

可惜論起人情世故，她在這個耶律休哥面前還稚嫩得很，耶律休哥睨她一眼，微笑道：「姑娘這是在譴責我們入侵中原嗎？軍國大事，妳不懂，呵呵，那我就說點妳能聽懂的。」

他站起來，雙手負在身後緩緩走出幾步，面向草原站定，雖是衣衫半敞，但他身材偉岸，睥睨之間頗具豪氣：「姑娘，今日妳責怪我契丹出兵，昨日妳可曾責怪宋國滅荊湖、滅蜀、伐漢、征唐？妳責怪我契丹人發兵侵入中原，妳可不要忘了，是你們宋人先打的北漢，打北漢的目的何在？趙皇帝御駕親征，難道只為的是那一城數縣、十數萬軍民？我們今日不發兵，來日你們宋人也必會侵入我們的領土的。」

他站定身子，指著南方道：「你們發兵北上是為了什麼？是為了吃還是為了穿？都不是，我們北方比大宋困苦一百倍。你們漢人發兵只是為了開疆拓土，建一世功勳，為帝王頭上增光添彩。可我們呢？

「我們草原上的部落，每年都要遊牧千里，只為掙一口飯吃。可我們這兒太苦了，一遇白災，漫天大雪，數不盡的牛羊凍死；一遇黑災，牲畜缺水，疫病流行，膘情下降，母畜流產，還是大批的牲畜死亡，那些牧民怎麼辦？在你們漢人眼中，我們契丹人都是兇狠的狼，可是羊餓了該吃草，狼餓了呢？難道就該白白餓死？憑什麼！

「在草原上，為了一塊豐美的草場，同屬一族的兩個部落間還要鬥個你死我活，何況是為了活命。如果，漢家兒郎和我們契丹人換一個位置，你們生活在草原上，我們生活在中土，你們一樣會整天想著往南打，去那花花世界做主人。」

他轉向羅冬兒，齜著一口雪白的牙齒，就像一頭狼似的，嘴角帶著一抹譏誚的笑意：「這麼多年，我們契丹人沒有南下，中原可曾太平過嗎？沒有，你們漢人為了權勢地位，一直打打殺殺，殺了多少人、使了多少殘酷的手段，難道不比我們契丹人狠？

「等到大宋吞併諸國，一統天下的時候，一定還是貪心不足，那時就會巴望著把燕雲十六州也拿過去，所有的沃土，你們都要占了。所有的險要，你們都扼守住了。我們呢？就應該被趕到窮鄉僻壤去自生自滅。一樣是人，憑什麼？難道是天道公義，合該你們漢人享福？憑的不過是你們的武力！

「若憑公義道理，那麼就坐下來好好談談，中原沃土、花花世界，也分我們契丹人一杯羹好了，中原人肯嗎？好吧，我耶律休哥也不認為這世上有什麼真正的公義，一切都憑力量講話。如果你們漢人如果有力量把我們趕到窮鄉僻壤去掙命，那我認命。你們要是沒那個力量呢？你們又憑什麼要求我們必須得安於現狀？姑娘，妳是漢人，妳覺得我們不對。如果，妳是個契丹人呢？妳會怎麼想？」

羅冬兒胸中有了怒氣，指責道：「休哥大人，如果劫掠糧草是為了活命，那麼胡亂殺害手無寸鐵的百姓、姦淫漢家女子，又有什麼堂皇的理由？」

耶律休哥齜牙一笑，說道：「我說的是戰爭的根由，根由就在於此，至於戰亂一起，隨之衍生的許多事情，已不是發動戰爭者所能控制的了。我們的勇士窮得就像叫化子，要鼓勵他們勇猛作戰，我們又無從封賞，那只好靠他們自己去搶。你們中原殺伐之時，貧窮的一方何嘗不曾做過這種事來？既是你死我活的對手，還指望我們一無所有的一方對敵人文質彬彬，那不是一個大笑話？」

這些契丹貴族平素不但穿漢服、說漢語，諸如《詩經》、《禮記》、《春秋》、《論語》等中原著作他們也學得十分透澈，辯論起來，頭頭是道。耶律休哥滔滔不絕又說出一番話來，見羅冬兒不作聲了，不由哈哈大笑。

他轉身看了一眼天邊彤紅的火燒雲，忽地想到暮色將至，不由笑聲一斂，臉色又轉沉重：「奇怪，還是沒有回來，牠這一趟傳遞的是蕭后的軍令，若是出了岔子，只怕要誤大事。不行，我得去見皇后娘娘稟報一聲，萬不得已時，我便率一支人馬南下接應接應才好。」

想到這兒，耶律休哥急急束起衣衫，撮脣打了一個呼哨，草地上卸了馬鞍正悠閒吃草的群馬中立時奔出一匹棗紅馬來，向他狂奔過來，馬鬃迎風，如同火苗。

耶律休哥伸掌一按，便躍上了光溜溜的馬背，他扭過頭去，灼灼的目光毫不掩飾對羅冬兒的愛意：「姑娘，妳一介弱質女流，還是安心隨我們往契丹去吧。到了那兒，妳就會發現，我們契丹男兒，也多得是大義凜然的英雄漢子。只不過，你們漢人維護的是漢人的義，我們契丹男兒維護的是契丹人的義。妳會發現，我們契丹女子，一樣是賢妻良母。你們眼中的草原狼，其實一樣有情有義、有血有肉。我希望，妳會喜歡上這個地方，喜歡了這個地方的人，永遠留在這兒！」

耶律休哥說完，一拍馬股，便向皇后的中軍大帳飛馳而去。

*　　*　　*

夜色深了，皓月當空，照得大地一片清亮。

唐焰焰在寬敞的馬車裡鋪好柔軟的被褥，剛想扭身掩好窗簾，寬衣解帶，忽地狗兒從窗口探出了腦袋。

「小燚，這麼晚了不睡覺，還要來找姐姐玩嗎？」

「噓……」狗兒伸出食指豎在脣上，鬼鬼祟祟地四下一看，招手道：「焰姐姐，快跟我來。」

「什麼事呀，你這小東西倒精神得很，姐姐都睏了。」

「姐姐快來看，一會兒就行。」

唐焰焰莫名其妙，悄悄地溜下了車，狗兒立即拉住她的手，興高采烈地道：「焰姐姐噤聲，可別出了動靜，走，小燚帶妳去看好玩的事情。」

狗兒不由分說，拉起唐焰焰就走，唐焰焰大是好奇，忙放輕了腳步，隨著她跑過一段草原，拐進了湖邊林中。

「姐姐輕一些，小聲，小聲。」

「到底什麼事呀？」

「妳看看就知道了，來。」狗兒得意洋洋，像是有什麼好東西賣弄似的，拉著她的手七拐八拐地繞進林去，小聲道：「快看快看，小聲一點。」

唐焰焰按下眼前一根樹枝，探頭往前一看，只見前方樹上掛著一盞燈籠，楊浩站在那兒，身旁放了一只木桶，他哼著歌，正拿瓢舀著水沖洗身子，然後用一塊絲瓜囊子搓洗著身子！

「老天啊，他竟是一絲不掛的。老天啊，他……他轉過身來啦……」唐焰焰在心底慘呼一聲：「老天啊，本姑娘的一世英名啊……全完啦！」

百五六章　平湖起波瀾

唐焰焰的一顆心突突地跳起來，她很想把那樹枝鬆開，遮住自己的眼睛，可是她的手卻偏偏很緊張地抓著樹枝一動不動。她很想把眼睛挪開，可是那雙眸子偏偏盯著楊浩的裸體，還控制不住地往下面瞟……說到底，一個少女對異性的身體同樣有著神祕和好奇的感覺。

狗兒趴在旁邊，虛心地跟她的焰焰姐姐討教道：「焰姐姐，楊浩大叔的身體為什麼跟我不一樣啊？」

「什……什麼不一樣？」唐焰焰臉如火燒，期期艾艾地問道。

狗兒一指楊浩，可憐那燈就掛在楊浩腰部附近的樹杈上，那處既想看又怕看的物事清清楚楚，唐大小姐想裝著沒有看清都不成。狗兒好奇地問道：「楊浩大叔那裡是什麼東西啊？好大一砣，我怎麼沒有呢？」

唐焰焰的手像被蜂蜇了似的，攸地一下收了回來，幸好夜晚有風，樹葉婆娑，她手上那樹枝彈起聲音不大，不曾引起楊浩的注意。唐焰焰一言不發轉身便走，狗兒一頭霧水，她向左看看正悠閒沐浴的楊浩，又向右看看匆匆逃去的唐焰焰，咬著手指用她的小腦袋瓜仔細研究了一下，最後還是追著唐焰焰下去了。

「焰姐姐，妳跑什麼？大叔不會發現我們啦。」

雖說月下看不清膚色的變化，眼前又是個不懂事的小孩，唐焰焰還是感到臉上像火燒一樣熱得嚇人，她支支吾吾地道：「天很晚了，我們該回去睡覺了。」

狗兒一溜小跑追在她屁股後面，歪著腦袋想想，還是忍不住拉拉她的衣襟，以其孜孜不倦的好學精神，鍥而不捨地追問道：「焰姐姐，為啥楊浩大叔跟我長得不一樣呢？那一大砣東西好奇怪……哎喲！」

唐焰焰停步轉身，狗兒頭上便挨了一記「炒爆栗」，她吃痛之下摀住腦袋，納罕地看向焰姐姐，唐焰焰俏眼圓睜，惱羞成怒地道：「因為你還小，懂不懂？等你長大，等你長大……呃……等你長大了，你就會跟他一般大……」

狗兒大為吃驚，失聲道：「真的嗎？」

「廢話，你長大了，自然就會有一根那麼大的……哎呀，我跟你這小孩在胡說什麼呀？真是臊死人了。」唐焰焰跺跺腳，一陣心浮氣燥：「不要問啦，什麼都瞎打聽。」

她轉身走了兩步，突又回頭「威脅」道：「今天晚上的事，對誰也不能講，聽到沒有？連你娘都不許說，要不……要不姐姐以後再也不喜歡你了，再也不帶你騎馬玩了。」

狗兒嚇了一跳，在這世上，除了娘親、楊浩大叔和師父爺爺，就只有這位可親的焰姐姐對她最好。娘親話不多、師父爺爺愛睡覺、楊浩大叔又太忙，就只有焰姐姐肯陪她玩，自幼寂寞的狗兒哪捨得失去她，忙不迭點頭保證道：「焰姐姐，我對誰也不講，我保證，妳要不信……咱們拉勾勾。」

唐焰焰哭笑不得，低聲道：「好了，不用拉勾啦，焰姐姐信得過你。去去去，趕快回去睡覺。」

「是是是。」狗兒應了一聲，慌忙逃開了。跑出幾步，她提提褲子，好奇地低頭看了一眼，還是想不明白為什麼自己現在沒有，只有等長大了才會長出那麼一條怪東西來，娘親就是大人啊，可她為什麼沒有？

狗兒因為這場怪疾，自小便與小夥伴們隔絕開來，父親早逝後，便只是與母親相依為命，晝伏夜出，的確沒有機會一睹小弟弟的真容，更沒有男女有別的觀念。馬大嫂一介村婦，整日裡只是操勞著生計，操勞著如何讓狗兒多活得一日是一日，加之狗兒尚年幼，更不可能告訴她這方面的知識。

這狗兒一直以為長成自己和娘親那樣是天經地義的，乍見楊浩「與己不同」，自然驚訝不已，這才跑去找唐焰焰，結果卻得了這麼一個讓她百思不解的答案，還不許她再問別人。可憐的狗兒帶著一腦門問號跑回去，躺在呼呼大睡的師父爺爺腿上，仰望滿天繁星，只覺天下之大，真是無奇不有。

唐焰焰一溜煙回到自己車上，往榻上一躺，整個身子都軟在了上面，她按按自己胸口，那裡面怦怦怦地還是跳得飛快。

「沒事沒事，這是一報還一報，不會有人知道，一定不會有人知道……」唐焰焰安慰著自己，忽然又懊惱地皺起眉頭：「可我怎麼就覺得虧得慌呢？馬燚這個臭小子！」

唐焰焰懊惱地拉過一床薄被，遮住了自己發燙的臉頰，在被單下恨恨地揮了揮拳頭，可惜卻揮不去深深印在腦海裡的那一幕。而且……越不去想偏偏就會想起來：「蒼天啊，大地啊，本姑娘被你這臭小子害死了……」

唐大小姐咬著牙根地罵，卻不知她口中的臭小子是楊浩還是馬燚。

* * *

天亮了，隊伍繼續起西行去。

這一路上糧食充足，又沒有追兵之擾，草原風光比之當初惡劣的荒原境地又強了不知多少倍，百姓們的精氣神都漸漸恢復過來，他們的臉上開始露出了笑容，開始有暇聊些家長裡短，行進間隊伍裡偶爾還會揚起一些人五音不全的歌聲，歌聲質樸、歡樂。

楊浩與李玉昌騎著馬並排走著，隨意地聊著天。

李玉昌這兩天總在扶搖子的車子左右轉悠，扶搖子在他心裡那可是活神仙一般的人物，據說當年官家就是得他點撥，這才入伍投軍，成就天下之主，若是自己能得他點撥一二，李家事業必然再上層樓。就算自己凡夫俗子，這位老神仙懶得點化，要是討得他歡心，從他那兒弄幾丸老真人親手煉製的丹藥，也能強身健體、益壽延年不是？

可惜扶搖子一天到晚都在睡覺，他的小弟子馬燚又根本不願與自己親近，於是李玉昌便整天拉著楊浩東拉西扯結交關係。以他生意人的精明眼光，自然看得出扶搖子師徒對楊浩似乎有種不同尋常的感情，迂迴交結，正是他生意人的拿手好戲。

楊浩緩轡而行，順口問道：「李員外除了鹽巴生意，並不做其他行當嗎？」

李玉昌呵呵笑道：「那也不盡然，老夫運鹽販鹽，並不零星售賣的，因此跑一趟總要消停一段時間。家裡養著那麼多人總不能坐吃山空啊，所以什麼行當賺錢，我就做些什麼，不過都是短期的事情，李家商號主要以經營鹽巴為主。」

楊浩若有所思地點了點頭，他用馬鞭輕輕敲著掌心，沉吟片刻道：「那麼，不知道李員外做不做修橋建房及房產地產生意呢？」

李玉昌一怔，失笑道：「這個嘛，倒也偶有涉及，府州折家擴建的軍營就有我李家商號負責承建的一部分，還有府州城內幾座寶塔以及寺廟翻修，不過……那也有些年頭了。大多數百姓人家都是請親朋鄰居幫著建造房舍，所以除了官府修建衙門、建造軍營，寺院道觀修繕山門，一般來說，靠銷售木料磚石、承建房舍院落那可賺不了什麼錢。怎麼？楊欽差有意要做些生意？」

楊浩搖頭一笑，向前後一指，說道：「李員外，你看，這許多百姓足足有萬戶以上，西北西南地域寬廣，那是足以容納他們的，可是他們一旦到了那裡總需要有個安頓的地方吧？如果待他們到了才做安置，勢必手忙腳亂，恐怕府州官吏一時也照應不過來。如果現在有人搶先購買些木材磚石，建造一些莊戶宅院，到時安頓這些災民，那就大大有利可圖了。」

楊浩屈指說道：「首先，這些百姓從北漢遷到宋境，我大宋官家為表寬厚仁愛，一定會分賜田地、賞賜置辦住宅的錢財。這個，在我們出發之前，官家已經有所表示。若是有人將這些蓋好的房舍交予遷徙百姓居住，以朝廷的安置費用償付所耗，那麼商家與百姓各取所需，各得其利，豈不是好……」

楊浩還沒說完，李玉昌便一拍額頭，恍然醒悟過來。楊浩所言，其實大有可待商榷的地方，比如說地方官府安置這些遷徙百姓，大可拿朝廷撥付的錢財自己建築房舍，而不透過什麼商號。再比如，當地官府要把這些百姓安置到什麼地方，目前還沒有定，安置之地未定，如何就近建造住宅？

可是這些對李玉昌來說都不是問題，他本來就是依附於唐家的一個大商賈，而唐家就是依附於折家的一個大財閥。要探聽官府對移民的安置，並把建築一事攬過來，對別人來說很難，對他來說卻是順理成章、輕而易舉的，是以楊浩只說到一半，他便悟出了其中的商機所在。

此番從回紇回來，他們李家收益來源最大的鹽巴生意也就告一段落了，下一次往各地運鹽，要到秋末時候，這段時間數萬移民的安置自然是一個大大的賺錢機會，李玉昌喜形於色，連連搓手道：「哎呀，還是欽差大人慮及長遠，一言便點醒了我這夢中之人啊。如此說來，我當盡快趕回府州先做準備才是。」

楊浩拱手笑道：「如此最好，這件事若做好了，李員外不僅得其利益，亦是一樁善舉義行，到那時，西北西南盡皆稱頌，李員外不但在百姓中間有個好口碑，朝廷官府勢必也要嘉獎讚許……」

李玉昌哈哈大笑，迫不及待地道：「如此說來，老夫倒不能與欽差緩緩而行了，我這就得馬上趕回去。老夫這就去與羅將軍等告別，馬上率人先行趕往府州。」

李玉昌匆匆一拱手，抖韁策馬便向前馳去。

過了一會兒，便見李玉昌的人馬開始聚攏，羅克敵騎著一匹馬向楊浩迎來，到了近前勒韁笑道：「聽說，欽差大人給李員外指點了一條財路？」

楊浩笑道：「商人嘛，無利不起早，總得讓他有錢可賺吶，反正這錢款朝廷是一定要撥付的。這樣百姓們也能少受些折磨，一到地方就有住處，也容易安撫人心。況且，李員外是有身分、有地位的大商人，施工時會顧忌一下自己的聲名，若由官方工匠去做，只怕偷工減料的房舍就多了，那種房子既經不得風吹、又受不得雨淋，遭殃的不還是百姓嗎？這也算是各得其利吧。」

羅克敵頷首笑道：「說的是，還是楊大人考慮周詳。末將只想著把這些百姓平平安安送到地方，這善後事宜卻是不曾想過，實在慚愧。」

兩人正說著話，李玉昌風風火火地又趕了回來，向扶搖子酣睡的那輛馬車畢恭畢敬地揖了一禮，說道：「仙長，弟子李玉昌曾蒙令高徒無夢真人指點迷津，逃過一場劫難。對無夢真人和仙長，弟子常懷感佩之心。今日弟子要先行趕回府州，有意請仙長同行，也好就近服侍照應，以盡地主之誼，還望仙長能賞個薄面。」

楊浩已知這扶搖子真實身分，對這個傳奇人物也有幾分好奇與敬畏，雖說迄今為止，他還沒見這老傢伙除了睡覺幹過什麼正事。但羅克敵卻是全然不知扶搖子身分的，眼見李員外對一個道人這般恭敬，不禁大為好奇。

車上的扶搖子明明正在呼呼大睡，李玉昌說完了，他卻打個呵欠坐了起來，瞟了李玉昌一眼，撫鬚淡笑道：「貧道在哪兒都可以蒙頭大睡，山石野地、錦被豪宅，也沒什麼區別。只是我那小徒，體質太過虛弱，這般餐風宿露，對她大為不宜。貧道正想尋個地方讓她好生調理一番，然後攜她回太華山呢。如此說來，貧道倒要叨擾李施主了。」

李玉昌大喜過望，連忙道：「弟子家中正有幾處雅致清幽的宅院，就請仙長攜令高徒去同住，弟子一定安排得妥妥當當，俟後再安排車子送仙長與令高徒返回太華山。」

*　　*　　*

李玉昌帶著他的人馬，把扶搖子當老祖宗一樣地供著走了。馬燚和馬大嫂也隨他們一同先出發了。狗兒頗為不捨楊浩，直至楊浩再三承諾，待把百姓安全帶到地方，就去府州看他，狗兒才依依不捨地與師父爺爺離去。

令人意外的是，今天破天荒沒像野馬似地出來亂竄的唐焰焰唐大小姐卻沒有隨她舅父先走。她說這幾天身子不舒服，不願意急行跋涉，李玉昌也沒有辦法，眼看馬上就進入折氏勢力範圍，不虞有什麼危險，李玉昌便撥了二十名武士照料她，自己帶著大隊人馬先走了。

到了傍晚的時候，遷徙大軍又在草地上宿營了。從這裡再往前走一天半的路程，就到逐浪川了。過了那條大河，就將進入折氏勢力範圍，住戶人家也要慢慢多起來，所有軍民們都很開心，營地上到處洋溢著歡樂氣氛。

唯有葉大少，看著那隻殘了一爪的瘸鷹一臉落寞。他很想再抓一隻鷹回來，可惜這一整天脖子都仰酸了，也沒見著一點鷹的影子。

楊浩安頓了百姓，照例騎馬巡視一番，待他趕回隊伍前邊的時候，正與迎面走來的唐焰焰撞個正著。一見到他，唐焰焰騰地一下便烈焰上臉，從臉到頸都紅透了，像隻煮熟了的蝦子一般。

楊浩已聽說她這幾天不太舒服，所以未隨舅父先走，料想不過是婦人都有的那毛病，所以也不曾探問過她。此時瞧她迎面走來，一張臉紅得火燒雲一般，不禁大感詫異，便翻身下馬道：「唐姑娘，天很熱嗎？」

唐焰焰渾身不自在，雖然眼前的楊浩穿著完整，可是一瞧見了他，她卻管不住腦中所想，一時羞澀難禁，想要躲卻已來不及了，只得閃避著眼神訕笑道：「呃……是啊，天……天真的很熱。」

楊浩抬頭看看此時已經沒有什麼威力的太陽，有點莫名其妙，他從自己馬背上取下水囊，笑道：「現在天氣還算好吧，姑娘若覺燥熱，便洗一把臉，那就清爽多了。」

「多……多謝了。」唐焰焰也不敢正眼瞅他，接過了水囊，便走到一旁草叢中藉著清水洗了把臉，然後掏出一方潔白的絲帕輕輕拭著臉上水跡，將水囊遞回給他，含羞一笑道：「多謝你了，楊大人。」

「不謝。」楊浩笑笑，接過水囊好奇地看著她。他感覺眼前這位姑娘似乎有點不對勁，卻又說不出來哪兒不對勁。

突地，他腦中靈光一閃反應過來了：對了，害羞！她在害羞！她現在的表情就是害羞，非常害羞。

這怎麼可能？唐大小姐會知道害羞？唐大小姐會在男人面前害羞？還有王法嗎！

楊浩下意識地抬頭看了看，啊！太陽果然在西邊。

唐焰焰被楊浩的眼神看得渾身不自在，她用手帕擦著臉，躲閃著楊浩的眼神，心虛之下終於被他看得惱羞成怒，不禁頓足嬌嗔道：「你做什麼？哪有你這樣看人的！」

楊浩笑道：「這就對了，方才我還以為姑娘妳生病了呢。這下我就放心了。」

唐焰焰為之氣結：「你什麼意思？本姑娘的脾氣一向很不好嗎？」

楊浩連忙擺手道：「沒有沒有，我不是那意思，我是說……」

唐焰焰目光突地一閃，厲聲喝道：「不要動！」

楊浩一呆，就見唐焰焰「鏘」的一聲拔出了腰間短劍，楊浩雖知她性情火爆，卻不信她莫名其妙的就要刺自己一劍，不由失笑道：「唐姑娘，我又哪兒招惹妳啦？妳就算沒有生病，也不用變得這般正常吧……」

唐焰焰被他的風涼話氣得牙根癢癢，可是這時卻無暇與他生閒氣，她緊握劍柄，彎著腰，緊張地叫道：「別吵，有蛇，你別動，千萬別動。」

楊浩頓時一驚，他僵硬著身子站在那兒一動不動，眼睛順著唐焰焰的眼神向右下方斜過去，果見一條五彩斑斕的大蛇，高高地昂起猙獰的蛇頭，嘶嘶地吐著舌芯。

這條蛇大概是被突然出現在附近並安頓下來的百姓把牠驚出了巢穴，那猙獰的蛇頭昂起來能有半米多高，蛇頸有些焦躁地前後擺動著，距楊浩僅有一米多的距離。

楊浩的臉一下子就白了，被那蛇盯著，他半邊身子都麻木了。楊浩怕蛇，真的怕蛇，所有的動物裡他最怕的就是這種軟趴趴的生物，哪怕沒有毒的小草蛇。這是一種本能，與牠的殺傷力無關。漫說這條蛇一看就是劇毒之物，就是一條沒有毒的草蛇，若有這般體型，他看了也一樣頭頂直冒涼氣。

楊浩牙齒格格打顫，哆哆嗦嗦地道：「我……我現在怎麼辦？」

「別動，你千萬別動，免得驚擾了牠，待我一劍……便刺死了牠。」唐焰焰說著舉劍在手，一抖手腕便擲了出去。

「嗖！」劍光一閃，與此同時，那條大蛇一躍而起，獠牙大張，一口就咬住了楊浩的手腕。

楊浩傻了，唐焰焰也傻了，就見那柄劍射進了草叢，劍尾還翹在空中。

眼看著那蛇一咬得手，立即搖頭擺尾地鑽進草叢溜之大吉，唐焰焰突地跳了起來，大吼道：「你傻的啊？牠咬你你都不動的？」

楊浩小臉煞白地道：「是妳叫我不要動的。」

唐焰焰怒不可遏地道：「我叫你死，你去不去呀？」

楊浩可憐兮兮地道：「我以為妳的武功很高明……」

唐焰焰蠻不講理地道：「我的武功是很高明呀，可牠的身手似乎也不錯啊。」

楊浩：「……」

唐焰焰上下看了他兩眼，忽地驚奇道：「咦，你的臉怎麼黑啦？」

「我日！」楊浩悲憤地叫了一聲，整個人就像一截木頭般直直地倒了下去。

唐焰焰呆呆地站了片刻，忽地一蹦三尺，扯開喉嚨大叫道：「來人啊，救命啊，殺人啦……」

* * *

「徐老頭，你要不配合，這款可發不到你手上……」

「大良哥，你是死還是活，我……我常常夢見你……」

「娘，我會回來的，有冬兒陪著您，您別替我擔心，兒子長大了……」

「冬兒，我答應過要呵護著妳，讓妳一生一世不再受委屈，不再受人欺負，冬兒，我……我對不起妳……」

唐焰焰坐在楊浩身旁，聽著他斷斷續續的胡言亂語，直到他睡實過去，才小心地一根一根把手指從他緊攥的大手裡抽出來。

楊浩躺在唐焰焰的那輛大車裡，躺在柔軟的，散發著淡淡芬芳的被褥裡，臉上的氣色已經不那麼難看了。

唐焰焰靠坐在一旁窗下的角櫃上，雙手托著下巴，靜靜地凝視著他，心中竟有一種心疼的感覺。

初識他時，是在普濟寺裡，他是一個慌慌張張、行跡敗露的登徒子。再見他時，是在姑丈家裡，他是一個路見不平、救回堂弟的熱心人。第三次見他，是在老太君的壽宴上，他嘻笑怒罵，生生氣暈了那討人嫌的陸大名士。再一次見他，他破衣爛衫形同乞丐，卻已是奉旨的欽差、朝廷的官員……

狗兒說，他追索漢軍時，不許兵士欺侮他孤兒寡母，還留下了自己的餉銀。遷徙的百姓們說，兩國十數萬大軍壁壘森嚴，劍戟如山的戰場上，他赤手空拳、單槍匹馬衝上戰陣，只為救下一個無親無故的孩童。他的形象忽而高大、忽而卑微，忽而怠懶無行、忽而俠義無雙。

如今從他繼繼續續的囈語中，唐焰焰隱約了解了一些自己所不知道的事情，她從不曾想到，他竟吃過那麼多的苦，背負了那麼多的痛，愛一個人愛得那般銘心刻骨。她所見過的男兒，要嘛放蕩不羈，要嘛醉心功名，誰會把一個女子看得如山之重？

「楊浩……」唐焰焰輕輕地叫，伸出一根手指，輕輕去描他濃濃的眉，然後輕輕去抹他沉睡中仍然微蹙的眉間川字，在她臉上，竟也難得地漾出一抹從不曾流露出的溫柔……

那青蔥玉指輕輕地描著楊浩眉間的川字，忽地微微一頓，她收回了手，眼珠微微一轉，一抹狐疑便浮上眸中：「他……那日在普濟寺裡，真的不曾見過我入浴？我昨日還不是看過了他，雖說是被馬燚那臭小子給誆去的。但是他若問起，我雖無愧，但我會承認嗎？當然不會。如果……如果那日在普濟寺裡，他追蹤小賊是真，但是……但是他看過了我呢？他會傻到承認了嗎？如果……他竟看過我的身子……」

唐焰焰細白的牙齒輕輕一咬薄薄的紅唇，突然紅暈上臉，渾身燥熱：「這個冤家……他到底有沒有看過我？有沒有？」

＊　＊　＊

令穩都敏和詳穩唐兩員契丹大將所部七千餘名將士被大宋潘美的兵馬堵住了，身陷絕境，前景堪憂。

契丹各部分頭劫掠大宋邊鎮「打草穀」時，令穩都敏和詳穩唐所部最是兇悍，殺戳最重。因為他們白達旦部首領耶律沙、耶律敵烈雙雙戰死在通天河畔，少族長耶律蛙哥和耶律德里也葬身通天河中，所以他們二人挾一腔仇恨，全都報復在了大宋百姓身上。

他們被指定的劫掠路線是西路，得手之後要從西路繞過子午谷前那片山脈回國，而契丹皇后蕭綽走的也是西路，這兩員大將同時還負有拱衛皇后的責任。他們在西路殺戮越重、吸引的宋朝兵馬越多，皇后那裡所承受的壓力也就越輕。本來按照約定，一旦皇后到了安全區域，大將耶律休哥便放神鷹來傳達命令，令他們立即撤退。

可是殺紅了眼的令穩都敏和詳穩唐始終沒有等到耶律休哥的命令，卻等來了從天而降的潘美所部大軍，被潘美生生截斷了他們的退路，能容大隊兵馬通過的幾條道路都被潘美卡死，險要難行的小路亦被宋軍在險要處設兵堵截，他們已成了甕中之鱉。

令穩都敏和詳穩唐率兵衝擊了幾次，結果卻是損兵折將。後面是宋人難以攻克的堅城，前方是步步為營一步步縮小包圍圈的宋軍。如今是午夜，宋軍已停止了進攻。可是看現在的情形，他們已不知道明天的太陽升起來之後，還能不能再看著它落下去。

耶律休哥的神鷹為什麼始終不曾傳來消息，難道……難道皇后根本就是有意讓他們送命？困獸一般坐在篝火旁的令穩都敏和詳穩唐心中不約而同地浮起了這個疑問。

蕭思溫弒殺先帝，立耶律賢為帝，白達旦部一直是站在反對一方的，為此還幾乎與蕭氏部落大打出手。直至宋軍潛入契丹，襲擊消滅了白達旦部的幾個小部落，他們才同意放下紛爭一致對外，發兵維護北漢，驅逐宋人。難道……皇后娘娘這是在借刀殺人？

否則，耶律沙大人、耶律敵烈大人驍勇善戰，一向神勇，宋人怎能料敵機先，預布伏兵於通天河，一舉將部族的這兩位大人全部殺死？否則，為什麼自己這支部族最後的精兵遲遲等不來撤兵的命令，偏偏有宋人的大軍如從天降，快速出現在自己背後，截斷了所有退路？

猜忌一旦產生，就會像一顆種子，在人的心裡生根發芽，窮途末路的令穩都敏和詳穩唐把一切失敗的原因全都猜疑成了別人有意所為，反覆思量之後，他們已澈底相信了自己的判斷，遙望北方，他們恨得咬牙切齒。

「勇士們！我們上當了，我們不是敗在宋人手裡，是我們自己人在背後捅了我們狠狠一刀哇！現在，我們殺回去！拋棄擄來的一切財物輕裝上陣，不惜一切犧牲，只要我白達旦部的勇士能逃出一個，我們就沒有白死！不管誰逃出去了，要把我們的冤屈告訴我們的族人，告訴與我白達旦部結盟友好的所有部族，向蕭氏討回公道！」

令穩都敏一手舉著火把，一手揮著拳頭，睜著一雙赤紅的眼睛向面前默默佇立的契丹武士們咆哮著，所有的白達旦部武士人人一臉悲憤，被自己人出賣的悲情忽然使他們覺得自己是一個死也不倒威風的末路英雄，就像漢人史書中的那位楚霸王。

沒有人再去想他們一路燒殺搶掠是不是向宋境攻入太深、沒有人去想如果發現後路被宋軍截斷的時候，他們如果及時拋棄所有財物，趁宋軍尚未合圍向外衝擊能否衝得出去。他們只知道，他們是被自己人出賣了，所以他們即使敗了也不失光榮，他們沒有丟白達旦部戰士的臉。

白達旦部的七千勇士舉著火把，嘶吼著、咆哮著，義無反顧地衝向嚴陣以待的宋軍大營，如同一群撲火的飛蛾……

＊　＊　＊

得知神鷹失蹤，蕭后與耶律休哥大為憂慮，他們所慮者，正是令穩都敏與詳穩唐所疑者。蕭后擔心神鷹傳遞消息出了岔子，萬一令穩都敏和詳穩唐二人不知進退，冒死深入，到時一旦陷於中原，損兵折將地回來，必會加劇蕭氏與白達旦部的矛盾。所以聽說耶律休哥豢養的那頭鷹遲遲沒有返回時，當即決定要耶律休哥率一隊精騎南下接應。

當然，蕭后儘管擔心白達旦部這支精兵遭受重挫，卻也擔心耶律休哥所部受其牽連，失陷在中原，是以嚴令他南下在宋境邊界一帶接應，不管有無令穩都敏二人的確切消息，都不可深入。

這一夜，天色已晚實在行不得路了，耶律休哥才率隊停下來就地紮營休息。他停下來的地方正是昨日楊浩的隊伍行經的地方。有經驗的戰將野外紮營，都會選擇合適的地點，一要易守難攻不易被偷襲，二要適應節氣擋風防雨。所以只匆匆觀察一番，耶律休哥便選擇了與羅克敵所選地點相同的地方。

三千精卒下馬紮營，立即發現這裡有人跡，而且人數眾多。耶律休哥打起燈籠匆匆四下察看了一陣，從遺留在草原上的各種痕跡看，他們有車有馬但為數不多，大多都是步行，這支隊伍人數極其眾多，至少在萬人以上。他還發現這支曾在此駐營的人馬離開這裡並沒有多久，以他三千鐵騎的速度，明天一早啟程，明天中午就能追上他們。

草原上能有什麼部落遷徙一次會有萬餘人眾？耶律休哥立即想到了那支逃進子午谷的北漢移民隊伍。從方向上來看，如果他們走出了子午谷，正是朝這個方向走來，難道鐸剌根本沒有完成任務？

耶律休哥蹙著眉頭在草原上轉著，這裡已經是宋境了，儘管這裡沒有人煙，也沒有宋兵把守。他決定，明日一早，派小股騎兵繼續向南行進，打探令穩都敏等人消息，而他則率大軍追上這支遷徙於草原的萬人隊伍，如果他們確是那支從北漢遷出，輾轉了一圈繞到此處的人馬，那麼此番也算沒有白來。

主意已定，耶律休哥立即吩咐下去，號令全軍做好了準備。

一件小事、一個小人物，一樣有可能在一件影響歷史格局的大趨勢中發揮決定性的作用。如果契丹皇宮裡的那個廚子斯奴古不曾被蕭思溫所指使刺殺了皇帝耶律述律，那麼現在就不會有一個皇后蕭綽。

當葉大少抱著他那隻扔了捨不得、留著沒啥用的瘸鷹正滿腹煩惱地睡大頭覺的時候，他絕不會想到因為自己獵了一頭鷹，給契丹埋下了一個禍延數十年的戰亂因由。

當然，他更沒有想到，因為獵了這頭鷹，給他的西域半月遊帶來了一場很精彩的表演。這場十分盛大的表演將於明日正午準時上演，出場演員是三千五百名契丹族勇士、七千餘匹戰馬，以及四萬多名北漢和大宋的遷徙軍民，而領銜主演，則是：契丹大惕隱司耶律休哥和大宋遷民欽差使楊浩哥。

百五七章　自棄的棋子

天有不測風雲，尤其是在草原上。

天快亮的時候，就淅淅瀝瀝地下起了雨，等到天光大亮的時候，更是暴雨傾盆。

楊浩躺在唐焰焰的香閨之內，那床榻芬芳香軟，實是他這麼多日子以來睡得最舒服的一次。由於用藥及時，又為他澈底吭清了毒液，所以楊浩清早的時候神智就清醒了，他睜開眼，就見母老虎唐焰焰屈膝坐在自己榻旁，側著頭睡得正香，趕緊又閉上了眼睛。

待感覺沒有什麼動靜，他才悄悄張開眼睛，唐焰焰還在熟睡，紅撲撲的小臉，鬢邊還有幾縷散亂的秀髮，長長的、整齊細密的睫毛覆蓋著眼睛，睡得既安詳又甜蜜。鮮嫩花瓣似的小嘴，翹挺的鼻尖，尖尖的下巴……熟睡中的她沒有了平素那種刁蠻的模樣，倒是有點動漫美少女很卡哇伊的感覺。

車外大雨傾盆，嘩嘩的雨水聲擾人心境。可是身畔少女甜睡的模樣，卻是一道教人看不膩的風景，楊浩見她一個嬌生慣養的大小姐，肯把自己住宿的地方讓給自己歇息，心中不覺有些溫暖之意。

大雨如注，車內便有些潮氣，楊浩見唐大小姐臀下墊了個靠墊，就這麼坐在踏板上歇息，有心給她蓋上被子，被單剛剛拉起來，忽又想起二人雖說一個在榻上、一個在榻下，若是共蓋一床被子終究不妥，也不曉得這位睡覺的時候很卡哇伊的大小姐一旦醒來，發現二人共蓋一床被子，會不會再度變身成噴火龍，可不蓋被子又怕她著涼，正猶豫的當口，忽聽車門「噹噹」地急敲了幾下，楊浩趕緊又閉上了眼睛。

「什麼事？」被吵醒的唐大小姐很不耐煩地推開車門，一見羅克敵幾人披著簑衣站在車前，登時瞪大眼睛質問。

「唐姑娘，楊都監身子好些了嗎？」羅克敵客客氣氣地問道，美女當前，大多數男人都會變得斯斯文文的，哪怕是久經戰陣的將軍。

「喔……」唐焰焰這才清醒過來，省起自己車中還睡著一個大男人，她連忙轉身，彎下腰仔細打量楊浩神色，輕輕推推他道：「喂，楊浩，楊浩……」

楊浩慢慢睜開眼睛，很「虛弱」地看著唐焰焰，「詫異」地問道：「唐姑娘，我……我怎麼睡在這裡，哎呀，我的傷……好了嗎？」

唐焰焰大喜，那張刀子嘴又回來了：「你能說話了？這麼看來是死不了啦，果然是禍害活千年。羅將軍找你呢。」

她側身讓了讓位置，楊浩就勢坐了起來。他中的是蛇毒，身體倒沒有太大的創傷，一旦醒來，行動力基本上也就恢復了，楊浩見暴雨如注，沿著羅克敵等人的簑衣簌簌流淌，可車廂中又容不下他們這麼多人，忙問道：「羅軍主、劉指揮、赫指揮，如此大雨，怎敢勞動你們……」

羅克敵喜道：「欽差已經甦醒了，這我們就放心了，那蛇藥果然管用。楊大人，你看，如今暴雨傾盆，咱們是待雨歇了再走，還是冒雨行進？」

楊浩掀起窗簾向外面看了一眼，大雨傾盆，往外看，遠處一片迷濛。車馬周圍有些百姓正披著簑衣在草地上走動，草原上多的是野草，小雨剛剛下起時，就已陸續有人編製簡陋的簑衣，這時大多數人都已有了件簑衣遮雨。只是因為大雨無法生火，早飯沒了指望，有些婦孺正在吃著昨天剩下來的乾糧。

楊浩看看天空，鉛雲密布，難見一絲陽光，便道：「羅將軍，還有半日行程就到逐浪川了。我覺得還是繼續行進的好，咱們這支隊伍連帳篷都沒有，就算留在這兒，百姓們也只能淋在雨裡，如今也不知這場暴雨下到什麼時候，萬一下得久了，又無法生火做飯，還是辛苦些，早早開拔上路為是。不知羅將軍意下如何？」

羅克敵欣然道：「末將也是這個意思，既如此，劉指揮、赫指揮，你們吩咐下去，咱們馬上開拔，立即上路。」

*　　*　　*

還有半天就到逐浪川了，過了那條大河就進入西北折氏控制範圍，這就意味著馬上就走出了渺無人煙的大草原。所有的人都滿懷迫切，再說在這大草原上也沒有避雨之處，因此對繼續行進的命令，百姓們並無怨言，紛紛起來，扶老攜幼繼續啟程。

楊浩坐在唐焰焰那輛十分舒適的豪華馬車裡，倒是難得地享受了一番。在車窗下面的暗格裡，放著許多美味佳肴。這是大戶人家行遠路必備之物，姑娘家喜歡吃零食，那暗格裡更是放滿了西域的肉乾、果脯和點心。

唐焰焰掀開暗格撐起來就是一張小桌子，然後把那些美味食物一一放上桌來。楊浩坐在榻上，唐焰焰跪坐在對面，看起來倒像一個美貌侍女在服侍主人用膳。這樣的待遇，實在令楊浩有些受寵若驚。

「喂，你要不要喝一點？」今天唐大小姐心情很好，居然有那麼點巧笑倩兮的感覺，難得地露出了溫柔味道。大概是大雨把她的火氣都澆沒了，居然對楊浩有說有笑，楊浩卻不知這少女心境變化，還以為這是自己的病號待遇呢。

唐焰焰從暗格中取出兩只白玉杯，又取出一枝瓷色剔透如玉的酒瓶，斟了兩杯葡萄美酒，向楊浩笑問道。

那酒色醇紅，酒香撲鼻，確實很是誘人。楊浩猶豫了一下才道：「這個，我恐身上餘毒未清，不便飲酒。多謝姑娘美意了。」

「哦，我倒忘了。」唐焰焰道：「那你只飲清水便是了。這些食物你儘管取用，莫要裝腔作勢地假客氣，若是餓著了肚子可不怪我。」

「呵呵，不會的，」楊浩笑應著，拈起了一塊肉脯，誠心道謝道，「唐姑娘，多謝妳了，不但救我性命，還讓出自己的床榻供我休息，如今又如此款待，楊浩真是感激不盡。」

唐焰焰細眉一彎，掩口笑道：「看你這麼斯斯文文地說話真是不習慣，本姑娘其實……也沒做什麼啦，你不用這般客氣。」

這時就聽車外有人怪裡怪氣地說道：「狼奧賴不賴，屋累獅哇，蓋嘎地啊洗洗覺哇。」

楊浩剛把肉脯遞到嘴邊，一聽這聲音不由一怔：「咱們隊伍裡有日本人？」

唐焰焰也是一怔：「日本人？不會吧……」

中土本稱日本為倭國，倭國人最初也接受了這個名字，後來漸漸學習中國文化，曉得倭字含有貶義，就不大樂意了，因為其國近日出之地，便奏請大唐天國上朝賜了「日本」這個名字。儘管中國民間當時習慣稱日本為「東瀛」或「扶桑」，不過楊浩下意識地叫出「日本」這個名字，唐焰焰還是知道他指的是哪裡。

兩人說話的當口，車夫說了句什麼，就聽那人又大聲叫道：「狼奧狼奧，奧獅卜獸……」

楊浩掀開車簾一看，只見一個身披簑衣的男子正在雨中跳腳，楊浩見他正是壁宿，不由又驚又奇，忙道：「壁宿，一夜不見，你怎麼說起外國話來了？快上車來。」

壁宿大喜，連忙便竄上車來，楊浩這才省起這車另有主人，不禁滿懷歉意地看了唐焰焰一眼。唐焰焰鼻尖微微一皺，眉尖一挑，哼道：「瞧我做什麼，本姑娘是那麼不近情理的人嗎？這輛車子……如今既是你住了，你自然作得了主。」

壁宿上了車，脫下簑衣鑽進車來，唐焰焰往旁邊讓了讓，雖說車廂不如房舍寬敞，可這大車容兩三人並坐也不擁擠。壁宿便在另一側坐下來，看見滿桌食物，登時滿臉放光地學起狼嚎來：「喔噢，喔噢，累倒晌午……」

楊浩這才看清他兩片嘴唇高高腫起，就像橫掛著兩根火腿腸，嘴巴闔不起來，裡邊的舌頭竟也是腫脹的，不禁大驚道：「我還以為你說的是日本話，你的嘴怎麼了？」

壁宿滿臉苦色，手舞足蹈：「奧切來屋哇，嚎都都里，狼休介……」

楊浩見他一會兒指著唐焰焰，一會兒指著他，一會兒指著自己，嗚哩哇啦根本不知道在說什麼，不由一頭霧水。

「閉嘴！放的什麼狗臭屁，我來替你說！」唐大小姐杏眼瞪起，雌威大發，壁宿頓時就住嘴了，他很幽怨地看了楊浩一眼，指指唐焰焰，示意由她來說。

唐大小姐正氣凜然地道：「當時你中毒昏倒，我就大喊救命，他嗖地一下就竄了過來。我就讓他給你吮淨蛇毒，他身上有許多零零碎碎，居然還有蛇藥的，給你服下果然奏效。可誰知道這傢伙能醫人不能醫己的，你還在昏迷不醒的當口，他的嘴居然就腫了起來……」

壁宿眼淚汪汪地指指自己嘴上的兩根香腸，使勁點了點頭，表示唐焰焰說的一點不假。楊浩知道蛇毒不見血是不會發作的，就算吮進嘴裡只要把它吐乾淨一般不會有危險。不過……想起壁宿愛咬嘴的毛病，楊浩就知道他嘴巴腫脹的原因所在了。

臉比手要嬌弱得多，想不到自己及時吮淨蛇毒服下藥去沒什麼大礙，這施救者卻弄得這麼可憐。這麼可憐也就罷了，自己有錦帳香帷休息，還有美麗少女服侍，可他壁宿……真是貌美如花，命比紙薄哇。

楊浩很是感激地道：「壁兄，多謝你仗義援手，否則楊某性命堪憂啊。呃……你要不要吃點東西？」

他殷勤地把自己手裡的肉脯遞過去，壁宿可憐巴巴地搖搖頭，指指他自己的嘴巴，說道：「狼奧哇，屋累獅哇，蓋嘎地啊洗洗覺哇。」

楊浩沒聽懂，抬頭看看唐翻譯，唐焰焰也是一頭霧水，楊浩仔細琢磨半天，覺得他是在說：「楊浩啊，我累死啦，借個地方歇歇腳啊。」便試探著一問，壁宿大喜，連連點頭，楊浩便向唐焰焰遞了個眼神，唐焰焰眼皮一垂，拿起一塊杏脯輕輕咬了一口，眸波一轉，又復向他一揚，顯然是要他作主。

楊浩點頭答應，壁宿大喜過望，便老老實實坐在一旁，看著二人吃著可口的食物，不時吞一口唾沫。

* * *

雨變小了，風也緩了，前方突然傳來一陣歡呼，隱約聽到「逐浪橋、逐浪橋」的呼喊聲。車子也停了下來，楊浩與唐焰焰聊得正投機，聽到這歡呼聲唐焰焰便喜道：「莫非已到了逐浪橋了？」

她掀開窗簾，就見和風細雨，天空已趨晴朗，便回頭對一直老老實實坐在那兒充當聽眾的壁宿兇巴巴地道：「喂，一點小傷至於這麼嬌裡嬌氣的嗎？你還是男人哩，還不下去看看？」

壁宿吃她一瞪，登時抱頭鼠竄，楊浩阻止不及，便道：「唐姑娘，我……我也想下去看一看。」

唐焰焰回嗔作喜，雀躍道：「好啊，我也坐得氣悶，只是怕你一個人在車中無聊呢。走，我陪你下去。小心些，你的傷可還沒好呢。」

唐焰焰打開車門走出去，撐起她那把油紙傘，回頭便來扶楊浩。楊浩本欲拒絕，見她神態自然，落落大方，自己一個大男人倒顯矯情了，便伸出手去，由她扶著下了車。一出車廂，清新的空氣撲面而來，帶著一股草原上新鮮的氣息，楊浩長長出了一口氣，只見百姓們都向前搶去，便也信步走去。

草地上溼漉漉的，二人合撐一把傘並肩而行，在這俱披簑衣匆忙前行的百姓中間，一紙花傘，傘下一雙男女，男的俊朗，女的嫵媚，神態從容，大袖飄飄，許多又蹦又跳的百姓見他們的模樣，不由得停止了叫鬧，隨在他們的身後，緩緩向前行去。

逐浪川，逐浪橋，逐浪川上逐浪橋。

那橋真如逐浪，懸於奔騰咆哮的河水之上。橋的上游不遠處，就是一個落差極大的瀑布，巨浪垂直入水，激起十數丈高的水霧，水氣便迎風吹來。

橋寬兩丈，以鐵鏈相連，粗大的鐵鏈兩端繫在半入土的巨石上。橋上鋪以木板，兩側是鐵鏈和纏繞的藤蘿，這座唐朝年間建的橋，折家每年都要派人維護修繕一番，因為此橋便於行商，亦有許多商人出資修繕，所以橋頭柱石上鐫刻了許多捐贈者的姓名，其中就有李玉昌的名字。

「楊大人，逐浪橋到了。」一見楊浩走過來，羅克敵迎上來欣喜地叫道。

楊浩也是滿面欣喜，他略有點頭暈，身子已無大礙，看看那座橋，楊浩說道：「橋雖寬，人更眾，雨中橋滑，讓百姓們要盡量小心一些過去。」

羅克敵點頭答應，百姓開始絡繹不絕地走上橋，向對岸行去。這麼多人，快到中午的時候才過去大半，後面的多是車馬了。楊浩看到李光岑在木恩等大漢的護擁下走來，便向他微微一笑。

李光岑亦向楊浩頷首致意，他對這個年輕人很有好感，草原各部的大人他見得多了，大多驕橫而志滿。而中原國家的官吏要嘛滿腹心機難以接觸，要嘛對草原上的人從骨子裡有一種輕蔑感，而這位楊欽差不是那樣的人，尤其是他所表現出來的大仁大勇，更令李光岑欽佩，他已將這少年視作忘年之交。

「唐姑娘，妳也上車先過橋去吧。我是欽差，要照料人馬全都過去才行。」一見唐焰焰的馬車也行了過來，楊浩便道。

「好，你餘毒未清，多加小心。」唐焰焰應了一聲道：「傘給你。」

楊浩接傘在手，唐焰焰向他嫣然一笑，轉身走上了車子。

車馬絡繹，載的都是老弱婦孺和隨行於車畔的親屬，楊浩正囑咐大家小心過橋，忽地一騎飛來，踏得雨水四濺，衝到橋頭處大呼道：「楊欽差，大事不好，契丹人追來了。」

「什麼？」楊浩大吃一驚，他萬沒料到在這種時候竟有契丹人追來。踏在高石上扭頭回顧，果見遠遠一隊精騎撕開雨幕，向這裡疾馳而來。

「快，快，馬上過橋！」有人急叫起來，一時婦人叫孩子哭，車馬頓時亂作一團。

「禁軍將士，隨我斷後阻敵！」

羅克敵一聲叫，將簑衣一扔，連被雨澆透變得極沉重的衣甲也扔了，只著一身布衣，劈手奪過一桿大刀，便向後飛奔而去，一路走一路呼喝連聲：「棄槍劍，持刀戟，斬敵馬腿，爭取時間。」

守在橋側的禁軍士卒們紛紛響應，挺起槍戟向後陣奔去，楊浩一把拉住解去甲冑的赫龍城，急叫道：「赫將軍，就憑你們數百十人，又無戰馬，如何與敵一戰？」

赫龍城咧嘴一笑：「戰場上，人人都是棋子，所計者，唯有全局勝敗。」

他說得輕鬆自若，可是語氣裡卻有種裂土難撼、堅逾金石的冷酷，隱約能嗅出一股爭鬥殺伐的無情與血腥：「需要棄子的時候，就要毫不猶豫。如今，我們就是棄子了。欽差大人，這數萬軍民，交給你了！」

他把刀一揮，高聲喝道：「禁軍將士如此神勇，我西北兒郎豈不如他？隨我殺敵，死戰疆場，衝！」

百五八章　斷橋

騎兵的衝擊力對徒步行走的幾萬老百姓來說簡直就是一場噩夢，幸好大部分百姓已經過橋。如今這噩夢，就要由羅克敵等一眾熱血男兒來承擔了。

這是一場遭遇戰。遭遇戰素來是勇士勝，智者敗。因為遭遇戰的雙方根本來不及對兵力、兵種進行合理分配，也無法布署最恰當的戰術，但是實力如此懸殊，勇者便一定能逆天嗎？

何況追兵絕非庸俗。他們是一支虎狼之兵，他們的統帥更如一柄出鞘之劍，鋒芒畢露。

呼嘯的風從耳邊吹過，達達的馬蹄聲一陣緊似一陣。起伏的草原，不斷地在耶律休哥的騎兵眼下或舒緩或起伏地改變著視角，大雨給他們的追擊造成了極大的困難，幸好數萬人行過的痕跡不是那麼容易被雨水抹平的，他們終於追上來了。

望著前方已大半過橋的宋人軍民，耶律休哥屏緊呼吸，只是將手重重地向前一劈。

一路冒雨疾進，又被風吹，雖是夏季，他已經徹骨生寒，臉龐凍得鐵青，喉嚨都已凍得僵硬，他只能夾緊馬腹，前進、前進，胯下的戰馬雖然時常更換，此時也已噴出了粗重的呼吸，但是不管如何，他總算及時趕上來了。

他要截下這支遷徙大軍，他還要……活捉那個人，那個男人，那個讓羅冬兒深愛著的男人。他是草原上的駿馬，他是天空中的雄鷹，文韜武略，他無一不精，他不相信這世上有人比他更優秀，更值得女子為之傾心。那個嬌怯得像花兒似的羅冬兒，憑什麼就對他死心踏地？

雨是冷的，他的心卻熾烈起來，他的耳畔迴響著與冬兒的那段對話。

「大人，求你好心放我回宋國好不好？」

「這裡又有什麼不好？我是契丹的大惕隱司，是皇族，雖然我們比起宋國來要貧窮，但是我保證給妳錦衣玉食、榮華富貴，我是真的很喜歡妳，本大人可還沒有娶妻，我可以娶妳做我的夫人。」

「大人，冬兒已經嫁過人了。」

「哈哈，那有什麼關係？我們草原上的男兒卻無你們中原男子的那種腐酸氣。我們喜歡了一個女子，就像騎著駿馬去捕捉獵物，就一定要讓她變成自己的女人。至於嫁過人，有那麼重要嗎？」

「大人，冬兒不會喜歡上你的。從我為他插上釵子那一刻起，這一生一世，我就注定了是他的人，不管他是卑微還是聞達。」

「妳知不知道，按照草原上的規矩，誰擄來的人就是誰的，她的主人可以任意處置她？嗯！」

「大人……我不怕死！我可以去死！」

「妳……」

耶律休哥仰起臉來，讓雨水澆在自己臉上，忽地仰天發出一聲咆哮。

「真的嗎？不管他是卑微還是聞達？我要把他捉過來，在他琵琶骨上拴上鐵鏈，做我的一條看門狗。我倒要看看，那時候，妳是願意跟著一條狗，還是願意要一個頂天立地的大男人！」

耶律休哥伸手一抹，雨水四濺，他已探手抓住了自己的長戟，往空中一揚。

「嘩！」

如果有人這時從空中俯瞰下去，就會看到均速前進的錐形契丹鐵騎，就像是從一個錐形的套子裡射出了一枝箭。隨著耶律休哥揮戟的動作，所有的騎士都解開了備馬的韁繩，訓練有素的備馬放緩了腳步，漸漸落在後陣。而騎士們已經握緊了武器，身形下意識地俯下去，鷹一般銳利的眼睛盯緊了手執大刀，大步飛奔而來的羅克敵和他身後的百餘勇士。

百餘勇士，人皆布衣，手執鋼刀，向契丹鐵騎迎面衝來。

他們在送死！

他們是一群棄子，一群自棄的戰士，唯一的使命就是犧牲。

每個契丹勇士都明白，在鐵騎猛衝之下，不能結槍陣自保，以這樣散亂的陣形迎面衝來，根本就是送死。這些宋人根本就沒有想著戰勝，也沒有想過活著回去，他們唯一的目的，只是要拖延時間。

勇士！人皆敬之。哪怕是他們的敵人。

沒有人下令，但是所有的契丹武士不約而同地舉起了手中的兵刃，那既是對大宋武士的致敬，也是表明自己的磊落。如果這時候萬箭齊發，那迎面衝來的宋軍將士將頃刻送命，無一生還。但是他們已不打算用箭，他們要堂堂正正地把這些可敬的敵人殺死。

「殺！嘿！」羅克敵手執大刀，大步迎上，距離快馬還有三丈距離，便仰面一倒，雙膝跪地，藉著衝力向前滑去。草地水滑，他衝得又勢疾，這一衝，整個人便飛快地向前滑去，與此同時，迎面而來的契丹鐵騎便與他擦身而過，轟隆一聲砸到地上，把草地砸了一個坑，雨水如幕一般揚起。

那馬上騎士的一叉本來瞄準他的咽喉，如果兩件兵刃硬擊在一起，馬上騎士藉著馬力，羅克敵的兵刃都要被磕飛。但羅克敵跪身滑進，身形後仰，那騎士雖然下意識地將叉壓了壓，還是刺了個空，貼著他的額頭便滑了過去，而羅克敵的一刀卻結結實實地拖在了馬腿上。

不是砍，而是拖，他根本沒有用力前劈，只將鋒利的刀刃迎著馬腿，馬力前衝，刀向後滑，只一拖，一條馬腿便被斬了下來。

戰馬摔倒，馬上的騎士滾摔落地，翻滾出七、八圈去，幾乎被另一匹急馳而來的戰馬踩中。那馬上的騎士急急勒馬閃避，馬足一滑，倒摔於地，他抽身不及，一條腿立時便被壓斷。

慘叫聲中，他就看到一雙滿是泥巴的大腳丫從自己眼前飛奔而過，那是一個宋軍士兵，這樣的雨天若是穿著軍靴，不亞於增加了二十斤分量，他們不但解了甲，連靴都脫了。

長戟一揮，割斷了一條馬腿，那宋軍根本無暇給那馬上摔下來的騎士一戟，立即滾身而進，斬向第二條馬腿。他們不想勝，不想殺人，如今只想把這股戰馬的洪流阻在這兒，哪怕只能堵得一時片刻。

落馬的契丹武士拔出腰刀向宋軍追去。但是他們追不上，他們的皮靴、皮襖在雨天平地上十分笨拙，而那些宋兵像瘋了一樣，根本不理會在後面揮舞的刀槍，他們左劈右砍，橫擋斜拉，唯一的目標就是：砍馬腿。

藉著健馬的衝勢，耶律休哥一戟便將一個迎面衝來的宋軍挑飛到了空中，他只向那率隊衝來的年輕宋將瞥了一眼，立即兜馬便欲向前衝去。此時無暇與之一戰，他的目的不在這一群棄子。

但是，另一群棄子又衝了上來，當先一人端著大刀，威風凜凜，毫無懼色，正是西北折府麾下指揮使赫龍城。

耶律休哥劍眉一挑，長戟便指向赫龍城的咽喉，不料……可惱！堪堪還有三丈距離，赫城龍便滾身在地，一人一馬錯身而過的剎那，他便騰身跪起，揮刀一斬……又是馬腿！

幾百枚棄子，幾百柄橫刀，目標都是馬腿！

*　　*　　*

橋頭的百姓瘋了一般向前擁去。真正的恐懼不是刀槍加頸的那一刻，是眼看著明晃晃的刀槍向他們襲來，卻還沒有加諸到他們身上的那一刻。他們現在倉皇地往橋上衝，只憑著一股本能。

兩輛馬車一齊衝上來堵住了橋頭，許多百姓只能從車隙間往前擠，有人腳下一滑，便從側面的護欄空隙中跌入了滾滾江水，慘呼聲未絕，人已不見了蹤影。

楊浩喊得聲嘶力竭，根本沒有一個人聽他號令，眼見數百豪氣干雲的宋軍將軍用鮮血和生命為他們爭取的時間，將要被他們自己葬送在這兒，楊浩氣沖斗牛，他拔刀在手便撲了上去。

「噗！噗！」鮮血迸濺，兩個爭擠在那兒的百姓便被他斬殺刀下。一個是個壯漢，一個是個婦人。

眼見欽差瘋了一般持刀殺人，百姓們都驚呆了。

「把車推開，棄車上路。不許擁擠，亂闖者格殺勿論！」

楊浩厲聲喝罷，把刀往地上狠狠一摜，大喝道：「但有一個百姓不曾過橋，本欽差絕不西行半步。聽明白了嗎？把擋路的車子推開！」

百姓被震懾住了，當下不管男女老幼，紛紛上前幫著推車，在楊浩凌厲的目光注視下，急速而不失秩序地衝上橋去。

「楊晉城，站住！」

楊浩忽地看見人群中有幾個慌慌張張的人正向前行，他們一身皂服官衣，正是自己從廣原府借來的衙差公人。這些衙差公人從不曾上過戰場，雖也有過緝捕追兇的經歷，可那與戰場相比，完全是兩碼子事，他們現在也全嚇呆了，一個個臉色煞白。

「欽……欽差大人……」楊晉城戰戰兢兢地站住了腳步。

楊浩厲聲道：「帶著你的兄弟最後走。過來，把這些馬都卸下來，那些糧食不要了，繩子全取下來，綁在橋頭這塊巨石上、鐵索上。」

「欽差大人，你……你是要……」

楊浩用赤紅的眼睛看了看那些正用血肉之軀阻擋敵騎的勇士，沉聲喝道：「斷橋！」

阻擋契丹人的宋軍戰士一個個在倒下，楊浩看得心如刀割。百姓們全都過橋了，這時他才意識到一個重要的問題，誰來斷橋？橋必須斷，不然這些宋軍將士就要白白犧牲，可是……誰來斷橋？

楊浩的眼光從面前瑟瑟發抖的十多個公人臉上掠過，沉喝一聲道：「走！趕快過橋！」

「是是是！」楊晉城等人如蒙大赦，立即撲上橋去。楊浩看了一眼自己插在橋頭，始終不曾倒下的那柄長刀，微微一笑，走過去拾起了一根被人遺棄的馬鞭。

長長的桿，長長的鞭子，他已經很久沒有手執大鞭了。

宋軍將士幾乎被捕殺殆盡，剩下幾人或因傷勢、或因力竭，盡被契丹人擒住。耶律休哥已率大軍向橋頭撲來。

楊浩扭頭看去，楊晉城等人正踉踉蹌蹌撲到對面橋頭。幾十米外的對面橋頭站了許多人，正眼巴巴地看著他。那裡面有李光岑、有木恩、有唐焰焰、有壁宿、有葉公子，還有神色複雜的程德玄。

濤聲隆隆，水霧漫天，在他後面，是如狼似虎地撲過來的契丹勇士。當看見唐焰焰要衝動地跑回來，楊浩急忙向她一指，堅決地擺了擺手，直到看見她被李玉昌留下的勇士緊緊抓住時，才欣慰地一笑。

他指了指自己的心口，又向對面一指，再指指自己的心，輕輕擺了擺手，指了指天，指了指地，指了指……

他認真地做著每一個手勢，他不懂手語，只是用一些自己能夠理解的手勢，向他們表達自己最後的遺言：「主意是我出的，如今總算把你們平安帶出了生天。我的心中本有未了之事，但是現在已經不重要了。我的使命盡了，但我對得起這一路赴死的軍民。天大地大，能與這些好男兒共赴於難，我很開心。如果有緣，我們大家來世再見吧……」

唐焰焰站在對岸，當最後幾名衙差公人都已跑過橋去，楊浩卻獨自留在橋頭時，她就已經明白他要幹什麼了。她的心裡忽然有種說不出的痛，讓她的大眼睛裡漾滿了淚水。

她看著楊浩，看著楊浩凝視著她，當楊浩指了指自己的心，又向她一指時，她的心止不住地顫抖起來。她認真地、努力地解讀著楊浩的剖白：「其實，我的心裡也已有妳。我不會忘了妳的，和妳相識的這些天，同行於這片草原上，我很開心。如果有緣，我們來世再見……」

若無楊浩先向她的那一指，她未必便會以為楊浩這些手勢是打給她的，她對楊浩本已暗萌情意，只是她自己也是懵懂無覺。可是這時那層窗戶紙一下子被捅破了，眼見楊浩臨死時對她的深情表白，她的情感奔湧而出，難以自已，唐焰焰忽地哭倒在地。

她頭一回喜歡了一個男人，可是這個男人……馬上就要死了！唐焰焰的心彷彿都要被揉碎了。她的眼淚忍不住簌簌滾落，淚眼迷離中，就見楊浩一轉身，迎著疾撲而至，勁風都似已撲到身上的契丹鐵騎揚起了長鞭。

百五九章　死生

「啪！」

一聲清脆的炸響。

水聲隆隆，對岸的軍民沒有聽到；蹄聲如雷，衝過來的契丹武士們沒有聽到，但是他們的心卻不約而同地抽搐了一下，彷彿那一鞭子是抽在了他們心上。

騾馬受長鞭驅使，將一條條繩索一下子繃得筆直，朝河水流向的方向拚命地拉動起來。「啪！啪啪！」又是幾聲催促的鞭聲，那炸響聽得人頭皮發麻。一條條繩索吱吱直響。巨石微微有些撼動幾下，巨石上的鐵索也被扯得歪向一邊，與柱石摩擦發出了駭人的聲音。衝過來的契丹兵們終於發覺了他的真正意圖，他們立即紛紛掛起刀槍，反手去取弓抽箭。

楊浩心裡一急，跑到那一條條繩索中間，揮起鞭子又狠抽幾下，棄了馬鞭便去抓著一條繩索幫著騾馬使勁地拔起來。馬力尚不可為，他一人人力有限，能濟得啥事呢？可是這時心中哪裡還會思量那許多，只想著加一分力是一分力。

就像斷橋，他倉卒想起必須斷橋時，立即本能地命人去綁住橋頭，絲毫不曾想過在這一端斷橋還需留下一人，事到臨頭，只能自己留下。當然，當時他即便想起這回事，十有八九還是要選擇這一端。

因為對岸已無主事之人，隨意指定一人的話，那人並無專斷之權，必受眾人干擾，橋斷早了，則未及過橋的人再無生路。如果契丹兵提前突破阻擊，對岸卻因為尚有未及過橋的百姓而稍生猶疑，那麼契丹鐵騎便一衝而過，想斷橋也遲了。再者，已逃過河的車子已大部分逃開，刻不容緩之時來得及追回來？自己棄了百姓先行趕到對岸去主持大局，那又絕無可能，他若提前一走，這邊的百姓勢必自相踐踏死傷無數，真正能過橋的也就沒有幾人了。

所以，他只能留在河這邊，這斷橋的鞭子，只能掌握在他的手裡。世間事，幾樁能得萬全？

箭矢橫飛，激射而至。楊浩「哎喲」一聲，肩頭便中了一箭。楊浩吃痛，下意識地鬆了手去摸肩頭，就在這時，前方騾馬也中了幾箭，那些騾馬疼痛難忍，四蹄刨地，嘶叫著向前猛衝，大雨之後泥土本已鬆軟，土下深埋的橫向擋石只能阻擋墜向河心的重力，對順向拖曳發揮不了阻擋作用，再加上騾馬死力地拖曳，這三方因素集合，只聽「轟」的一聲，那根柱石便被連根拔起，長橋顫了一顫便向河中墜去，眾騾馬吃力不住，盡皆向河水中滑落。

楊浩夾在那些繩索中，被長橋拖曳，登時雙腳懸空，在對岸無數人的驚呼聲中，與那些騾馬一齊掉進滾滾不絕的江水之中，因柱石沉重，一下子便把他們拖進水底不見了。

「希聿聿……」一串戰馬長嘶聲起，一匹匹契丹戰馬在河岸邊人立而起，踢起無數碎石，他們輕拍馬頸，穩住胯下坐騎，定睛向江水中看去，只見那橋對岸的一半還在岸上，這邊一半已完全沉入水中，受江水沖激，那橋成了一個半月狀，不由盡皆不語。

這一戰對他們一生征戰來說，實在談不上凶險，可是其中慘烈卻是前所未見。漢人男兒的血性，那些武將、這個文官，他們談笑赴死的壯舉，深深沖激著每一個契丹戰士的心，他們的心就像那江水中的半橋，震撼不已。

對岸，無數的百姓跪倒在地。

楊浩是一個好官，羅將軍是一個好兵，這一文一武，為他們所做的犧牲令他們刻骨銘心。立足於逐浪川西岸，與對岸躍馬橫刀的契丹健兒相逢的這一刻，他們已經從一個北漢子民，變成了真真正正的大宋子民。

耶律休哥筆直地坐在馬上，盯著滾滾的江水悠悠南去，然後目光順著那橋一寸一寸挪向對岸，遺憾地嘆息了一聲。終於……這些百姓被他們帶去了宋境。終於……那不曾交鋒的情敵，就此成了水中之鬼。

他剛才衝過來時，就看清了楊浩的面貌，楊浩肩頭那一箭就是他射的，他要活捉了這個人，把他像死狗一樣拖回自己的大帳，讓那個女人看看，一個狗一樣活著的男人，還有什麼可愛，可惜……可惜兩人始終不曾堂堂正正地較量過……

他的目光從對岸膜拜的百姓們身上一一掠過，心中忽然一顫：真的沒有較量過嗎？那員宋將親自率死士上前拒敵，這個人獨自守在橋頭斷後，那他一定不是普通的宋人，這個人一定是宋人的高官，很有可能就是這支隊伍的主事人。如果他是，那麼，帶著這麼多百姓迂迴走了一個大圈，避開他們布下的死亡陷阱，使這些百姓逃出生天，這麼多天的鬥智鬥勇，彼此真的不曾較量過嗎？

耶律休哥眸中閃過一抹不忿，那個人不但與自己較量過，而且還與蕭后、與十數萬契丹大軍較量過，他贏了，雖然他死了，但是最終的結果卻是：他贏了！

對岸的許多百姓還在哭拜，這麼近的距離，如果猝然下令放箭，一定能射死一些宋人，可是……此時此舉，還有意義嗎？橋已斷，他還有出刀的必要嗎？彎刀「鏗」的一聲插回了刀鞘，耶律休哥長嘆一聲撥馬便走。

就在這時，他聽到了一陣陣驚呼……不，不是驚呼，是歡呼聲，一陣陣歡呼此起彼伏，如同咆哮的巨浪。江山轟隆，這要多麼大的歡呼聲才能聽得入耳？耶律休哥詫然撥馬，回頭一看，只見對岸無數百姓跳起來歡呼雀躍，卻不明白對岸宋人為何歡呼。

這時有手下兵將站在河岸上遙指江水大呼小叫，耶律休哥馳馬回來，向河中定睛一看，不由目瞪口呆。

一個人，抓著繩索正一步一步從江水中走上來，他肩頭的狼牙箭不知是因碰撞還是江水沖激，已經不見了蹤影，肩頭正有鮮血溢出來。他拉著半沉入水的橋索從江面下鑽出來，正渾身是水地一步步走上那橋面。半月形的橋面被水沖得一起一落，他在橋上走得十分艱難。

耶律休哥想也不想便取弓在手，一枝雕翎便搭在了弦上。所有提韁乘馬憑河而立的契丹武士都向他們的統帥側目望來，對岸的百姓更是將心提到了嗓子眼上。

本來哭成淚人兒一般的唐焰焰忽見楊浩竟從水底走了出來，一時又笑又跳，這時注意到對岸的動靜，不由駭得魂飛魄散，站在岸上只是向楊浩大聲示警。

楊浩此時如同站在劇烈地震的橋面上，那動盪在別人看來並不十分明顯，可他立足橋上才知其中辛苦，此時若不聚精會神、使足了全力抓緊橋索便根本站立不住，哪裡還能注意到別人呼喊些什麼。

若是數日陰雨連綿使弓箭受潮或被雨水澆灌，弓弦和用膠的地方受了影響是不能使用的。但是箭壺有蓋，一路馳來，弓也是護在牛皮套子裡的，待取出來時才只受了這一陣雨，影響並不大，所以他的箭仍可使用。

弦拉開，如滿月。耶律休哥手中的箭矢穩穩地瞄向了楊浩的背心。

對岸靜了下來，片刻之後爆發出一陣更大的聲浪，這回那聲浪是衝著耶律休哥的，所有的人都在咆哮，耶律休哥不為所動，他的眼中只有那一箭，他的心中只有那一人。現在只要一鬆手，斷橋上那人絕難活命，儘管雨水、風向，打溼了的雕翎都會影響箭的準確度，但是耶律休哥仍有十分的把握一箭穿心，置他於死地。

對岸的人不再叫喊了，耶律休哥手下的兵將們也沒有吶喊助威，只有上游瀑布轟隆隆連綿不斷的響聲傳來。斷橋上的那個人頭也不回，還在一步一步艱難地向上攀援，就像走在半沒入水的弦月上。

耶律休哥看到他踢落了灌水的靴子，赤足踏在橋面上，一步步向岸上走去。細雨淋在他的弓上、箭上，潔白的箭羽處凝聚成一顆顆水滴，如同女兒家晶瑩的眼淚。

弓仍如滿月，四石的硬弓，能保持這個姿勢一動不動這麼久的人天下罕有，但耶律休哥辦到了。他的手穩穩的，似乎一動也不動，只隨著那人逐步攀向岸頭的身影緩緩上移。越到橋頭位置，震動越小，那人攀爬的速度也更快了。

就在這時，突地有幾個宋人不約而同地跳下了橋頭，連滾帶爬地撲過去，手拉著手，用他們的身體將楊浩緊緊護在了中間。橋面是傾斜的，他們護不了那麼周全，楊浩的腦袋還露在外面，耶律休哥仍有十足的把握射中他。可他見此情景不由怔了一怔，隨即便放聲大笑：他看上的女人所看上的男人，果然配做他的對手。

笑聲中，他將那弓反手往肩上一背，那枝箭便被他輕飄飄地擲下地去。

「走！」耶律休哥再不遲疑，提韁躍馬，便向草原上馳去。三千鐵騎紛紛撥馬隨之而去，頃刻工夫，對岸已兵馬俱無，刀槍無蹤。

楊浩爬到橋頭，只抬頭一望，便有無數雙手向他伸出來，楊浩下意識地一抬手，也不曉得握住了誰，騰雲駕霧一般便被拖上了岸。他的雙腳剛一沾地，又是響徹雲霄的歡呼聲起。無數的人撲上來，一個個忘形地與他擁抱，楊浩甚至看不清他們的臉，只感覺到他們抱得是那麼用力，感受到了他們滿懷的歡喜，於是便也欣然地一一回抱著……

「咦？這一個怎麼……這頭髮，這胸肌，這腰肢，這手感……」

下意識地在那細若楊柳、柔若無骨、嫩若豆腐的蜂腰處一捏，耳畔便是嚶嚀一聲嬌呼，楊浩急忙閃身定睛一看，那笑中帶淚、喜中帶怒的嬌顏上正飛起兩抹絢麗的彩霞，可不正是那隻母老……啊……焰焰！

百六十章　萬歲

這裡仍是一片草原，但是任誰都感覺到了一種家的感覺。到了這裡，已經沒有那個孤舟漂泊於蒼海之上的迷茫感，而是有了一種腳踏實地的踏實感覺。家的感覺是什麼？就是安詳、寧靜。

所有的人都在平原上聚集，楊浩騎著馬，在士兵們的扈衛下從黑壓壓的人群中輕輕馳過，直到盡頭，再圈馬回來面向所有百姓站定，這是一個高坡。

他知道，他的聲音不能讓每一個人聽進耳中，但還是用嘶啞的聲音，竭盡全力地向所有百姓們喊道：「父老鄉親們，現在，我們安全啦。你們記著，從現在起，你們已是一個宋人。」

他的聲音有點哽咽：「羅軍主、劉指揮使、赫指揮使，率三千五百名英勇無畏的宋軍將士，披肝瀝膽，無畏生死，用自己的生命，換來了我們的生機。」

他一撥馬頭，面向東方，輕輕馳前幾步，勒韁止馬，默默佇立。所有扶老攜幼、劫後餘生的百姓們都一言不發，隨著他回首東顧。

淅瀝的雨絲還在飄搖，就在他們立足之處的前面，但是他們走過來的方向，那雨已經停了，東邊日出西邊雨，河那邊，天盡頭，一輪七彩的長虹高高懸掛在上面，那彩虹橋，可是英靈們安息於天堂的道路？

楊浩默哀片刻，長吸一口氣，振作精神道：「大家稍作歇息，然後繼續趕路。李玉昌李員外已先行趕回，把咱們趕到的消息稟報予府州大將軍知道。府州折大將軍很快就會派人來接應大家，安頓好大家的一切。從此，這裡就是你們的家園！」

百姓們靜了一靜，然後放聲歡呼起來：再也不用擔驚受怕了，再也不怕顛沛流離了，他們終於安頓下來，這些小民所求不多，只要一家人能太太平平地生活在一起，但是這些日子，他們經歷了太多的生死與血腥。現在，直到現在，他們終於安全了，就連現在呼吸的空氣，似乎也有著一絲安詳與太平的味道。他們有的笑，有的跳，各自用不同的方式表達著自己劫後餘生的歡樂與慶幸。

人群中，忽然有幾個人跪倒在地，向楊浩發自內心地高呼起來：「萬歲！萬歲！萬萬歲！」

一人動，眾人從，他們周圍的人很快受其感染，隨之跪倒在地，向楊浩頂禮膜拜，虔誠地表達他們心中的謝意：「萬歲！萬歲……」

那幾個用他們的方式表達心中謝意的百姓，就像投進平靜湖水的一枚石子，漣漪蕩漾開來，以他們為中心，黑壓壓一望無邊的百姓們紛紛響應，隨之下跪。

他們之中許多人並不知道那位大人的名字，許多人不知道這些官的稱謂，但是他們都知道就是這位大人，在兩軍陣前為了救一個插標賣首都沒人肯要的病娃兒單騎闖陣，他們都知道就是這位不通武藝的文官大人與那些武將們一道留在了河對岸，最後關頭，是他拋棄了自己生還的希望，毀斷了那條生死橋。他們都知道，就是馬上這個人，把他們領出了死路，給了他們新生。

「萬歲！萬歲！萬萬歲！」

沒有更多的語言，他們只是用這最簡單的語句表達著心中的喜悅和感激。初時還有雜亂，很快就萬眾一心、萬口一詞，一個簡短的、響徹雲霄的聲音在平野曠原中響起，連前方的雨都似乎被驚嚇住了。

雨，停了。

萬歲聲從人群中響起的時候，楊浩還沒有聽到。待下跪的人越來越多，萬歲聲越來越響亮的時候，楊浩才聽個清楚，楊浩大驚失色，大聲喝止，但是聽得到的只有近前的幾個人，就是這些人也不肯停止呼喊，待到後來，數萬人長跪在地，萬歲聲響遏行雲，已是根本沒有可能制止的了。

在他身後的宋軍將士聽了「萬歲」的聲音盡皆失色，縱目望去，整個平原上都是一片頂禮膜拜的百姓，人群中只稀稀落落地站著一些人：李光岑、葉大少、唐焰焰、壁宿，以及他們的隨從家人，一個個滿臉愕然、手足無措。還有一個，是程德玄，他靜靜地站在坡下，不喜不慍，毫無表情。

楊浩手心冰涼，已急出一身冷汗。他當然知道自古帝王什麼事都能容忍、什麼事都能宏恩寬懷，唯有一樣，那就是帝位的威脅，不管那威脅只是一個苗頭，還是一個根本不能成為現實的幻想，帝王是不會坐視的。當年柴榮一代雄主，還不是因為一塊「點檢做天子」的小木牌便心生猜忌？經歷了五代以來無數篡位鬧劇，自己也是取而代之成了帝王的趙大一旦知道……

突然，楊浩翻身下馬，向東南方向急跑兩步，一撩袍襟，朝著開封府方向跪倒在地，學著四周無數膜拜歡呼的百姓，頓首大呼起來：「萬歲！萬歲！萬萬歲！萬歲！萬歲！萬萬歲！吾皇萬歲！吾皇萬歲……」

見楊浩跪倒，百姓們呼喊的聲音頓時為之一停，待跪在近處的百姓聽清了楊浩所喊，立即跟著他一齊頓首大呼起來：「萬歲！萬歲！吾皇萬歲！」

新的歡呼口號在楊浩的引導下迅速蔓延開來，成為這場萬人膜拜的主旋律，楊浩身後的宋軍將士們如釋重負，紛紛跟著跪了下去，數萬軍民跟著楊浩一齊頓首高呼：「吾皇萬歲！吾皇萬歲！」本來因為大家都站著，而顯得有些局促不安的葉大少等人忙也紛紛跪倒，高呼萬歲。

唐焰焰很淑女地掏出一方小手帕，看看骯髒的地面，蹙起秀眉又看看手中巴掌大的小手帕，又收了起來。她一彎腰，拉過前邊跪倒那人的衣襬往地上一鋪，這才盈盈俏俏地跪了下去，一雙妙眸卻向楊浩一瞟，滿是對他化解危機的欽佩。

前邊跪著的是壁宿，扭頭一看自己的僧衣被唐焰焰做了蒲團，壁宿高僧的香腸嘴很是委屈地癟了一癟。李光岑看了楊浩一眼，眼底閃過一抹了然與讚嘆，他笑了笑，向周圍站立的部下們略一示意，便也跟著跪了下去。

程德玄呆住了，直到他發現整個曠野上就只剩下他一個人孤零零地站在那兒時，這才往地上狠狠一跪，重重一叩首，咬牙切齒地高呼：「萬歲！萬歲！萬萬歲！」

* * *

一進折氏勢力範圍，楊浩才發現這裡與霸州、廣原一帶大不相同。這裡仍有大片的草原和土地，但是這裡多山、多水，山是險山，水是惡水，這裡的小村莊極少，大部分都是部族聚居式的堡壘或山寨，或依山、或背水，都在險要之處、都在道路必經之處，可謂步步為營、步步兵壘。

這裡的城垣多為夯土而築，如臨石山，個別地方也有石砌的，但不多。折府域內的堡壘山寨除個別有石砌段落外，全都是夯土而築，但是這夯土極為堅固，硬可礪刃，並不比石塊稍遜。

眼見楊浩這支沒有旗號、破衣爛衫的隊伍一路行來，路上的堡壘山寨立即敲響鐘鼓，所有婦孺、在外閒走的鄉民全部避入堡壘去，倚高山險要而建的堡壘大門緊閉，隱現堡壘上的，盡是些身著民壯服飾的鄉民荷弓掛箭、手持矛槍來回走動的身影。在這裡，由於常年經受來自北方契丹遊牧部落、西北方回紇部落，乃至吐蕃雜胡等部落的襲擊，每一個男子幾乎都是訓練有素的戰士，他們應對軍隊自有自己的一套辦法。

楊浩本不欲去打擾這些鄉民，但是所餘不多的糧草大部分都拋在逐浪橋對岸了，儘管府州大將軍一旦得知消息，會盡快派人來接迎，但是這麼多人怎能終日水米不進，大隊人馬走到第二天傍晚，帶過橋來的少許糧食也已告罄。此時已是黃昏時分，眼見前方有一座倚山而建的雄峻堡壘，地面陽光已被山巒所擋，一抹夕陽斜照卻映在那倚山而建的堡壘上，金燦燦如同金鑄的一般，便止住隊伍，上門乞援。

堡壘中早已有備，許多壯丁藏在箭垛之後，警惕地注視著這支隊伍的動靜。楊浩高舉雙手獨自上前，仰頭望去，只見堡門上一匾高懸，上面有三個模糊的大字「穆柯寨」。

「寨中的……」

楊浩一語未了，寨上「嗖！」地便是一箭射下，堪堪貼著他的靴尖釘在前面，箭尾猶在嗡嗡亂顫，堡壘上便傳出一聲冷厲的斥喝：「不得近前一步，再敢前進，格殺勿論！」

楊浩仰頭向上拱了拱手，高聲道：「本官是大宋遷民欽差特使楊浩，率北漢四萬民眾遷移西北，路經此處，因糧草斷絕，急需援助。不知上面哪位是寨主，有請出來答話。」

見楊浩獨自一人上前，寨上也閃出一個人來，一個十七、八歲的少年，英氣逼人，十分俊俏，一身灰布衣裳，持弓佩劍，威風凜凜。他站在城頭，一腳踏在箭垛上，弓上搭著一箭，冷冷地看向楊浩：「你……是大宋欽差？」

百六一章　醉酒

楊浩高聲道：「正是本官。」

寨上那少年哂然一笑，大聲嘲笑道：「朝廷的欽差？朝廷的官來來往往的我們也見過一些，便不是欽差，似你這般狼狽的我們也不曾見過半個。這一帶不太平，總有些不開眼的東西想來打家劫舍，冒充災民誆騙寨門的有、冒充官兵打家劫舍的也有，你們這麼多人，誰知道你們到底是什麼人。」

楊浩拱手道：「這位壯士請了，本官持有欽差節鉞，如果貴寨主不信，可遣一人出來驗過。」

寨上的人哈哈大笑道：「你這漢子說話好生有趣，什麼欽差節鉞？我們這些百姓可不認得那勞什子的東西。」

楊浩身後一名軍士大怒，喝道：「大宋欽差天使在此，爾等推三阻四不肯出迎，這是蔑視朝廷，不怕人頭落地嗎？」

寨上那人絲毫不以為意，只冷笑道：「你嚇唬我嗎？你敢再進一步試試，看看是我人頭落地，還是你一箭穿心！」

這人拈的是一柄獵弓，但是看他一箭射在楊浩身前緊貼他靴尖的準確，這句話倒不是誑語，那軍士還真不敢上前冤枉送死。府州地界，幾百年來一直在折氏統治之下，這些百姓雖知折氏已歸附大宋朝廷，但心中只知折大將軍，誰管你是欽差還是劈柴。

何況這些年來，府州歸附過的朝廷多了去了，後唐、後晉、後周、後漢、大宋，誰強歸附誰，已經成了家常便飯。十年前府州大將軍折德扆親率軍伐北漢，占領沙谷砦，斬首五百級做為晉見之禮，向大宋投效。

他入朝面君時，當今大宋官家給予優厚賞賜，並在金鑾殿上親口許諾：「爾後子孫遂世為知府州事，得用其部曲，食其租入。」

趙匡胤這句承諾是什麼意思？這就是說府州折氏世世代代都可以掌管這個地方，折大將軍上馬是一府武將之首，下馬是一府文官之首，文武一把抓，有權就地自行徵兵、有權自行收繳賦稅，兵歸他使，賦歸他用，聽調不聽宣，獨掌西北這方土地！

這就是大宋官家正式確認了府州折氏的藩鎮地位了。所以這些剽悍粗魯的西北邊民，又豈會在乎寨下宋兵的幾句恐嚇？

壁宿見寨中百姓過於警惕，不肯相信楊浩所言，隊伍中許多婦孺又不能不歇息進食，他看看自己身上的袈裟，忽想起當初楊浩手持袈裟衝上兩軍陣前的故事。偷兒也是有理想的，他何嘗不想做個大英雄，如今天下人大多信奉菩薩，自己何不客串一番得道高僧，若能說得寨上百姓打開大門，自己也能似英雄般風光一回。

一念及此，壁宿眉飛色舞，他連忙整整衣衫，大步上前，單手稽禮高宣一聲佛號，寶相莊嚴地道：「阿彌陀佛……寨上這位小施主請了，這位楊施主確是朝廷欽差，因被契丹人追殺，所以才這般狼狽，出家人是不打誑語的。你還是打開大門吧，能迎欽差進去好生款待，那是你們的榮幸。小施主切勿自誤，快去找你家大人出來，阿彌……」

壁宿說得忘形，往前走得近了，只聽「嗖」的一聲，又是一箭射來，箭從上射下，壁宿只覺眼前一花，那鋒寒的箭簇似乎是貼著鼻梁射了下去，正釘在他兩腿之間，壁宿用鬥雞眼盯著兩腿之間那根嗡嗡亂顫的箭羽，只驚出一身冷汗，幸虧他的嘴脣已經消腫了，要不然這一箭還不把他那香腸嘴射個對穿？

壁宿抬頭就要大罵，忽地省起後邊正有無數百姓看著，自己此時扮的是大德高僧，壁宿忙強忍怒氣，故作鎮定地微笑道：「小施主，恁大的火氣？貧僧的話你還信不過嗎？若你大開方便之門，來日折大將軍知曉，必然也要嘉獎的。其實你不讓我們進去那也罷了，只消借些米糧……」

「還往前來？」寨上少年冷笑，見這一頭短髮的怪和尚還往前走，又是一箭射來，筆直地釘在他的腳前，壁宿想起楊浩當日威風，怎肯臨陣示弱，他沉聲再宣一聲佛號，緩緩踏前一步，說道：「小施主，貧僧乃一出家人，手無寸鐵，難道你也信不……

啊！」

話未說完，壁宿便是一聲慘叫。寨上少年又射出一箭，這少年也擔心寨下這些人真是大宋的移民，萬一傷了人終究不好收拾，是以只想阻止他們近前，防止他們衝門，可少年心性難免有些賣弄，這箭射得是險之又險。

壁宿腳上的僧履早就磨破了，大腳趾頭探了出去，寨上少年計算失誤，這一箭緊貼他僧履射下，登時把他大腳趾削去一片皮肉。

十趾連心吶，疼得壁宿抱腳而竄，破口大罵道：「哎呀呀你個小婢養的，敢射洒家，疼死貧僧啦。楊浩，欽差，我哥……你可得替我報仇哇！咱們別跟他客氣，他們一些鄉野民壯有什麼本事？咱還有兵呢，打進去、打進去，老衲要把那小兔崽子牙敲掉、眼扎瞎、腿打折，善他個哉的！哎喲，哎喲……」

寨上少年聽他罵得難聽，他掏掏耳朵，臉色便冷下來，手往後一探，一枝箭便如變魔術一般再度搭上了弓弦，冷冷地喝道：「兀那假和尚，你念的是什麼經？來來來，再念一句來聽聽。」

「你這小畜牲不知天高地厚，本大師……」壁宿猛一抬頭，見他弓箭直指自己嘴巴，眸中已露出殺氣，登時乾笑兩聲，改口道：「阿彌陀佛，貧僧失態了，善哉善哉！」

就在這時，唐焰焰自後面趕過來，她的車子行在中後段，這一段山腳下的路不好走，人馬又多，她等得不耐煩，便下了車步行過來，見隊伍都停在穆柯寨前，楊浩立在山門之下，身前插著一枝羽箭，忙快步上前問道：「楊浩……大哥，出了什麼事？」

楊浩一見她來，生恐門前人多了，上面那少年更加緊張，急忙轉身道：「我正欲向寨中人借糧，妳快退下，免得他們射箭。」

「借糧嗎？借個糧而已，怎麼搞成這副模樣？」唐焰焰詫異地看看一旁的壁宿，只見壁宿像隻猴子似地抱著腳丫站在那兒，腳趾頭上還在突突冒著血，唐焰焰莫名其妙地仰起頭來叫道：「穆家姐姐，為何與大宋欽差和這些宋人百姓兵戎相見起了衝突？」

寨上那少年驚奇地叫道：「唐小妹，是妳嗎？妳……怎與他們廝混在一起了？」

楊浩愕然問道：「唐姑娘……妳與她……認得？」

壁宿眼淚汪汪地道：「唐姑娘……妳說她……是母的？」

*　　*　　*

待唐焰焰與寨上「少年」說明了情況，寨上民壯方始疑心消去。寨上那「少年」與唐焰焰對答幾句，說了句：「小妹稍等。」便縮回了身子。

唐焰焰轉頭對楊浩道：「府州治下各處山寨，都是半民半兵。各處寨主也是半民半官，都在折大將軍轄下。我唐家生意做得大，與各處山寨都是極熟絡的。此處穆柯寨，由穆、柯兩個大姓的族人組成，方才那女子，名叫穆清漩，是穆老寨主的女兒，與我一向極為友好。她有四個兄長、三個兄弟，除了一弟年幼，其餘都在折大將軍麾下做事……」

此時，緊閉的山門打開，只見幾個寨中民壯正將頂門的條石搬放到兩側，兩排持梭槍的民壯列隊於內，一對青年大步走了出來。二人都是一身短打扮，服飾有些像獵裝，一個濃眉如墨的英朗男子旁邊伴著的男裝女子，就是唐焰焰所說的那個穆青漩。

二人走出大門，那濃眉男子立即走向楊浩，抱拳施禮道：「草民柯鎮惡，見過欽差大人。」

楊浩大吃一驚，失聲道：「柯鎮惡！」

那彪壯的青年漢子詫異地道：「正是，欽差大人……你認得我？」

「啊……不認得，只是閣下這名字十分威武，本官……這個……哈哈……」

柯鎮惡一笑，施禮道：「方才不知大人真實身分，拙荊對大人及尊屬多有冒犯，還請恕罪。」

楊浩看看這位五官端正、濃眉大眼的年輕人，只覺得長成這模樣，實在是糟蹋了飛天蝙蝠柯鎮惡這個好名字，此時旁邊那男裝打扮的女子滿不在乎地抱一抱拳，大剌剌地道：「楊欽差，草民冒犯了。」說完一雙大眼狠狠一瞪旁邊的壁宿。

這位大姑娘長得有點中性，長眉斜飛入鬢，手長腳長，滿蘊充沛活力，如同一隻蓄滿力量的母豹，可她一雙眼睛卻是又黑又亮，睫毛長翹整齊，這一瞪，頗有女人味道。

楊浩聽那柯鎮惡喚她拙荊，曉得這位男子氣十足的大姑娘便是柯鎮惡的妻子，忙拱手道：「不知者不罪，柯夫人為山寨安全，小心謹慎也是理所應當，不必過於客氣。」

一旁壁宿聽了暗叫一聲：「得了，這一箭白挨了，我真是吃撐著了呀，明知道這地方窮山餓水出刁民，我還出來現眼，自找的……」

和楊浩見完了禮，穆清漩立即閃身拉住唐焰焰的手，親熱地道：「小妹，好久不見了，大姐還真是想妳。妳怎麼跟這些人混在一塊啦。這次來，妳可得陪姐姐多住些日子……」

另一邊柯鎮惡便道：「欽差大人，寨主與家父住在後山，草民已使人去通報了，稍候必來相迎。只是，貴屬人數實在眾多，山寨中可是住不下來。」

楊浩忙道：「這些人長途跋涉，都已力竭，而且，如今既到了西北，如何安置還需聽從折大將軍意見，是分散安置還是集中於一地，如今不得而知，所以本官倒不急於繼續趕路。我看那邊有一片樹林，如今天氣炎熱，搭些帳篷便足供我等住宿，只是有兩樁事還請柯壯士協助，一者便是食物，二者便是醫傷驅疫的草藥，一些炊具和被褥也是需要的。柯壯士放心，這些借用之物，朝廷自會補償。」

他也看出這地方的人對朝廷是不大搭理的，所以也就不拿出欽差節鉞擺譜了，說話也客氣了許多。

柯鎮惡笑道：「欽差說的哪裡話來，欽差大人路經此地，我穆柯寨總要盡盡地主之誼。諸位大人還請入內歇息，一些老弱婦孺也可安排入寨歇息。只是大隊人馬實在招待不下，一會兒我便遣莊丁去幫著在林中布置，所需米糧蔬菜、鹽巴藥材也隨後送到。」

楊浩大喜，忙不迭謝了。當下柯鎮惡便喚出莊丁把人馬引導到那片林中安置，又使人送去米糧蔬菜，林中本多蚊蟲，不過就地採些艾蒿野草點燃起來就可驅趕，林中清涼寂靜，待一頂頂草木搭的帳篷建起，讓一戶戶百姓住進去，好似野遊露營一般，倒也有些雅致。

* * *

這邊欽差大人還是要款待一番的，承了人家這麼大的情，楊浩自然也要賞光，便與那柯鎮惡把臂入寨，絲毫不擺官架子。一旁穆大姐與唐焰焰一直牽著手在那兒耳語，也不知聊些什麼，直到楊浩入寨，這才挽著手陪著走了進去。

穆老寨主與他的親家柯老寨主聽說大宋欽差率移民至此，已急急從後山趕了過來，他那小兒子才十一歲，長得古靈精怪，容貌與乃姐穆清漩有七、八分相似，姓穆名羽。難得見到這麼多人，這小孩子興奮得很，他卻不陪欽差，而是隨著莊丁溜到林中看熱鬧去了。

兩位老寨主將楊浩迎進山寨大廳，立即擺開酒宴招待。這山寨中菜肴盡是山珍野味，大碗盛酒，大盆盛菜，卻連一只精緻的盤子也無，光是一個炒雞蛋都是用盆裝的，足足用了八十個雞蛋，一端上來便把楊浩嚇了一跳，不曉得這山寨之中竟是這般粗獷的作風。

楊浩跟三教九流打交道都有一手，與這兩位老寨主聊起來自然也是投契得很，用不了多久，兩個老頭便與他稱兄道弟起來，只覺這個官說話辦事、大情小節都是十分順眼，原先還只是客氣，這一回卻真的熱絡起來，於是便將自釀的山酒殷勤相勸。到此關頭，楊浩才知國人勸酒之風實是早已有之，雖以肩頭箭創為藉口再三婉拒，也推辭不過他們的熱情。

那酒是山果釀的酒，也就是果酒，酸酸甜甜，度數不高，後勁卻足，而且那大海碗實在大得嚇人，一碗酒灌下去，菜肴沒吃幾口，就造了個肚皮溜圓。一頓飯下來，楊浩已臉紅似火，酒意醺然。

這山寨不似中原男女之防嚴重，女眷並不獨設一席，俱在一桌飲酒，唐焰焰當著穆柯兩位老寨主和兩位老夫人面，起初還有些矜持，待到一碗果酒下肚，兩抹緋紅上臉，那話便多了起來。

她手舞足蹈，說的事情都不離楊浩。從楊浩在廣原街頭救下她的堂弟，到為堂弟做出許多奇思妙想的玩具，再到他一番嘻笑怒罵氣昏了那陸大名士，說者繪聲繪色，聽者眉飛色舞，這些大老粗對讀書人可是本能地有點牴觸，一聽之下，頓時把楊浩看成了自己人，幾乎忘了他的欽差身分。

唐焰焰再往下說，說的就是楊浩這一路上可歌可泣的英雄事蹟了。聽得原本不把楊浩這個小白臉放在眼裡的穆清漩都為之動容，她上上下下看了楊浩兩眼，端起一大碗酒道：「是條漢子，是我小瞧了你，來，楊欽差，我敬你！」

楊浩端起大海碗，還沒來得及說句客套話，人家穆大姑娘站起來，咕咚咕咚一大碗酒便面不改色地灌了下去。楊浩看得兩眼發直，只好硬著頭皮也喝一碗，往下坐時，只覺那肚子都快要撐爆了。

待到酒散，楊浩醉眼矇矓，已行不得路了。就算他想行也是不可能了，穆柯寨兩位老寨主熱情得很，他們這些山裡人性子直爽，看你不順眼時，你再客氣他也不把你當朋友；看你順眼時，怎麼看你怎麼舒服。如今楊浩在兩位老者心中頗有分量，自然要留下招待一番，怎能容他就此離去。於是便把他安頓在了山寨中休息。壁宿、葉大少等人便也順理成章地留在了山寨。

* * *

柯夫人穆清璇的閨房內。

柯夫人男兒性格，閨房中除了些女人必用之物，幾乎看不出什麼旖旎香軟的女兒家東西。今天唐焰焰到了，柯大俠便被老婆一腳踢下了床，兩個閨中密友同床共榻敘敘話。

唐焰焰醉眼矇矓地靠在帳上，還在興奮地比畫著：「姐姐妳說，他幾次三番大難不死，是不是有神人保佑啊？他……從江水裡鑽出來時，人家的心砰地一下都不會跳了，呆了好久好久，才曉得喘氣。這個人呀，真是……」

穆清璇給她倒了杯涼茶，扭身也在床邊坐下，笑道：「好啦好啦，妳喝多了，乖啊，喝了茶躺下歇歇，妳都說了一晚上他啦。」

唐焰焰傻笑道：「真的嗎？我怎麼不覺得？對了，姐姐，妳來，妳來，我……我告訴妳一句悄悄話。」

「要說什麼呀？妳這丫頭。」穆清璇沒好氣地接過茶碗，唐焰焰已趴到她耳朵上，用站在門口都能聽得清清楚楚的聲音「悄悄」地道：「姐姐，方才在席上，有句話我沒說，其實……我第一次見他是在普濟寺裡。我懷疑……他在普濟寺裡都看過我的身子啦。」

穆清璇吃了一驚，趕緊回頭瞅瞅，一把掩住了她的嘴巴，嗔道：「我的傻妹妹，妳胡說什麼呀。姑娘家的，這話可不行亂說。」

「我這不是只跟妳說嗎？我在席上就沒說，妳當……妳當我傻啊？嘿嘿嘿……」

唐焰焰的傻笑看得穆清漩忍俊不禁，可是她的好奇心也被勾了起來，想了想便問：「妳說……他看過妳身子，怎麼這麼肯定啊？他怎麼會看到妳身子的？」

唐焰焰方才的聲音大得像吼，現在卻細得像貓，她醉態可掬地趴在穆清漩肩頭細聲細氣地說著，穆清漩聽得耳朵直癢癢，好不容易聽她說完，連忙掏了掏耳朵，唐焰焰很認真地點頭道：「我懷疑……嗯，不是懷疑，是一定！他一定是看過我的身子。」

穆清璇看著她，遲疑道：「小妹，妳……是不是喜歡上那位楊欽差了？」

「怎麼可能？」唐焰焰本能地反駁，做出一副不屑一顧的表情。

穆清漩眼珠滴溜溜一轉，訕笑道：「小妹，我可沒見妳把哪個男人整天這麼掛在嘴上的。還有，妳說他看了妳身子，哼哼，一個大姑娘家，被人看見了入浴時的模樣，妳居然不怒不惱，倒像是說不出的歡喜，還說妳不喜歡他，誰信啊？」

唐焰焰面紅耳赤地道：「誰說我不怒不惱啦？誰說我喜歡他啦？我恨不得把他拍扁了、搓圓嘍，搓圓啦、再拍扁嘍，可他官雖不大，卻是個欽差，我總不能不替唐家考慮吧？再說……再說……我也不吃虧的，嘻嘻，我跟妳說啊，妳可不能告訴別人，姐姐，我跟妳說，有一天晚上……」

她的身子又栽到了穆清漩身上，穆清漩側耳聽了幾聲卻沒聽清，不禁問道：「妳說什麼？大聲點。」

「我……我不告訴妳，嘻嘻，這個……不能說。」

穆清漩又好氣又笑：「臭丫頭，妳冰清玉潔的身子都讓人看了去，還有什麼不能說的？」

唐焰焰向她扮個鬼臉道：「告訴了妳，妳就占了他的便宜，嘻嘻，偏不告訴妳。」

穆清璇無奈地翻了個白眼：「妳這丫頭，真是醉得不清不楚。好了好了，不說就算了，快點，脫了衣裳躺下歇息歇息。」

「我不！」唐焰焰一掙肩膀，甩脫了她的手，四下看看，忽地問道：「姐姐，我記得……妳有上好的金瘡藥，擱哪兒了？」

穆清璇詫異地道：「妳要那個做什麼？」

「他……他受了箭傷，路上只是採了些草藥敷上去，哪有你們穆家的金瘡藥管用，妳……妳拿一瓶來，我去……幫他敷藥。」

「這麼晚了，不如我知會莊丁一聲，著人送過去……」

「給我嘛，我去。」

「這……那我送妳過去吧，山間夜路不好走。」

「不用了，妳這山寨我又不是第一次來，熟得很。」

唐焰焰不由分說，待她從牆櫃中取出藥來，奪過來揣在懷裡，便像穿花蝴蝶似地飛出了門去。穆清璇追到門口，看著她「飄飄然」遠去的背影搖了搖頭，嘆了口氣道：「還要把人家拍扁了、搓圓了呢，就這德性……都快把人家當成活寶啦。我看，該讓公公、爹爹準備一份厚禮了，唐家大小姐……春心動了……」

*　　*　　*

夜晚的山風很清涼，今晚的月光溫柔如水。

唐焰焰提著燈籠，搖搖晃晃地獨自走在山路上。林中寂寂，樹影婆娑，蟲鳴鳥唧，聽來十分寧靜。

前邊就到楊浩他們的住處了，唐焰焰陪著柯鎮惡夫妻先送楊浩過來的，自然知道他住哪兒，她靜靜站在樹下，望著前邊不遠處房舍窗櫺上透出的燈光，那顆心就像一旁溪中的流水一樣蕩漾。

過了一會兒，她像是想到了什麼，忙放輕腳步走到河邊，把燈籠小心地放在河邊石上，然後蹲下去，掬起一捧清涼的山泉潑在臉上，一下、兩下，然後又憑水自照，雖然月光之下，什麼也看不清，但她還是很用心地整理了一下頭髮，像平時對著菱花鏡一樣歪著頭照了又照，然後又掬了一捧水，仔細地漱了漱口，待她哈了哈氣，自己已感覺不到口中的酒氣，這才嫣然一笑。一個清純可愛、古靈精怪的小美人又恢復了英雌本色。

受水一激，她的醉意便清醒了些，忽地有些猶豫起來。這深更半夜的跑去探病送藥，好像……依稀……彷彿……是有那麼一點不妥的，可是……他……他不是還沒睡嗎？一定是痛得睡不著覺吧？那我給他探病送藥難道不應該？當然應該，太合理了，誰敢說我閒話？

唐大小姐想到這兒，理直氣壯地站了起來，撿起了那盞燈籠。楊浩窗口透出的一抹昏黃的燈光，就像是一根無形的繩索，拉扯著唐焰焰的腳步往那燈光處蹭去，很有一種飛蛾撲火的心甘情願。

河邊的水草叢中有幾隻螢火蟲被她的腳步驚擾飛起，追逐著、盤旋著，她的目光追著那起舞的點點星火，那又黑又亮的眸子裡，也有點點星火在閃耀。

少女情懷總是詩、少女情懷總是夢、少女情懷總是痴，那女人一生中最美好的一段時光，若有一段浪漫、有一段旖旎，這女兒情懷才會由那清清的泉水，釀成那醇醇的美酒吧。

楊浩還沒有睡，他讓人去探視了林中住下的數萬百姓，得知他們都已安頓妥當，這才放心。他喝不了急酒，但是慢酒卻沒問題，因為他解酒解得快。等待的這段時間又喝了一壺茶，與壁宿聊了聊天，神智便漸漸清醒過來。

待壁宿離去，他躺下歇息了一會兒，肩頭還有隱隱的痛楚感，一時卻難入睡。就在這時，房門輕輕叩響了。他還以為壁宿去而復返，面對窗子躺著，只說了一聲：「進來。」

門吱呀一聲開了，唐焰焰走進來見他背向而睡，不由輕輕一笑。她躡手躡腳地走過去，在楊浩身後欠身坐了，伸出手去剛要搭上楊浩的肩膀，忽又縮了回來，遲疑半晌，才伸出一根手指輕輕觸了觸他。

楊浩頭也不回地道：「還不睡，做什麼？」

唐焰焰小聲道：「你的傷，還疼不疼？」

「還有點，大概化膿了，夜深了也不好叨擾人家，明天討些瘡藥敷上就是。你個偽娘，就別裝女人了，發什麼酒瘋？」

唐焰焰一呆，什麼叫偽娘她不懂，別裝女人這句話她卻聽得明白。被自己喜歡的男人這麼說……真是……很受傷。

低頭看看，自己胸口確實不如穆姐姐飽滿的酥胸，唐焰焰不覺有些氣餒，轉念一想：人家年紀還小嘛，又不是沒有發展餘地。於是又把胸使勁一挺，氣鼓鼓地問道：「本姑娘很像男人嗎？」

「嗯？」這回聽出聲音不對了，楊浩急急一轉身，肩膀一疼，哎喲一聲才看清來人，不由失聲道：「唐姑娘？我還以為是壁宿那小子捉弄我，對不住，對不住，妳怎麼來了？」

唐焰焰一聽轉嗔為喜，可那胸還是使勁挺著：「穆家的金瘡藥很有名的，我知道你肩上有傷，特地討了些來為你敷藥。」

楊浩忙道：「有勞姑娘了，就請放在這兒吧，一會兒我讓壁宿來幫我敷藥。」

唐焰焰道：「大男人粗手粗腳的，怎麼能幹好這樣的事？你脫衣服，我幫你。」

楊浩尷尬道：「這……不好吧。」

唐焰焰心道：「有什麼不好？你全身上下還有哪兒我沒看過？」這樣一想，臉上頓時一熱，忙瞪起杏眼掩飾道：「這有什麼關係？我家幾個哥哥，光膀子我看得多了，你個大男人，怎麼婆婆媽媽的？轉過去，把衣裳脫掉，我幫你敷了藥就走。」

楊浩猶豫了一下，便依言轉身，脫去上衣，露出赤裸的肩背，這副身體還是很結實的，有種男性的陽剛美，肩頭斜著綁了一條繃帶，隱隱有滲出的血跡。

唐焰焰臉上微熱地幫他解開繃帶，一圈圈放開，他肩頭處中的是狼牙箭，箭在水中被那些糾纏在一起的繩索擠扯掉了，箭簇扯去了一大塊皮肉，看著那血肉模糊的地方，敷著的草綠色草藥泥幾乎已變成了黑色，唐焰焰一陣心疼，她用指肚輕輕碰了碰，問道：「還疼不疼？」

楊浩道：「嗯，有些疼，呵呵，沒什麼，疼才好。我聽說草原上有些人常在箭上塗以毒藥，被那樣的箭射中了是不會疼的，可是想治好卻不容易，我算幸運的了。」

唐焰焰起身將桌上火燭取了過來，輕輕放在榻上，然後從頭上拔下一根銀簪在火上烤了烤，這才小心地幫他一點點剔去草藥泥。

那輕柔的動作，讓楊浩也感覺到了她的體貼，想起兩人相識以來種種，楊浩不由輕輕嘆了一口氣。唐焰焰輕輕剔著草泥，眼簾微微一揚，問道：「嘆什麼氣？」

楊浩道：「人的緣分，當真是不可琢磨。與姑娘剛剛相識時，姑娘是橫眉立目，楊浩是心驚膽顫，一門心思地躲著妳，實未想到會有這麼一天，妳我同甘共苦，逃出生天，還能……得到姑娘這樣的體貼照顧。」

唐焰焰手上一頓，凝視著那紅紅的火苗，想起兩人相識以來種種，一時也有些痴了，怔忡片刻，她才回過神來，一邊小心地向傷口上撒著藥沫，一邊掠掠髮絲，溫柔地笑道：「說的是呢。後來，雖然知道你救了我的堂弟，而且在老太君壽宴上幫著我們痛罵了那個狗屁不通的書獃子，可是……我還是一見你就討厭。可是……你一離開我又挺想你的……」

說到這兒她急急補充了一句：「真的，我沒有騙你喔。我記人的本事最差了，雖然我沒記住你的名字，可你的樣子我偏偏就記得，在草原上見到你時，你蓬頭垢面、衣衫襤褸，但我還是一眼就認出了你。這……大概就是緣分吧……」

她含羞瞟了一眼，看到的卻只是楊浩結實的背影：「你……你對我也有這種感覺嗎？」

楊浩微微一怔，覺得她說的話有些不對勁，便乾笑道：「這個嘛……我這個人是比較專一的。」

「什麼意思？」

「見了妳想逃，離開了還是想逃啊……」

「你……」唐焰焰揚手欲打，但是想起他臨死時在河對岸對自己的真心表白，心中一陣甜蜜，便原諒了他的油嘴滑舌，她垂下頭，羞答答地道：「你……你在河邊……契丹人衝過來時，你……你打的那手勢，能不能……能不能對人家說說是什麼意思，人家沒有……沒有看明白。」

說到這兒，她羞不可抑，一顆芳心已如小鹿般在胸中亂撞起來。她是真想聽楊浩親口對她說出來，可是她已經知道他要說什麼，羞喜中又難免緊張。

藥已敷完，將繃帶輕輕纏了兩圈，垂頭等了半晌，卻不見楊浩表白，唐焰焰不禁詫異地抬起頭來：「嗯？」

楊浩痴痴地想了一陣，搖搖頭道：「臨死的時候，許多未了的心願，許多想向人表白的心思，都想讓人知道。人死如燈滅，沒幾日便腐朽了，能留下來的，只有幾段話、一些信念而已。可是，現在死不了了，心中忽然變得懶懶的，卻沒有對人說的心情了。」

唐焰焰大失所望，背對著她坐著的楊浩絲毫未覺，他淡淡一笑，感慨地道：「男人和女人是不一樣的，如非必要，男人喜歡把心事藏在心裡，而不是對人說起。男人，更喜歡行動！」

他嘴角的笑意有些冷，目中也變得凌厲起來，忖道：「既然我未死，那未了的心願便一定要去完成。老娘的死、冬兒的死，都與丁承業對我的陷害分不開。這分恩怨，我一定要回霸州，做一個了斷！」

唐焰焰在他身後聽他弦外有音，頓時耳熱心跳：「行動？他他他……什麼意思？要怎麼行動？如果他要親我……我……我要不要小小拒絕一下？」

一念至此，唐焰焰的嬌軀頓時像繃緊了弦的弓，兩隻耳朵也豎了起來，像一隻警惕的兔子，可惜楊浩一直沒有什麼動作，只是老老實實坐在那兒，唐焰焰鬆了一口氣的同時又不覺有些失望，女兒家心事，還真是難猜。

唐焰焰沒幹過伺候人的活，笨手笨腳地幫他纏好繃帶，繫扣的地方留在了前面，她繞到楊浩對面，一條腿盤到炕上坐下，要為他繫好繃帶。這時與楊浩面對面地坐著，便不如方才坐在背後自然大方，她不敢直視楊浩的眼睛，可目光一垂，看到他結實的胸肌，心頭更是不自在，心中雖無淫邪想法，那眼光還是克制不住地想往下溜，雖說自家心事楊浩未必能看透，還是窘得她臉蛋跟火燒一般。

楊浩嗅到淡淡酒氣，又看她臉紅似火，不禁問道：「那酒喝著酸甜，後勁著實不小，唐姑娘，妳沒事吧？」

「我……我沒事。」唐焰焰抿起嘴，連呼吸都不敢了，她的小手在楊浩胸前忙活著，那香滑細膩的手指時時撩撥著楊浩胸口，楊浩雖對她一直沒有異樣想法，眼見這嫵媚少女坐在身前，心中也不由微微一動，他也閉緊嘴巴不敢說話了。這一來房中寂寂，只聽見兩人一粗一細的喘息，反而更生曖昧氣氛。

唐焰焰匆匆給他繫好繃帶，偏腿下地，那條腿已坐得麻了，她「哎喲」一聲抬起了腿，就在這時，「匡當」一聲門推開了。唐焰焰一驚，那條坐麻了的腿又放了下去，甫一著地，整個人便站立不住向側前栽去，一把撲到楊浩懷裡，將他撲倒在炕上。

楊浩肩頭撞在炕上，疼得哎喲直叫，唐焰焰大窘，雙手撐在他胸口只想爬起來，可她一條腿是麻的，一碰到時那種半身痠麻的感覺實在是難以形容，竟是動也不能動，只能呀呀呀地叫個不停。

葉大少手裡緊緊攥著一隻剛捕來的貓頭鷹，呆呆地站在門口。他本來捉了這鷹，特意來向楊浩現寶來著，誰想到卻看到這麼一幕。

只見唐焰焰那小美人香汗細細地趴在楊浩懷裡，呀呀呀地叫個不停，楊浩下身被唐焰焰的羅裙蓋住，看樣子應該是全身赤裸的，是了，見自己進來都羞於起身，定然是赤裸的了。

兩人這姿勢……嗚呼！勒纖腰，撫玉體，申嫣婉，敘綢繆，同心同意，乍抱乍勒。兩形相搏，兩口相焉，緩衝似鯽魚之弄鉤，急蹙如群鳥之遇風，進退牽引，上下隨迎，左右往還，出入疏密，可不正是洞玄子三十六式中的鸞雙舞？

楊浩一仰頭，只見葉公子張口結舌地站在那兒，他手中還提著一隻貓頭鷹，葉公子那雙眼與貓頭鷹那雙眼都十分詭異地看著自己，不由雙手一攤，叫起撞天屈來：「葉公子，我什麼都沒幹吶……」

葉公子一個激靈，這才省起對方的欽差身分，慌忙雙手一攤，叫道：「楊欽差，我什麼都沒看吶！」說罷調頭便跑。

「唐姑娘……看著多清純可愛的一個女子，竟然……竟然連這麼高難度的動作都做得出來，真是風月場上的高手哇。虧我視她如女神，原來卻是一神女。」

葉大少想到不堪處，一時悲從中來，那顆心碎得……

百六二章　締盟

同一個夜晚。

府谷，孤山，百花塢。

月前，花下，一涼亭，兩杯酒。

只是四樣小菜，一盆濃湯。

杯碟是吳越燕子沖燒製的祕色瓷，酒是味極甘滑的涼州葡萄酒。菜是用小羊羔烤出來的香嫩金黃的炙子骨頭，以黃河大鯉魚為原料削得薄如蟬翼、白似飛雪的生魚片，鮮香可口的三鮮筍、梅子薑，最後是以肥嫩羊肉佐蓮藕、山藥、黃芪、黃酒，文火煮燉至爛而成的一盆八珍湯。

涼亭中據案而坐的是兩名中年男子，皆著舒適鬆軟的布衣，髮繫飄帶，悠閒自在。小亭四角高掛燈籠，依稀映著他們的模樣。一個身軀魁梧，縱然坐於石凳之上，也如虎踞龍盤。看他面貌，面如生棗，兩隻斜飛入鬢的丹鳳眼，一雙臥蠶眉，一部及胸的長髯，看來恰似關雲長再世。對面一個身形比他稍矮一些，三縷微髯，膚色白皙，好似一個文士，但睥睨之間，神光凜凜，亦有懾人威儀。

這兩個人，一看就是手握重權、平素說一不二的人物，舉止之間才能久而久之熏陶出這樣的威儀。自古民諺：「山東出相，山西出將。」這兩個陝西大漢的確一看就是威風凜凜的武將。那面如重棗的中年人便是府州之主折御勳，對面那個白面文士卻是麟州之主楊崇訓。

桌上美食極為可口，可是二人卻幾乎不曾動過幾筷，楊崇訓蹙著眉頭，喚著折御勳的表字道：「世隆啊，官家親伐北漢無功而返，但……他尚未回返汴梁，便開始大賞群臣。這一回我楊家可沒什麼出力，卻也得了褒獎，哥哥我受封為上柱國、河東節度使，官家這一遭，可是來勢不善吶。」

折御勳微微一笑，撫鬚道：「呵呵，仲聞兄，官家對我折御勳更是大方呢，封了我一個鄭國公，怎麼樣？比你這正二品還高著一級呢！你說咱們哥倆什麼時候走馬上任去啊？」

他比楊崇訓小一歲，所以稱楊崇訓為兄。楊崇訓聽了這話怫然道：「世隆，你這是什麼話？難道我楊崇訓你還信不過，竟跟我打起馬虎眼。咱們兩個一旦離開根基入朝為官，那就是龍困淺水、虎落平陽，一生富貴或許無須憂慮，可這祖宗基業就盡落人手，再也休想拿得回來了。我這次來，不就是想跟你商量個法子出來嗎？」

折御勳雙手一攤，無奈地道：「官家率大軍回師卻不返京，十餘萬精兵虎視眈眈地陳於西北，加官晉爵地招呼咱們進京享福，這麼大的『誠意』……嘿！若是你我違逆了官家的美意，說不定這官沒了，連頭都要沒了，你當官家那支大軍都是吃素的不成？」

楊崇訓眉頭一擰，道：「官家陳兵西北而不東返，明擺著是恐嚇咱們，我不信他敢真的對咱們用兵。」

折御勳瞟他一眼，似笑非笑地道：「真要撕破臉來對咱們用兵，那也未必就不可能。不過……前提是他得先解決了南邊那幾個大麻煩，這時候嘛，他是不會真的對咱們用兵的。可是……官家下了旨，你說咱們去不去？不去就是抗旨，他忍得下一時之氣，早晚也要對咱們動手，難道咱們還能去投自身難保的北漢，抑或乾脆降了契丹人，自立為主，做一個兒皇帝？嘿，我本鮮卑皇室拓跋氏後裔，同屬胡族，投了契丹反受忌憚，契丹最為傾慕中原文化，你楊大將軍是漢人，你大哥又保了北漢，投靠過去十有八九要受重用的……」

楊崇訓「啪」地把桌子一拍，霍然站起，沉聲道：「看來楊某這一遭是來錯了。罷了，我自回麟州去，官家挾泰山之勢而來，我楊崇訓勢單力孤，是絕對敵不過的，便交出麟州去汴梁做個太平官吧。只不知我麟州一旦有失，你府州還守不守得住？」

楊崇訓說完抬腿就走，折御勳舉杯自飲，也不理他，直到楊崇訓馬上就要走出花園的月亮門，折御勳才把酒杯一放，高聲喚道：「仲聞兄留步。」

楊崇訓霍然轉身，雙眉一剔道：「怎麼，折將軍要綁了楊某去向官家表功嗎？」

折御勳笑容滿面地趕過來，一攬他的肩膀，那副威嚴模樣蕩然無存，嘻皮笑臉直似一個無賴：「哈哈，仲聞兄恁大的火氣，莫怪莫怪，我總要知道你的真實想法才好與你坦誠以待嘛。來來來，坐下坐下，天氣熱，難怪你火氣大，來人吶，給楊將軍盛一杯酸梅湯，要井水裡正鎮著的。」

楊崇訓哭笑不得地道：「世隆，你……唉，你這人，從小就是這般狡詐，虧你還是府谷之主、雲中之霸，看你這副怠懶模樣，真是……算了算了，喝什麼酸梅湯？我現在什麼都吃不下，你快講，有沒有什麼辦法婉拒了官家，又不傷了彼此和氣？」

折御勳把他拉回席旁坐了，痞賴氣一收，正色說道：「仲聞兄即如此坦誠，那世隆便明說了罷。十年前我父投靠大宋，入朝面君時，官家親口承諾，我折家世世代代掌管府谷，自徵部曲、自納稅賦。這才不過十年的工夫，家父屍骨未寒，官家言猶在耳，便打起了我府州的主意。嘿！你當我便心甘情願？可是，咱們畢竟在人家的屋簷底下。汴梁，咱們不去，可這臉面，也不能撕破了，總得讓朝廷心甘情願地把咱們留下來才成。」

楊崇訓目光一閃，疑道：「世隆，你就不要賣關子了。直說吧，如何讓官家心甘情願地讓咱們留下來？」

折御勳微微一笑，一字字道：「自然是……養、匪、自、重！」

楊崇訓瞠目道：「哪來的匪？那要養多大的匪？」

折御勳翻了個白眼，道：「從小你就比我呆，現在還是比我呆。」

楊崇訓沒好氣地道：「廢話，誰像你折家的人一個比一個奸似鬼？我們老楊家忠厚，哪有那許多乖巧心思？你快說，匪在哪裡？」

折御勳笑嘻嘻地往西南方向一指，楊崇訓詫異地道：「党項人？不對啊……党項七部作反，夏州李光睿袖手旁觀，是你吃飽了撐著派兵去把他們打散了的，現在剩下那幾條小魚還能折騰得起什麼風浪來？」

折御勳莞爾道：「仲聞兄，咱們來看看西北的形勢，咱們北面、東北面，是北漢、契丹，南面、東南面是大宋，西面、西南面是定難軍節度使李光睿。李光睿表面上雖也臣服於宋，其實比你我更加桀驁不馴，而他的勢力在你我他三者之中也是最大的，如果朝廷繳了咱們的兵權，那官家的虎威就直接壓到李光睿的頭上了，你想……他還會不會活得像如今這麼逍遙自在？」

楊崇訓訝然道：「難道你想……與李光睿聯手同盟？」

夏州定難軍與府谷的永安軍為了爭奪地盤，多少年來一直征戰不休，自降了大宋之後，表面上都是一殿之臣，倒不好堂而皇之地打仗了，可是故意慫恿族人、部曲彼此爭鬥廝殺卻也是常有的事，若說他們一狼一豹能成為盟友，的確是不可思議的事。

折御勳哂笑道：「聯手不假，同盟卻未必。李光睿也擔心趙匡胤的虎尾掃到他的屁股上，有咱們在這兒守著，雖然彼此看著鼻子不是鼻子、眼不是眼的，動不動還要打上一架，總比趙老大看著順眼不是？皮之不存，毛將焉附？所以，他也是願意把咱們留在這兒的，那他自然就要配合一下咱們。我已著人隱瞞身分，資助党項七部一些兵甲武器、錢米柴糧，這幾日的工夫，党項七部就要兵戈再起，那時只要夏州李光睿臥病在床，不能出兵。我折御勳嘛……」

他乾笑兩聲道：「職責所在，我折大將軍自然是要出兵的，不過一旦打起仗來，俺老折屢戰屢敗，屢敗屢戰，萬般無奈之下，就得拖你老哥下水，咱們哥倆跟党項七部打個不亦樂乎，為了朝廷鞠躬盡瘁，你說他趙官家還好意思在這種要命的時候把咱們請去汴梁喝茶？」

楊崇訓一聽大喜，連聲道：「你有這樣好計，怎不早說？害我這般著急，真不是東西。啊！啊……」他指著折御勳，恍然道：「這可是你們家那個小妖女出的主意？」

折御勳瞪眼道：「這叫什麼話？我堂堂永安軍節度使，麾下十萬大軍，令旗一舉，無數人頭落地，如此威風一方統帥，還想不出這麼一個計策？」

楊崇訓訕笑道：「算了吧你，你那妹子不長個子，光長心眼了，我家那幾個小子跟你家那幾個小子也算古靈精怪，可是哪個不被她這小姑娘指使得團團亂轉，就連咱們倆，這些年吃了她多少虧？你那妹子，哼哼，她……」

「咳咳，打住，打住，其實我那妹妹是聰明，冰雪聰明，懂嗎？」折御勳正氣凜然地糾正。

楊崇訓沒看清他遞過來的眼神，猶自笑道：「是啊，聰明，太聰明啦！比九個狐狸精綁在一塊都聰明。也不知道將來哪個大男人敢娶她，這麼厲害的女娃，誰娶了她還不被她欺負得一輩子抬不起頭來？哈哈，想像一下將來要娶她的倒楣鬼，我就開心得不得了，哈哈，哈哈，哈哈哈……」

「啪！」楊崇訓的肩頭忽地被人輕輕拍了一下，一個清脆甜美的聲音在他身後響了起來：「楊大哥，我大姐是你大嫂，說起來咱們可是實實在在的親戚，你這樣背後說我一個姑娘人家，萬一這惡名傳揚開去，我將來真的嫁不出去了，那可怎生是好？」

楊崇訓激靈一下，渾身的汗毛都豎了起來，他咧了咧嘴，忽地急中生智，向前踉蹌兩步，一把抱住肚子，「哎喲哎喲」地叫道：「這酒喝得太多了，我……我有點內急，我去方便方便，方便方便。」說完頭也不回便溜之大吉。

在他背後，出現一個翠衫少女，瓜子臉、大眼睛，明眸皓齒，嬌豔照人，可不正是折子渝折大姑娘。燈下看美人，越增三分顏色，此時的折子渝巧笑倩兮，別具一股嫵媚味道。

她看了楊崇訓狼狽離去的背影一眼，輕俏地皺了皺鼻子，便在桌旁坐了下來，問道：「大哥，事情已計議妥了？」

折御勳那張威風凜凜的關公臉唰地一變，露出一副諂媚的笑容道：「小妹果然神機妙算，我派人去與那李光睿一說，這狐狸便心領神會了。可那党項七部鬧歸鬧，卻不能容他們坐大，不然的話，李光睿壓制不住，我這府州境內也得戰火連連，這事還得詳細計議一番。對了，這幾日李光睿之子李繼筠就會趕來與我洽談此事，妳看，要不要代大哥去與他談談？」

折子渝癟嘴道：「你們男人的事，我才懶得理會。再管下去，我就真的像楊崇訓說的那樣，嫁都嫁不出去啦。」

折御勳搓搓手，陪笑道：「怎麼會呢？我的妹子要人才有人才，要身材有身材，要相貌有相貌，要家世有家世，還能嫁不出去？妳要是看上了哪個，他敢不娶？膽子肥了他，妳告訴大哥，大哥砍他的腦袋。」

折子渝向他扮個鬼臉，跳起來笑道：「任你說得天花亂墜，我也不替你出頭。你自己談去，我聽說華山睡道人到了府谷，如今就在落霞山棲雲觀落腳，明兒我就去棲雲觀叫齋避暑，見見這位活神仙，過個十天半月天氣涼爽些我再回來。」

折御勳埋怨道：「妳這丫頭，長了一副聰明心腸，爹爹生前最看重妳。如今大哥我獨當一面，妳卻不肯幫大哥做些事。夏州特使妳不管，那也不用去山裡啊。睡道人的名頭我也聽說過，可妳還想跟著他修仙學道不成？我還想讓妳去安排朝廷西遷的百姓呢。他們那個欽差大臣，叫什麼丁浩的，已率人到了咱府州地界了，好幾萬人吶，要安排妥當實不容易。」

折子渝本已走開了，一聽這話忽地頓住腳步，轉過身來，兩眼發亮地道：「丁浩？你說丁浩？」

折御勳一拍額頭道：「喝多了，不是丁浩，是楊浩。」

折子渝大失所望，擺擺手道：「好啦好啦，管他楊浩還是羊羔，你是府州大將軍，你自己想辦法去，我去山中避暑學道了。」

折子渝說著蹦蹦跳跳地跑開了，折御勳歪著頭，癟著嘴，把及胸的長髯左右一分，那對臥蠶眉跳了跳，丹鳳眼一睒，自言自語地道：「到底是丁浩還是楊浩？噫……真的喝多了，竟然想不起來……」

程世雄返回廣原後，便派人給他送來了軍情奏報，上面提及了他欲簡拔重用的那個丁浩目前情形，也提到了他如今改叫楊浩的事。但是與程世雄的奏報同時到達的就是朝廷陞他的官、要他進京「享福」的旨意，折御勳可不知道自家妹子的心事，所以把楊浩當成了一個尋常人物，這時他只顧尋思如何拒絕赴京，哪還會記得那人到底是姓楊還是姓丁。

要不是今天上午李玉昌趕到府州，跟他說起欽差率北漢移民到了他的地界，他都壓根想不起這個人來。折御勳拍拍額頭，不再去想那勞什子羊羔牛號，轉頭對著花叢說道：「我說……那誰……仲聞兄啊，舍妹已經走了，你可以出來啦……」

楊崇訓鬼鬼祟祟地從花叢後邊鑽了出來，心有餘悸地道：「親娘唷，怎麼讓她聽見了，她……她不會把我怎麼樣吧？」

折御勳道：「不用怕啦，我妹子已經不像小時候那麼頑皮啦。你上次被她捉弄個半死的事，我記得都是五年前的事了嘛，那時她還是個小孩嘛，如今我妹子可是長大了，你看她，亭亭玉立、溫柔如水、賢淑端莊、知書達禮，那可是極具婦德的一位大家閨秀啊。」

楊崇訓聽了大驚失色，霍地轉身道：「折小妹！」

身後空寂，哪有人影？楊崇訓這才轉過身來，半信半疑地道：「她既不在，你還肯這麼誇她，想來……想來小妹是真的長大啦。」

折御勳得意洋洋地道：「那是，也不看看是誰妹妹。好了，咱不說這個了，有關鼓動党項七部造反的事，還得等李光睿派了人來再詳細計議。如今朝廷欽差帶來四萬多北漢百姓，人口增加那是好事，不過咱們要是不肯入朝，官家一計不成再生一計，派個流官來管理這四萬漢民，天長日久扎下根來，那可成了咱們的心腹大患，這事，我還得與你好生計議一番。」

楊崇訓動容道：「不無可能哇，趙官家可不是一介武夫，他的門道可深著呢。」

折御勳冷冷一笑，這時才露出幾分殺伐決斷的冷酷來：「所以，如何安置這四萬百姓，如何接迎那位大宋欽差，你我……可得好好商議一下了……」

楊崇訓道：「那麼，何不把他們打散了安插於各處？」

折御勳道：「我西北地廣人稀，百姓多依族群聚居於山寨堡壘，比不得中原城埠，你讓我往哪兒安排？往誰那兒胡亂插上百千口外姓人，他們又豈肯願意？若是再拆細些，你要我安排到何年何月？」

楊崇訓道：「那你想怎麼辦？」

折御勳把丹鳳眼一瞇，微笑道：「你看，如果我把他們安排到蘆河嶺……怎麼樣？」

楊崇訓大吃一驚：「什麼？這也……使得嗎？」

折御勳彷彿關雲長般把嘴一撇，長髯一拋，嘿然道：「銀州李光睿、麟州你楊崇勳，和我可都是大宋之臣，怎麼著？大宋官家送來的移民百姓，就只讓我一人安頓？那一塊地方，沃土千里，草美水清，只不過因為是你我他三家接壤之地，因此成了三不管的地方，大好平原白白棄置，我把他們安置在那兒正是廢物利用，有何不妥？」

楊崇勳怔忡半晌，把大指一翹，說道：「你的陰險，真有幾分伯父昔年的風采。」

折御勳拱一拱手，笑道：「慚愧慚愧，過獎過獎！」

* * *

第二天一早起床漱洗之後，楊浩便被接進客廳，穆柯兩位老寨主熱情相迎。這回是小宴，相請的只有楊浩一人而已。楊浩往桌上一看，大清早的居然又擺上了酒，不由得心驚肉跳，連忙再三婉拒。兩位老寨主見他執意不肯飲酒，好在這已不是剛剛迎進寨門時候，便也不再勉強。

兩個老傢伙是嗜酒如命的，楊浩不喝，他們便自斟自飲，自得其樂。楊浩四下一瞄，見唐焰焰並不在場，她與穆柯兩家十分熟稔，柯少夫人穆清漩也在座相陪，卻無唐焰焰蹤影，不覺有些詫異。

穆清漩見他四下亂瞄，曉得是在找唐焰焰，便忍笑道：「唐小妹說她不太舒服，我叫人送了食物去房裡，所以沒有出來。」

穆清漩心中頗有些好奇，昨夜唐焰焰回來，臉上似怒似喜，表情十分古怪。問她什麼卻不作答，那忸怩的樣子竟是前所未見。她與唐焰焰交從甚密，固然是相處久了，卻也是因為性情相投，都是男兒一般爽利的性子。可是如今看她模樣，倒像是自己新婚前那幾日患得患失的光景，穆清漩不曉得兩人之間發生了什麼，猜想該是做了些什麼過於親熱的舉動。此時再看楊浩，不免便有幾分估量妹夫的意味，仔細看看，這人相貌倒也英俊，談吐招人喜歡，又是個做官的，倒也配得上妹子，心中便不覺有些喜歡。

楊浩被人窺破心事，臉上便是一熱，再被她一雙銳利的眼睛總是上上下下打量，不免更加心虛，趕緊胡亂答應一聲，低頭吃飯。一旁柯鎮惡見自己娘子總是盯著人家欽差大人看個不停，倒是有些吃味起來。可他素來怕老婆，再加上老爹老娘、岳父岳母都在，卻是屁也不敢放一個。

楊浩一動筷子，肩頭便有些痛，但是那種痛與昨天那種麻木的沉重感不同了，這金瘡藥很有效，楊浩能感覺到自己的傷處正在一點點好起來。想起昨晚葉之璇走後，唐焰焰連句話都不敢說，拖著一條還有些麻木的腿一瘸一拐地逃走的可愛模樣，他的心中不禁湧起一股暖流。

被人關心、呵護，永遠是楊浩最無法拒絕的東西。從小到大，他最欠缺的就是親情、友情，所以也對感情格外地重視與珍惜。唐焰焰的溫柔一刀，已經在他心上悄悄地刻下一道痕跡了。

吃完了飯，穆老寨主道：「楊欽差，老漢已使人去通稟駐守於本地的赤軍主得知消息，必會趕來相見的。如今，老漢陪欽差大人去後山打打獵可好？親手獵的野味弄來下酒，還是很不錯的。」

楊浩忙道：「多謝穆老寨主美意。楊浩有傷在身，實在不便遊山，再說這一路上實在是累了，楊某想回房去歇息一下，然後去寨外探望一下那些百姓。」

穆老寨主呵呵笑道：「老漢是粗人，倒忘了楊欽差有傷在身，那好，反正這荒山野嶺的，也實在談不上什麼風光，那……就請楊欽差回去歇息。回頭老漢陪欽差大人一同去探望北漢鄉民。」

楊浩的住處本與穆老寨主住處相鄰，他們並肩回去，到了楊浩房中叫人送上茶來，陪著楊浩聊了一會兒天，兩位老寨主正要起身告辭，就聽院中一聲尖叫：「我的鷹，啊啊啊……」

那孩子還沒到變聲期，一叫起來聲音又尖又利，聽得楊浩與兩位寨主都是一愣。只聽那孩子叫道：「你個烏龜王八蛋，我說我養那鷹怎麼不見了影，居然被你捉了來，還……還……還拔成了禿毛光屁股鷹，小爺要殺了你，啊啊啊……」

隨即便傳來葉大少倉皇的叫聲：「救命啊欽差大人，壁宿你個王八蛋看熱鬧，我賠錢啊，饒命啊……」

楊浩與兩位老寨主對視一眼，急急搶出門去，就見葉之璇手裡提著隻禿毛雞，在院中倉皇奔走，後邊跟著一個小孩子，正是穆老寨主家的小兒子穆羽。這少年穿著一身勁裝，胸前一個刀囊，上面插著一排帶穗的柳葉飛刀，他追在葉之璇後面，不時射出一刀，那刀並不真的取他性命，卻與他姐姐一個癖好，就喜歡貼著人的身體玄之又玄地飛過，嚇得葉之璇滿院子亂竄。壁宿因為腳受了傷，那隻腳包裹得跟粽子似的，輕身功夫施展不出來，葉之璇一繞著他打轉，他就單腳跳著避開，兩個人的情形瞧來實在狼狽。

「小羽住手！」穆老寨主一見連忙喝止，那少年猶自追趕，穆老寨主追過去猿臂輕伸，一把將兒子挾在肋下，在他屁股蛋上狠狠抽了一巴掌，喝道：「小兔崽子，要作反吶？」

小羽氣得臉蛋通紅，指著葉之璇道：「他！你問他！他偷了我的鷹，還拔光了鷹毛，你看，你看……」

眾人定睛一看，這才發現葉之璇手裡提著的禿毛雞竟是一隻貓頭鷹，那毛被拔光了，已經再沒半點鷹的模樣，只有兩隻眼睛依稀還有幾分鷹的風采，只是不知是被葉之璇拎的，還是因為受不了白天的陽光，楊浩看著那兩隻綠黝黝的眼睛，感覺牠正在發暈……

葉之璇一見那暴走的小孩被人抓住了，便哭喪著臉道：「我……我實在不知道這隻貓頭鷹居然是有人養的呀。」

楊浩無奈地道：「就算你不知道，你……也用不著把鷹毛拔光吧，你看，現在像隻禿毛雞似的，可怎麼還給人家？」

「我……」葉之璇頓時啞口無言，他怎敢說是昨晚見到心目中的女神與楊浩不堪的一幕，傷心之下拿這隻貓頭鷹出氣來著。

穆羽一聽更是氣憤，大叫道：「我好不容易捕到一隻鷹來，好不容易把牠養熟了，結果卻被你弄成這般模樣，你賠我鷹來，賠我鷹來。」

楊浩一聽，不由喜道：「小兄弟，原來你喜歡養鷹，不如這樣，我讓他捉一隻真正的雄鷹來給你，你就不要再為難他了，可好？」

穆羽不屑地道：「就憑他？小爺我一身本事，鷹也獵過幾隻，不是死了就是殘了，他那樣子濟得什麼鳥事？一點拳腳功夫也無，還能捉得住真正的雄鷹？」

楊浩笑道：「小兄弟，捉鷹可不一定得有一身武藝。你捉不住鷹，這位葉公子卻能給你捉住一隻完好無損的雄鷹。」

穆羽大不服氣地問道：「你敢跟我打賭嗎？」

「如何不敢，怎麼賭？」

穆羽一指葉大少道：「若是他能幫我捉到一隻完好無損的真正雄鷹，我就認你做大哥，把這一身武藝都賣給了你。若是他捉不回鷹來，嘿嘿！」

他盯著葉之璇的頭髮恨恨地說道：「我要把他全身上下所有的毛全都拔下來，讓他變得跟我這隻鷹一般。」

楊浩一聽毫不猶豫，當即說道：「成，咱們一言為定。」

葉之璇阻之不及，心中暗道：「這叫什麼賭哇，你贏了他做你小弟，你輸了本少爺要受苦，合著你楊欽差一點虧都不吃？」

穆老寨主幾個兒子都在軍前效力，眼前這楊浩可是欽差，想來一定大有前途的，這寶貝小兒子跟了他，前程說不定比幾個哥哥都好，所以穆老寨主聽見二人打賭，抱著樂見其成的態度根本不予阻攔，還把兒子放了下來。

穆羽立即上前，對楊浩道：「來，咱們擊掌盟誓，你是大人，又是欽差，三擊掌後，可反悔不得。」

楊浩暗笑：「這穆羽到底是小孩子心性，葉少爺就算真的抓不回一頭鷹來，買也要買回來一隻，豈肯讓你把頭髮揪光的。這小傢伙一身武藝，更難得的是，一旦得他投效，那他穆柯寨也就等於是自己靠山了，穆老寨主其他幾個兒子又在折府做軍官，那自己的人脈勢力便也進一步延伸開去了，這買賣一點也不虧。」於是毫不猶豫地伸出手去，與他「啪啪啪」便是三擊掌。

這小孩力氣不小，三掌一擊，楊浩肩頭有傷，頓時便是一疼，但他不想讓這少年看輕了，眉頭也不皺一下。

不遠處壁宿見了不禁說道：「咦？楊浩肩頭中了一箭，傷勢頗重的，怎麼竟然好得這麼快？」

葉大少抱著禿尾巴鷹，心裡酸溜溜的，便陰陽怪氣地道：「他好的不快才怪，藥補不如食補，食補不如陰陽互補啊……」

百六三章　人至府谷

楊浩贏了。

葉公子玩鳥還真是有一手，沒兩天的工夫就捉回一頭鷹來，一頭真正的草原雄鷹，而且還是一頭小鷹，這可不是穆羽玩的夜貓子，把穆羽喜歡得連蹦帶跳，本來視若寇仇的葉公子在他眼中立刻變得如神人一般，被他拜作了馴鷹的師傅。

穆羽因為這一賭，稀里糊塗地就成了楊浩的人。不過楊浩遷民事了往何處去，如今還是一個未知數，再說他的年紀實在太小，要到衙門裡做事怎麼也得再大兩歲，所以目前還不能隨行身側。

在穆家又住了兩天，到了第三天頭上，折大將軍派來迎接欽差和移民的人便到了，來人是折大將軍帳下軍都虞侯馬宗強，陪他前來的是本地軍都指揮使赤忠。

馬宗強是個二十出頭的年青人，在西北，十三、四歲就提刀上陣殺敵的戰士比比皆是，但是二十多歲就官至軍都虞侯的實不多見，此人當是折御勳心腹無疑。赤忠是本地軍都指揮使，四十多歲，深眼鷹鼻，有些胡人血統，舉手投足間鐵甲鏗鏘，極有武人之風。

楊浩借了穆家的客廳與兩位將軍相見，待熱茶奉上，馬宗強便滿面春風地道：「楊欽差，自知欽差攜北漢百姓到了府州，節度使大人歡喜不禁，本欲親來相迎，奈何公務繁忙抽不得身，因此特命末將代他前來，恭迎欽差與眾百姓趕往府州。為示隆重，赤軍主會親自率兵護送你們前往。」

赤忠雙拳一抱，大聲道：「本官能為欽差天使前驅，榮幸之至。」

楊浩忙道：「軍主客氣了，如今軍民已安然帶至府州境內，我這欽命的遷民差使也就了了，楊浩職卑位低，不敢當兩位大人這般禮遇。楊浩既到了此處，諸事自應聽從節度使大人安排。不過……我心中尚有些疑問，馬將軍，不知節度使大人準備如何安置這數萬百姓啊？楊浩理應去府谷見過節度使大人，可這數萬百姓一路跋涉興師動眾的，節度使大人體恤百姓，若已有了安置的去處，還是應該直接把他們送往安置之地為妥。」

馬宗強笑道：「這個嘛，楊欽差不必擔心，節度使大人已經為這數萬百姓選好了一處地方。那裡山青水秀，沃野千里，可耕可牧、可漁可狩，這數萬百姓是絕對住得下的，也不用擔心今後的生計。李玉昌員外如今已先行趕去為百姓們建築房舍，所需的米糧、耕牛、鏵犁等物，在朝廷撥付之前，節度使大人也會從地方調撥借支，務必要讓百姓們先安頓下來……」

楊浩大喜，把這些人帶出來，他這欽差使命也就結束了。剩下來如何安置，那是朝廷的事，他本不必操心，可是這麼多日子朝夕相處、生死與共，彼此便有了感情，每次到林中探望那些百姓，所受到的歡迎和擁戴，他能深深地感覺到百姓們對他的依賴和對安寧生活的渴望，那種責任感便也揮之不去了。

與兩位將軍議論一番，稍作歇息，楊浩便與穆柯寨眾人告別，率眾百姓趕往府谷。數萬百姓行動起來總是遲緩的，不過再慢，路也有走到盡頭的時候，幾天路趕下來，明日便到府谷了，楊浩興奮不已，在帳中輾轉反側良久不能入睡，乾脆披衣起身出了營帳。

這裡是一片草原，外圍是赤忠的人馬護衛，中間便是百姓們歇息的地方。百姓們都住進了行軍帳篷，一頂頂帳篷此時燈火全無，只有四下裡兵士們點起的一堆堆篝火，猶如天上的星辰，羅列於外。

楊浩走到青青草坡高處，在草地上坐下來，靜謐的星光夜空下，遙望府谷方向，他的心神一時有些飄忽。幾番死裡逃生，如今就要交卸重任，他一身輕鬆，可是卻也有些空虛茫然。一個男人，總要有些責任、有些事情承擔著，才有生活的動力和意義。

不過，此間責任已了，真的是一身輕鬆了嗎？霸州，霸州……楊浩禁不住扭頭回望，在霸州，有他最艱難的歲月，也有他最甜蜜的記憶，如今那一切都如鏡花水月，再回首時，他已孑然一身……

「霸州啊，丁承業！」想到痛處，楊浩雙拳一緊。

「楊浩！」身後突地傳來一聲呼喚，楊浩身子一震，握緊的雙拳慢慢鬆開了，他扭過頭去，就見唐焰焰正在坡下站著。她肩上繫了一件輕軟的披風，披風隨著風抖動著，她的長髮也飛揚起來。那頭髮，髮髻已經打散，長髮披散下來，柔順的長髮攏著她的面龐，臉上一雙熠熠生輝的眸子就像天上的星辰一般明亮。

「唐姑娘，妳還沒睡？」

唐焰焰一笑，雙手攏緊披風，便在滿天星光下一步步走過來。那步子邁得又輕又柔，就像一隻漫步草間的貓。楊浩還是頭一回看她走路露出這麼女人的味道。自那晚之後，這還是兩人頭一回在晚上見面。

「你不也是？」唐焰焰大大方方地在他身邊坐了下來，側過臉來看他，或許是離家門近了，她的膽氣壯了起來，神色非常恬靜。

楊浩很有默契地沒有提起那晚的尷尬，他安詳地一笑，說道：「這一路，時而與天地鬥，時而與如狼似虎的敵人鬥，幾番死裡逃生，眼看著就要完成使命了，心裡反而有些茫然和空虛，竟是睡不著覺了。」

唐焰焰莞爾一笑道：「真不明白你們男人的心思，有什麼好茫然的呢？交了這件差使，一身輕鬆，應該高興才是啊。這番事了，你這個都監，又該陞官了吧？」

「也許是吧，」楊浩望著遠方悵然一笑：「羅克敵死了，劉海波死了，赫龍城死了，還有許多將士、許多百姓也死了，我現在卻還活著，只覺得……我活著都是虧欠了他們，陸官嘛……我沒有高興的意思，反而滿是不安。」

「你呀，不要這麼苦了自己好不好？」唐焰焰動情地握住他的手，溫柔地道。她的小手清清涼涼，好像剛剛沐浴過，肌膚順滑柔膩：「你不虧欠別人什麼，需要你做的，你已經做了，而且做得很好。你不知道百姓們如今對你是如何的信賴與擁戴。要讓這來自千家萬戶、來自不同州縣的百姓都心悅誠服地去敬重一個人有多難，你知道嗎？你做到了，你就是了不起的大英雄。英雄，不一定要揮刀劍、砍人頭，你所付出的，不比那些死去的將士們少。」

楊浩有些意外地看著她，沒想到從這位一向給他的感覺只有刁蠻任性的丫頭居然也有柔情似水、溫柔可人的一面。唐焰焰被他一看，忽地省起自己還抓著人家的手，臉上不由一熱，忙抽回手，忸怩地道：「其實……人家也不是那麼刁蠻啦。只不過……家裡哥哥弟弟、堂兄堂弟的一堆人，偏無一個姊妹，人家跟他們混在一塊，大聲說話慣了，你不大聲說話，他們就不怕你的。」

楊浩忍不住「噗哧」一笑，唐焰焰急道：「我說的是真的……」

「我當然相信。」楊浩微笑看著她那張美麗的臉龐，不知怎地忽然想起了那一日在普濟寺裡所見的驚豔：素約的小蠻腰，翹挺豐盈的臀，就像一枚剛剛著紅的桃子。這一張臉，那一張臉，交替出現在腦海中，都是令人留連忘返的景致。一個刁蠻女子，突然溫柔如水，就像一個冷顏麗人突然嫵媚一笑，很有視覺衝擊的效果，讓人一陣心猿意馬。

唐焰焰被他灼灼的目光看得心慌意亂，她下意識地縮了縮身子，低聲問道：「怎麼了？」

楊浩心頭突地浮現出另一個清麗的身影，猶如一瓣清香沁人的梔子花，清醒了他的神智，他搖搖頭，眸中忽然熾燃的火焰黯淡了下去：「沒什麼，姑娘早些回去睡吧。我坐一坐，便也回去歇了。」

他轉過頭，抬臉看著滿天星辰。唐焰焰靜靜地凝視了他一會兒，也隨著仰起頭來，可是入眼的是每天璀璨的星光，盤旋縈繞在心頭的，卻始終是他的身影。家裡兄弟眾多，她已不是頭一回跟男人靠得這麼近，為什麼這一次這麼緊張？心跳得這麼快？臉這麼燙？

好像喝了一壺醇酒，暈陶陶半晌，她忍不住拐了拐楊浩的肩膀，低聲問道：「此間事了，你可會留在這裡？」

楊浩醒過神來，遲疑道：「恐怕……這事是由不得我作主的。」

唐焰焰羞笑道：「人家是問你的意思啊，如果你想留在這裡，我可以讓三哥去為你說項，他與折府大公子素來交好，為你進一言輕而易舉，只是……怕你捨不得中原的花花世界。」

楊浩道：「中原的花花世界？」他心有所感地嘆道：「我以前，聽人說過一句話，那人說，你若心中是天堂，那便置身地獄也是天堂。你若心中是地獄，那便置身天堂也是地獄。沒有了親人、朋友，沒有了想要朝夕相伴的那個人，縱是去了中原繁華之地又能如何？」

唐焰焰的臉騰地一下紅了，她……終於聽到楊浩的親口表白了。小姑娘滿心歡喜，忸怩半晌，才低下頭去，輕輕地道：「你……你心中有我……我很開心的……」

「嗯？」楊浩先是一怔，隨即便恍然大悟。她以為……自己說的那個想要朝夕相伴的人是她……怎麼會弄出這樣的誤會來？冬兒剛剛去世不久，倩影依稀還在眼前，楊浩心傷未癒，雖說眼前這位姑娘頗為令人心動，他也很是喜歡她直爽的性子，可是真的不曾思索過進一步的發展。

此時見人家姑娘誤會了他的意思，而且表白了自己的情意，楊浩才意識到問題的嚴重。在這姑娘心中，大概得一有情郎，那便萬事俱足了。可他已經是過了做夢的年齡了，豈能只念情愛不計其他？

此番奪節，那是大逆不道，朝中必有御史參劾。但是成功地把數萬百姓帶出北漢，在保全官家令名的同時，嚴重削弱了北漢的實力，對大宋來說又如拓土之功。這一功一過，到底是賞是罰，全在官家一念之間。如今起落尚不自知，他怎能去考慮家室？

霸州他是一定要回去了結那段恩怨的，沒有丁承業的罪證，經官是很難辦，如果動用私人力量，後果很難預料。再者，唐焰焰可是唐家的大小姐，唐家財雄勢大，未必便把他一個八品官看進眼裡，能同意把唐家的大小姐嫁給他嗎？唐家是依附於折家的，如果娶了唐家大小姐，那就意味著自己站到了折家這一邊。他可不記得宋代歷史上有哪個藩鎮能與趙官家抗衡到底的，最後還不都被收拾個乾淨？就此坐上一條快沉的船，值得嗎？

有了這種種顧慮，楊浩忙撇清道：「唐姑娘，妳……誤會我的意思了，楊浩如今還沒有成家立業的打算。」

唐焰焰更是羞澀，她的下巴都快抵到胸前了，以袖遮臉，羞答答地道：「人家……人家又不是要你馬上娶我……」

壞了，這事越來越嚴重了，楊浩臉色有點發白，結結巴巴地道：「姑娘……妳……我……我是說，我現在一身負累，如今前程未定，不想涉及兒女私情。」

「什麼？」唐焰焰霍地抬頭，臉色也有些發白：「你……你什麼意思？你若對我……對我沒有情意，那……那你在逐浪川斷橋時，為何……為何對我那樣表白？」

楊浩愕然道：「逐浪川上？我在逐浪川上幾時對妳做過表白？」

唐焰焰大怒，跳起來道：「你要耍賴不成？當時你指指我，又指指心，指指天，指指地……」唐焰焰振振有詞地解說一遍，直把楊浩聽得目瞪口呆，他沒想到打啞謎居然打出這麼一個大烏龍來，楊浩惶恐不安，連忙站起，把自己的本意解釋一番。

唐焰焰聽了如五雷轟頂，她沒想到一切竟是自己自作多情，一時間又羞又慚，心中竟是一種從未有過的難過滋味。她的鼻翅翕動了幾下，兩隻大眼睛裡便已蓄滿了淚水。

楊浩見她淚盈於睫，心中頗為不安，忙道：「姑娘國色天姿，肯垂青於在下，那是楊浩的福分，不過，楊浩一身負累太重，哪敢給人什麼承諾？哪當得起姑娘如此的深情厚……」

「你給我滾！」唐焰焰臉色鐵青，恨恨地指著他的鼻尖道。

「唐姑娘……」

鏘啷一聲，惱羞成怒的唐焰焰已拔劍出鞘：「你給我滾，馬不停蹄地滾，還不滾！」

楊浩自知自己體型比那條長蟲大得多，唐大姑娘就算準頭再差，這一劍也絕不會失手，如今她正在氣頭上，還是不要招惹她的好，於是便馬不停蹄地溜之大吉了。

唐焰焰持劍站在那兒，咬牙切齒地看著楊浩逃遠，忽地把劍亂劈亂刺，放聲大哭道：「你好，你好，我叫你滾，你就真的滾了，你個沒良心的王八蛋……」

特地與軍中書記官共住一帳的程德玄，此時正盤膝坐在燈下奮筆疾書，隱約聽見有人大罵「王八蛋」，他頓時心虛地豎起了耳朵，仔細去聽，反而聽不到聲音了。程德玄放心不下，忙躡手躡腳地走到帳口，跟土撥鼠似地探出頭去左右看看，見沒啥動靜，這才溜回燈下，提起筆來又寫：「……楊浩乘於馬上，乍聞百姓高呼『萬歲』，喜形於色不克自制。待見臣與禁軍將士立而不跪，方始警覺，忙縱身下馬，面向東方而跪，高呼『吾皇萬歲』……」

程德玄寫完了那封給趙光義的信，在燈下又仔細看了看，見沒有什麼錯漏，脣邊便露出一絲陰冷的笑意。他吹吹墨痕，將信小心地疊好揣進懷裡，伸手一拂揮滅了蠟燭，那陰森森的笑容便淹沒在一片黑暗當中……

天亮時，楊浩穿束停當，剛一撩帳簾，就見府谷軍都虞侯馬宗強直挺挺地站在面前，把他嚇了一跳，楊浩忙退了一步，拱手道：「馬將軍來了，可有什麼事嗎？」

馬宗強乾咳一聲，道：「楊欽差，天還沒大亮，唐姑娘就帶著她的人走了。」

楊浩一驚，失聲道：「啊！去哪兒了？」

「回府谷啊。」

楊浩這才放下心來，他略一思忖，暗自苦笑：「我如今前程未卜，哪能與人談情說愛、暗訂終身？已經被我害了一個還不夠嗎？唐姑娘，我一番苦心，也不指望妳能理解，長痛不如短痛，楊浩真的抱歉了……」

他吁了一口氣，故作從容地道：「呵呵，唐姑娘有二十多位驍勇的武士扈從，原本就不必與咱們緩緩而行的，先走了……咳咳，那就先走了吧。」

馬宗強神氣有些怪異地道：「唐姑娘臨走，託我給您帶個話……」

楊浩緊張起來，心虛地問：「唐姑娘……說什麼啦？」

馬宗強的表情更加古怪：「唐姑娘說，她會與唐門眾兄弟在府谷恭候。普濟寺裡那筆帳，連本帶息，是一定要跟你楊大人好好算一算的……」

楊浩一聽，頓時呆若木雞。

馬將軍見此情形，暗自忖道：「可憐喔，看這德性，楊欽差真的欠了人家好多錢……」

*　　*　　*

府谷，百花塢，永安軍節度使白虎節堂內，折御勳一身戎裝，正襟危坐。

節度使有六纛旌節、二門牙旗，有權在府內開衙辦公，號曰節堂。因節堂一般設置在府邸西側，而白虎象徵西方，故而人稱白虎節堂。白虎堂為軍機重地，相當於後代的軍備司令部，非軍機大事不可在此辦理。

此時折御勳高坐帥堂之上，堂前數十員虎將皆披甲而立，折御勳威風凜凜，高聲點將調兵，聲音鏗鏘有力，眾將接令應答聲不絕於耳。待吩咐已畢，折御勳拍案而起，對肅立如山的諸將道：「諸將分赴各處率兵嚴守，以防賊寇入境生亂，本將軍親率大軍前去平息党項七部之亂，各位將軍，且退下吧。」

眾將領轟然稱喏，甲葉子嘩愣愣一陣響，便各自退出帳去。受命增兵把守各處要隘的，立即飛馬馳去。要隨折大將軍前去平叛的，便逕自趕去校場待命。又有隨軍司馬、書記、文書，傳令的傳令、調兵的調兵、派糧的派糧，好一派熱鬧景象。

待這些人都退下去了，堂上便只剩下孤零零五員將領了，這五人除了一個有三十上下，餘外四人盡皆是少年將軍，雖是一身戎裝，看年紀卻沒一個超過十六、七歲的。那三旬將領乃是折御勳的胞弟折御卿，四員小將則是折御勳的兒子折惟正、折惟信、折惟昌和折御卿的兒子折海超。

外人已盡去，折御卿便踏前一步，抱拳道：「大哥，戰陣刀槍無眼，此去你可千萬小心。」

折御勳呵呵笑道：「嗄，二哥又不是不知我此去何意，有啥風險？呵呵，不過我這一走就算是裝裝樣子，一時半晌也不好回來，不然官家面上須不好看。我已向官家上了奏章，第一呢，就是說明一下，党項七部作反，我折某人為國盡忠，親身討賊去了。第二呢，就是稟奏官家，數萬北漢百姓已平安抵達府州，本節度使把他們安排到水草豐美、沃野千里的蘆河嶺去了……」

折御勳的小兒子折惟昌插嘴道：「爹爹，恐怕官家一旦曉得那裡地形，便知爹爹是對朝廷起了戒心了。」

折惟昌今年才十二歲，年紀確實小了些，但是西北雜胡和北方契丹人那邊，多得是十二、三歲便上陣殺敵的，折惟昌身為大將軍之子，雖不必小小年紀便上陣廝殺，但是每每開節堂調兵遣將，折御勳也都讓他披甲站班接受熏陶。

這時聽他問起，折御勳哈哈大笑，他走下帥位，拍拍兒子肩膀道：「昌兒，趙官家還需先了解了那裡地理情形，才知你爹的心意嗎？但見西北烽煙又起，你爹親自掛帥出征，他就心知肚明了。只是這層臉皮，彼此都不好撕破罷了。我給他一個臺階，他放我一馬，大家得過且過就是。」

說完，折御勳扭頭對折御卿道：「二哥，蘆河嶺是當地土名，為兄奏摺中說的含糊，官家一時半晌不會曉得那是個什麼所在。待我走後，那位欽差來了，你一定要把他留在府州，另行遣人率那些百姓趕去蘆河嶺。」

「把他留在府州？大哥之意……」

「不錯，把他留在府州。他若隨行至蘆河嶺，發現那處地理的微妙，當即提出不妥怎麼辦？咱們跟官家，就算是假客氣，現在也得客氣下去，扯破臉皮那就彼此難看了。所以，你要把他留在府州，他喜歡錢就送他錢，喜歡酒就陪他喝，喜歡女人嘛，惟正啊，把你那些秦家的、唐家的狐朋狗友都找來陪他去尋花問柳好了。總之，讓他消消停停地待在府谷，直到北漢移民在蘆河嶺定居下來，不可更改為止。」

折御卿與四個子姪同時抱拳，轟然應喏：「末將遵令！」

折御勳把長髯一拋，丹鳳眼一睒，呵呵地笑了起來。

＊　＊　＊

楊浩帶著那數萬百姓將要到府谷時，便在一條岔路口上分了家，百姓們被府谷派來的地方官吏帶上了一條西向的路，說是去往蘆河嶺，大將赤忠一路率兵護衛。而楊浩則被延請入城，會見府谷政要。

這一路上折大將軍安排得井井有條，百姓們不管到了何處，當地堡塞都會奉上熱粥熱食，接迎十分周到，此行又有赤忠大軍拱衛，所以楊浩並無擔憂。

實際上他憂也無用，他的差使就是把人安全地帶出來，這個使命已經完成了，如今如何安置這些移民，那是地方官府的事，已經不需要他操心。只不過他這個欽差還沒有覆旨，節鉞還在手中，人家折大將軍賣趙官家一個面子，這才對他如此客氣，要不然憑他的官階權位，便是那個軍都虞侯馬宗強都敢橫著眼睛跟他說話，誰會對他這般客套？

府州城分南城和北城，兩城隔河相望，互為犄角。北城建在山梁上，面臨黃河，懸崖峭壁，地勢險要，易守難攻。有東西南北四大門和小南小西控遠三道小門，各處城頭均設城樓，南門、北門和小西門內築甕城，把這座城池打造成了銅牆鐵壁。折氏府邸百花塢就設在這座城內。

北城南側，有一道深澗南逼黃河北枕群山，名為營盤嶺，此處駐有重兵。北城北側是石嘴驛，也是府谷一處軍事要塞，北城面臨黃河，背倚高山，左右兩處又有兵營要塞，將百花塢緊緊拱衛在中間。

對面的南城，地勢險要不下於北城。一條大河自北繞東匯入黃河，此城一面臨河，一面通向麟州糧道。其餘兩面均為懸崖峭壁，三面易守難攻，唯有一面是一馬平川，此城一旦丟失，萬難復得。

楊浩要進的城就是南城，較之北城，南城更加繁華富饒，許多府谷政要官員、豪紳大族都住在這南城裡。眼看將到城下，楊浩不禁擔心起來，以他官職，他自然不指望折大將軍會列隊在城外相迎，可他很怕唐大小姐會拉出唐門眾子弟來在城門迎候。

這要是一到府州城下，城門前站上百十條唐門壯漢，前邊再站一個哭哭啼啼的小娘子，攔馬大罵負心人，那景象就壯觀了，自己的臉也要丟到姥姥家去了。依著唐焰焰的個性，這種事她可不是幹不出來。

所以，眼看離城池越來越近，楊浩是如履薄冰、如臨深淵，戰戰兢兢、提心吊膽，一旁壁宿見他一臉凝重，不由笑道：「你連官家都是見過的，這番去見一位節度使，怎麼倒緊張成這副模樣了？」

楊浩摸摸下巴，苦中作樂地道：「宿啊，你說哥真有那麼大的魅力？這一路刀光劍影的我就沒打扮過，怎麼還招蜂引蝶了呢？」

百六四章　心若有天堂

楊浩太太平平地進了府谷南城，並不曾見到一位唐門子弟，提著的一顆心這才放了下來。他與程德玄等一行人被引到驛站，分別入住，沸湯熱水早已準備停當，各人分別沐浴更衣、修髮剃鬚。馬宗強已回百花塢通報，永安軍節度留後折御卿可能隨時要會見他們的。

進了府州城後，楊浩已簡略了解了一下目前的情形，知道折大將軍親自率兵剿匪去了，如今是折大將軍胞弟當家，自然是應該過府拜望的。楊浩收拾停當，坐在房中暗自思忖：這一路上，凡事都由他作主，眾人皆唯他馬首是瞻，正欽差程德玄幾乎已被所有人視若無物，非常時行非常事，那也是不得已而為之。如今自己的使命已經完成，還能越俎代庖嗎？各地官府得到的朝廷邸報上面，可是明明白白地著寫欽差天使以程德玄為正，楊浩為副。

楊浩坐在房中反覆思量，不由想起了羅克敵在子午谷中對自己推心置腹的那番話。那番話他是真的聽進心裡去了，可這一路上百事纏身，哪有機會去與程德玄緩和個人感情，而且那程德玄初相見時，他見任何人，臉上都是噙著一副令人如沐春風的微笑，如今卻時時刻刻陰沉著臉，若無恰當時機也實在難以接近。

斯人已去，可他為自己煞費苦心的那番打算卻言猶在耳，從感情上來說，楊浩不願意拂逆一位故去好友的好意。同時他也相信，把程德玄拉進來，把這功勞分他一分，其實是雙雙得益的事情。利益關乎他自身了，那程德玄就不會蠢到再在奪節這件事上作文章了。

至於是否能因此與程德玄盡釋前嫌，那就無所謂了。眼下才是當務之急，如今明擺著程德玄的靠山硬，自己在官場上卻如一塊浮萍，全無根基，眼下能避免樹一強敵才是道理。

至於以後……以後的事誰知道呢？當朝宰相趙普與那霸州知府積怨二十年，還不是忍到今天才找到機會發作，把霸州知府拉下馬去？程德玄將來的成就未必比得上趙普，焉知自己來日的地位不會在他之上？

想到這裡，楊浩主意已定，立即趕去找程德玄，想邀他同去拜見永安軍節度留後，一路也可談談自己的打算，不料到了程德玄房中卻撲了個空，向驛站上的小吏問起，才知程德玄自行出去逛街了。

楊浩返回自己住處，沉思有頃，便研墨提筆，用他那醜不卒睹的字寫下一封奏摺，他依著羅克敵的囑咐，在提及東行無望，果斷西返時，將奪節一事輕輕繞過，只說自己與正欽差起了爭執，但是最後在他與諸將規勸之下，程欽差從善如流，決意西返，終於平安抵達宋境。

寫完了奏表，楊浩便想，要不要先與程德玄商量一番，轉念又想，又覺得這樣未免有賣弄施恩之嫌。不妨先把奏表送走，再將此事說與程德玄知道，這是合則兩利的事，程德玄斷無拒絕的道理。那時自己什麼都不必說，他也該知道要如何去做了，心照不宣比什麼都擺在檯面上好，彼此的臉面也會好看一些。

想到這裡，楊浩便讓人去喚驛丞來。楊浩的字固然醜，文采也談不上，要那驛丞當面使火印封籤時，自己都覺得有點不好意思。不想那驛丞卻絲毫不以為意，因為大宋雖是文采風流的朝代，但這時還是宋初，朝廷上下許多官員都是大老粗，趙普那樣的大人物都以半部《論語》治天下呢，那可不是誇獎他只用半部《論語》就能把天下治理得井井有條，而是他自嘲連《論語》都沒學全。當朝宰相尚且如此，整個朝廷官員的文化素質可想而知。那小吏見多了醜字，當然是見怪不怪了。

楊浩把按照自己想像的官方格式寫就的這封密奏蓋好火籤封印，就讓那小吏通過軍郵遞往汴梁。軍郵的效率自然是高的，何況這是欽差交辦，上稟皇帝的事情，那驛丞將信登記在案，立即著人以六百里快馬送了出去。

這事剛剛辦妥，馬宗強便來拜訪，要引欽差去見節度留後折御卿。楊浩與馬崇強又去了程德玄處，見他還未回來，不便讓折將軍久等，只得自行隨馬將軍去百花塢見折御卿了。

*　*　*

大街上，程德玄悠閒自在，如同普通的百姓一般在街市間遊逛，時而停下來問問路邊叫賣的貨物價格，時而擠在人群裡津津有味地欣賞一段當胸碎大石的街頭把式，還扔兩枚錢給人家。他貌似悠閒，一雙眼睛卻總是警覺地掃視著左右，這一路南下，楊浩使了幾名隸屬於折氏的親兵暗中監視著他，防他搗鬼，直到過了逐浪川才停止這種近似於軟禁的看護。但是程德玄以己度人，總怕楊浩還暗中安排了人手，他現在懷中可是揣著一封極緊要的密信呢。

程德玄在府州城內穿街走巷，逛了大半天，突然看到一家店鋪，他立時雙眼一亮，站住了腳步。他心懷鬼胎，不敢透過軍郵驛站把密信傳往汴梁，但是他知道趙光義廣布耳目，在天下各處大城大埠都設有祕密信站。而所有的祕密信站都在招牌上有個不太引人注意的標誌，若非知道其中祕密的人，很難發覺那處標誌有什麼異樣。

程德玄當然不可能記得清楚府州有沒有趙光義的祕密信站，更不知道如果有這樣的信站又設在何處，所以只能抱著一線希望滿城遊走，如今終於被他找到了。程德玄不禁大喜過望，他站定身子，又仔細辨認一番，確認那標誌無誤，這才左右看看，一閃身進了店去。

這是一家皮貨店，七、八月分天氣，誰會來買皮貨？所以店中沒什麼生意，兩個小夥計懶洋洋地趴在櫃檯上打瞌睡，看見程德玄進來，兩人抬頭看了看，其中一人便懶洋洋地問道：「這位客官想買點什麼啊？」

程德玄緩步走過去，不動聲色地道：「我想買些苧麻布疋。」

那夥計聽了翻翻白眼，伸出一根手指往上指了指，程德玄詫然道：「什麼意思？」

那夥計打個哈欠道：「客官您請看個清楚，我們這兒……是一家皮貨店。」

「呵呵，皮貨店未必就沒有布疋吧，我可是聽人指點，才到你們家買布的，莫要趕走了客人，受你家掌櫃的責備，請你們掌櫃的出來答話！」

那夥計這才睜開眼正視著他，上上下下看了幾眼，見他氣度雍容，沉穩凝練，倒像是個人物，便半信半疑地挑開門簾鑽進後屋去了。過了一會兒，一個山羊鬍子的乾瘦老頭匆匆走了出來，一見程德玄便抱拳道：「老朽便是本店掌櫃，這位客官要買布？」

「不錯。」

「聽客官的口音，不是本地人吧？」

程德玄笑了，向他說道：「我來自汴梁。」

「哦？」那掌櫃的神色微微一動，眼神向下一沉，瞧見程德玄靴尖輕輕點動的節奏，忽地換上一副笑臉，哈哈地笑道：「客官消息靈通啊，老朽本來是做皮貨生意的，不過前些日子有個客人賒買了皮貨無錢還帳，倒的確是拿來一批布疋抵債，還沒想過如何處置呢，不想你就找上門來，不知客官要買多少布啊？」

「你有多少，我買多少。」

老掌櫃的聽了滿臉帶笑：「好好好，來來來，客官請入內，咱們詳細談談。」

二人一前一後進了內室，剩下兩個夥計面面相覷：「咱們掌櫃的啥時候進了一批布了？我怎麼不知道？」

內室中，程德玄與那掌櫃的彼此確認了身分，程德玄這才放心，他取出密信，輕輕擱在桌上，往老掌櫃的身前一推，肅然說道：「這封密信，要送往開封府南衙，面交府尹大人，萬萬不得有誤。」

那掌櫃的頷首道：「是，明日我便安排人往開封去進一批絲綢，順便把這封密信帶過去。」

程德玄沉聲道：「不成，那要什麼時候才到得了開封？這是十萬火急的大事，必須馬上去，星夜兼程，以最快的速度送到府尹大人手上。」

「這麼嚴重？」那掌櫃的有些吃驚，仔細想想，才道：「大人，我這地處偏遠，才剛剛設置沒有多久，平素也沒有什麼要緊的事情，因此這店鋪中除了老朽和一個姪兒，都是普通的百姓，他們並不知道老朽身分。這樣重要的大事勢必不能交給他們去辦。我那姪兒剛剛娶了一門親，昨天才拜的堂，這時讓他遠行實在不合情理。這樣吧，既然此事如此重要，那老朽就親自跑一趟。」

程德玄轉嗔為喜，說道：「老掌櫃的辛苦了，此事確是十分重要，關係到府尹大人在西北的布局，所以你一定要小心，務必要在最快的時間內，把這封信送到府尹大人手上。」

二人計議一定，程德玄便告辭離去。他前腳出了皮貨鋪子，後邊老掌櫃的便叫兩個夥計馬上打烊閉店，說有一樁急事需要回鄉處理，暫且歇店幾日，待姪兒過了婚期再繼續經營。然後匆匆趕了一輛馬車，飛也似地奔開封府去了。

程德玄站在街頭，看著遠去的馬車，似乎已經看到了官家的屠刀架在了楊浩的脖子上，只覺滿心快意，自被奪節以來，他還是頭一次露出發自內心的笑容，那笑容，滿是親和，令人如沐春風。

*　　*　　*

程德玄又欣欣然地逛了半天，這才返回驛站。一進驛站大門，那小吏便點頭哈腰地道：「程欽差，您回來了，楊欽差找了您好幾回呢。」

程德玄冷冷地道：「他找我做什麼？」

那小吏陪笑道：「馬虞侯請兩位欽差過府與節度留後折大人一敘，可是實在尋不著大人，所以楊欽差只好自己去了。如今楊欽差都回來了，您這才到。」

程德玄冷笑一聲拂袖而去，回到自己房中剛剛坐定，才斟了一杯涼茶，房門便被叩響，程德玄回首道：「進來。」

房門吱呀一聲，楊浩推門而入，一見是他，程德玄頓時臉色一沉，把茶杯一放，嘿然道：「稀客呀稀客，楊大人可是難得登我程德玄的門，可我這房中連熱茶也無一杯，只有這涼茶一杯，你要不要喝呀？」

他一邊說著嘲弄的話，心中一邊緊張地思索：「他來做什麼？難道……被他發現了什麼不妥？嘿，此去開封，可不只一條路，就算現在發覺，你也無從追起了。」

楊浩不以為忤，微笑著拱了拱手，誠懇地道：「程大人，當初你我一同向官家進言，遷民以弱北漢，這也算是所見略同了。承蒙官家採納，並著你我共同負責此事，這一路上，咱們同生死，共患難，方才走到今天。」

程德玄冷哼一聲，心情放鬆下來：「原來他並無察覺，那他幹什麼來著？難道想要與我修好關係？嘿！此時才來向我示弱，遲了，已經遲了！」

楊浩懇切地道：「其實向東也罷，向西也好，你與我都是為了完成官家交付的使命。當時再往東去雖路途極近，可是契丹鐵騎在那段平原路上分明已布下了死亡陷阱，程大人執意東行的話，不但自己要葬送了性命，使這數萬軍民葬送了性命，而且有負官家重託，我想程大人也不想落個那樣的結局。如果說程大人當初以為我所選擇的道路有什麼不妥的話，你現在也應該知道下官的選擇其實並沒有錯。你我二人並無私怨，一切都是為公事。楊某事急從權，有所冒犯處，還請程大人能夠體諒寬宥。」

程德玄呵呵一笑，在桌旁緩緩坐了下來，一臉正氣地道：「楊大人開誠布公，那程某便也直言相告了。你選擇西行，是對是錯，是功是過，程某不便置喙，朝廷自有公論。至於你我二人，的確沒有私怨，我程德玄襟懷坦白，光明磊落，也不會與你計較什麼私怨，這個嘛……你可以放心。」

他話鋒一轉，又道：「不過，我是欽賜的正天使，你與我意見相左時，本當以我的意思為主，可你奪我節鉞，擅自發號施令，揮軍西返，我程德玄個人可以不與你計較，但是做為朝廷的臣子，這樣蔑視王法、欺君犯上的行為，無數人都看在眼中，程某可不敢隱瞞，咱們把話說在明處，待我回了汴梁，此事是一定要稟奏予官家知道的。」

「這個事，我想還是不要提了吧。」

楊浩溫和地笑了笑，也在桌旁坐了下來，說道：「程大人，我們犧牲了三千名將士，犧牲了數千名百姓，才把他們安全地帶出來，你想……朝廷會在這時認為東行才是對的嗎？那不是間接承認了幾千名將士、幾千名百姓的犧牲都是無謂的？

「既然朝廷會認可西行才是正確的，那麼奪節一事，也就不是什麼滔天大罪了。不過這件事呈上朝廷，楊某藐視皇權的罪名那是一定的了，到時候呢，我楊浩功過相抵，也不過保持現狀，而你程大人無視險阻，執意東行，最後關頭才被我奪節改路，一個『剛愎自用』的考語也是逃不了的。你說，這又何必呢……」

程德玄仰天打個哈哈，終於忍不住心中的怨恚，冷笑道：「那依你楊大人之見，該當如何呢？是不是要本官上表，為你錦上添花，再美言幾句，保你楊大人加官晉爵，青雲直上啊？」

楊浩莞爾道：「非也，楊某不是要請程大人在官家面前為楊某美言，實際上，是楊某要在官家面前為程大人美言。奪節一事，只要你我略過不提，花花轎子眾人抬，誰還會在這種時候自討沒趣呢？明擺著，官家也希望他慧眼識人，兩位欽差當機立斷，才說明官家用人得當，官家的臉面上也風光不是？何況知情的將官們都是與你我同生共死一起闖出來的，不會有人說破其中祕密……」

程德玄後面的話根本沒有聽到，他的心完全被那句「楊某要在官家面前為程大人美言」給吸引住了，當下急急打斷他的話，問道：「楊大人，你說……在官家面前為程某美言，此言何解？」

楊浩拱手一笑，說道：「請恕楊某冒昧，未與程大人商議，便已寫下奏表，令驛丞報與官家。奏表中，楊某擅自將臨危決斷，改往西行的決策之人，加了程大人的名字進去。」

他的面色嚴肅起來，鄭重地道：「當然，楊某所述，重點在其後長途跋涉，與天鬥、與地鬥、與敵鬥的種種艱辛上，這其中，提及最多的，是那些浴血疆場的將士。這分功，首先是羅軍主、劉指揮使、赫指揮使一眾為國捐軀的將士們的。有他們的英靈在前，楊某何敢爭功！何德惜功！這一分功勞，便與程大人共享，咱們能拋卻前怨，一笑泯恩仇，又有何妨？」

程德玄呆住了，澈底地呆住了。他根本無法想像楊浩與他決裂之後，豁出命去立了這分大功，竟捨得把這用命換來的功勞與他分享。

不錯，他知道，就算自己那份奏章送到汴梁，引起官家的忌憚，也不過是害了楊浩而已，他終究還是要受御史們彈劾的。那又如何呢？他真的見不得楊浩比他好過啊，要倒楣大家一齊倒楣，那他心中才覺快意一些。

可是……可是楊浩居然如此慷慨地分了一分大功給他。他是正欽差啊，只要這功有他的分，那麼他拿的就必定是最大的一分。何況他是開封府尹趙光義的人，朝中有人好做官，當今皇弟在那兒為他撐腰，這頭等大功，別人便是想搶也搶不走。府尹大人正處心積慮地擴張勢力和影響，有了這樁大功，府尹大人再為他推波助瀾一番，還怕不能開府建衙，就此飛黃騰達？

可是……可是……自己那份奏章……一旦與楊浩的奏章同時放到了官家的御書案上，那……官家會怎麼看？在自己的奏表中，楊浩被他指為奪節擄鉞、欺君罔上、不恭不忠、貪功怙權、收民心、生野望、無廉恥、立朋黨，極人臣之大惡，王法之所不容。可要是官家見了楊浩奏表中推功攬過，為陣亡將士請命的內容，兩相映照，官家會怎麼想？會怎麼看他程德玄？

當今官家並非昏瞶之主啊，而且他知恩重義，最為賞識有情有義之人，這兩份奏章送進京去，一加對比，恐怕連奪節之事，官家都不會加罪於他了。這真是……這根本就是搬起石頭砸自己的腳啊。

想至此處，程德玄手腳冰涼，冷汗一陣緊似一陣。天氣本就火熱，程德玄心如油煎，片刻工夫就大汗淋漓，有如從水中剛撈出來的一般。

智者有言，如果心中有天堂，哪裡都是天堂。如果心中有地獄，哪怕身在天堂，也會被你自己變成地獄。如今，程德玄就如身陷地獄烈火之中了，這地獄，是他自己親手為自己營造的。

程德玄一陣頭暈目眩，他抬起頭來看著楊浩，只覺楊浩的影子忽遠忽近，忽而清晰忽而模糊，他急火攻心，霍地一下站了起來，指著楊浩剛要開口，便眼前一黑倒在地上。

眼前金星亂冒、似昏非昏的當口，就聽楊浩急叫道：「程大人？程大人？」

隨即「嘩」的一聲，一杯涼茶便潑在了他的臉上，然後便聽楊浩大聲疾呼道：「快來人吶，程大人中暑啦。」

程德玄的心都在滴血，他再也受不了這種折磨，頭一歪便不省人事了。

百六五章　宴請

道觀，觀道之地。

修道之人認為，「道」是虛無之樂，造化之根，神明之本，天地之元，道是最合乎自然之理，所以建造修行之所時，常尋山靈水秀且與世俗繁華隔絕之地，以極力營造一種洞天福地的氣氛。

落霞山的棲雲觀，就座落在群山環抱、草木蔥鬱的林海蒼山之中。此處山林青翠，景色清幽。置身其中，山幽、水幽、林幽、亭幽、橋幽、路幽……便是一介凡夫俗子，都要頓生脫俗之感。

沿石階山道拾級而上，山道旁有淙淙泉水向下瀉來。陣陣山風透過樹林發出沙沙的響聲，與風聲、水聲混合起來，彷彿是天籟之音。

一進道觀，也無世俗城市中的寺廟道觀香煙繚繞的繁雜景象，處處清幽，房舍建築與蒼松古樹、翠柏青籐、流水山石完美地結合在一起，真有神仙洞府的感覺。這才是真正的道觀。

這家道觀，是李家捐資建造的一處道觀，所以也不指望香火信徒的供應，道觀裡只有幾個香火道人，十分清幽靜謐。因為李玉昌是把這裡當成自己的消夏別莊，所以建造風格不循常規，道觀最後一進倚懸崖所建的院落也比尋常的道觀房舍複雜，供其攜家眷來此消夏避暑時居住。

此時，狗兒正在榻上靜臥，窗子開著，窗外便是壁立的懸崖，一株崖松斜探出去，凌於半空之中，松葉如蓋，與遠處湛藍的天空、悠悠的白雲，合成一幅蒼松凌雲的畫面。再往對面山上望去，只見松濤滾滾，松風陣陣而來，令人神清氣爽，全無盛夏的暑氣。

狗兒側身而臥，一手搭在小腹處，一手屈肘托腮，雙目微閉，似睡非睡。過了半晌，她忽地翻身坐起，賭氣地一拍床榻道：「師傅爺爺，你教的這法子根本不可行嘛，想吸氣的時候你偏要我出氣，該出氣的時候你卻要我吸氣，還有這收腹啊、擴胸啊，顧得了這兒就忘了那兒，想起了那兒又記不起這兒，怎麼可能睡得著？人家險些岔了氣了。」

窗外那株斜探到半空中的蒼松虬龍般的松幹上，忽地傳來扶搖子的聲音：「嘿嘿，急不得，慢慢來，你師父悟道一甲子，方始參悟出來這門煉養人元大丹的吐納之法，豈是那麼容易便讓妳學得的？純陽子那老牛鼻子拿著他拱若珍璧的雙修功法來換，你師父爺爺都不曾答應呢！妳還要牢騷滿腹，真是身在福中不知福。」

狗兒惱道：「可就是吸氣呼氣的，便能學會一身本領嗎？」

扶搖子笑道：「就這一式，妳若練得純熟，那就一生受用不盡啦。要學大本領，妳也得先把根基扎好啊。這一式練成了，才能學第二式，九式功法全都學會，易筋洗髓之後，才好修習上乘武藝。現在還沒到妳吃苦的時候呢！若是這就不耐煩了，那麼不學也罷。反正妳楊浩大叔是做官的，也不需要妳個小娃娃為他做什麼事，幫什麼忙。」

狗兒一聽「楊浩大叔」，只得服軟，嘟囔道：「人家學還不成嗎？」說著乖乖地躺下去，側身而臥，單手托腮，微闔雙眼又打起了「瞌睡」，「瞌睡」沒打多久，她就悄悄張開眼睛，咕嚕嚕地四下亂轉，蒼松虬幹深處傳出扶搖子一聲清斥：「又在分神，該打！」

一枚小小的松子便從蒼松中射出，正中狗兒的屁股。狗兒「哎喲」一聲，撝著屁股跳了起來，大嗔道：「師父爺爺，又打人家屁股，都讓你打腫啦！」

就在這時，門外傳來一個童子的聲音：「狗兒姐姐，狗兒姐姐！」

窗外松枝輕輕一顫，扶搖子身形一閃，已經端然立在房中，就聽門外一個清脆婉約的少女聲音道：「老仙長，子渝又來打擾了。」

「呵呵，折姑娘來啦，請進來吧，老道正想與妳對弈一番。」

門一開，折子渝便牽著一個虎頭虎腦的小孩子進了來，扶搖子笑道：「怎麼？又來尋你狗兒姐姐玩耍嗎？」

進來的是折子渝和她的小姪兒折惟忠。折子渝二八妙齡，她的大姪兒折惟正比她還要大了五歲，二姪兒折惟信比她也大了兩歲，三姪兒折惟昌與她年歲相當，只有這個最小的姪兒折惟忠年方五歲，確實比她小了很多。所以折子渝最疼這個小姪子，平素總帶他出去玩。

這一遭他聽說小姑姑要去山中拜神仙，要死要活的非要跟來，二叔折御卿不准，小傢伙跳著腳哭，哭得鼻涕冒泡眼淚汪汪，折御卿實在受不了他的野狼嚎，只好答應讓妹妹把他帶走，小傢伙這才破涕為笑。

誰想到了棲雲觀一看，所謂的活神仙就是一個貌不驚人、瘦不啦嘰的小老頭，整天除了睡覺還是睡覺，還不如他們家那個專門變戲法的伎人有趣，折惟忠又馬上吵著要回去，把折子渝氣得牙根癢癢，直想抽他一頓解氣。誰想這時讓他見到了狗兒，狗兒才九歲，比他大不了多少，有了這個小姐姐相伴，折惟忠總算肯在觀中住了下來，每天睡過了午覺，他就要來找狗兒姐姐一塊玩耍。

狗兒雖是一心想學些大本事，將來好報答楊浩大叔，可她年紀太小，還是小孩子心性，讓這麼小的孩子一動不動地躺在那兒呼氣吸氣，這修身養性的功夫還欠缺得很。一見折惟忠進來，總算有了機會偷懶，狗兒不禁大喜。

折子渝笑道：「狗兒，陪小忠到院中去玩一會兒吧，我與妳師父爺爺下幾盤棋。」

狗兒得意地向師父扮個鬼臉，便牽起折惟忠的小手走了出去。房中放下棋盤，折子渝便陪扶搖子下起棋來。折子渝棋藝極高，但是比起扶搖子的老辣來卻還差了一籌，不過以她的棋力，已是扶搖子難得一尋的對手，所以扶搖子倒很喜歡跟她對弈。

扶搖子布下一子，捋鬚說道：「明日，貧道就要帶狗兒下山了。」

折子渝一怔，說道：「此處山清水秀，正是酷夏時節避暑勝地，仙長何必急著離開，可是李家照顧不周？」

扶搖子嘆道：「非也。貧道往這裡來，為的本是一樁懸疑。奈何天道難測，貧道終是難以參悟。老道年紀大了，還能在世間逍遙幾日呢？如今既收了這小徒弟，不如帶她回華山，好生調教一番。這孩子，若久在塵世之中，是很難定下心來隨我修行的。身外之事，我也不想顧及那麼多了。」

折子渝失望道：「小女子本想向仙長討教一些事情，不想……仙長這就要離開了。」

扶搖子捋鬚笑道：「折姑娘冰雪聰明，女中諸葛，論起智謀韜略，老道望塵莫及，有什麼好討教的？」

折子渝嫣然道：「令高徒無夢真人曾指點李員外，助他逃過一場大難。無夢真人精通《易》占之術，此術傳自於仙長。仙長於《易》理、《易》象、《易》數、《易》占之學，當今天下，再無人能及。術業有專攻，這樣精深的學問，小女子可是一竅不通。」

扶搖子一雙老眼中微微露出一絲笑意：「呵呵，妳這丫頭，倒是沉得住氣，陪老道下了幾天的棋，始終不肯發問，直到如今聽說老道要走，方才有所吐露，也真難為了妳。」

折子渝螓首微側，抿嘴一笑。

扶搖子又道：「占卜之術，玄之又玄，隨時會因諸般因由、乃至事主心境變化而變化，所以……占卜命運，實在虛妄縹緲得很。」

折子渝眸中露出一絲狡黠的笑意：「如此說來，當今官家未成九五至尊之時，老仙長對他有所指點的事也是江湖傳言啦？」

扶搖子盯著棋枰，好像正在盤算著棋路，隨意點頭道：「唔，是啊，傳言，當然是傳言。」

折子渝莞爾笑道：「原來如此，小女子愚昧，竟然信以為真了。」

扶搖子神色一鬆，剛剛露出笑意，折子渝又道：「既然占卜之術只是虛妄縹緲之說，那小女子也不必當真了，老仙長隨便說說，小女子姑且聽聽，老仙長，你看這樣可好？」

扶搖子剛要將棋子放上棋枰，一聽這話頓時僵住，折子渝蔥白似的玉指正擺弄著一枚棋子，臉上帶著好整以暇的笑容，兩人的手指都懸於棋枰上方，其動與靜，卻如盤中諸子，子渝已下一城。

扶搖子是出家人，是被許多人敬為活神仙的人。可是神仙雖不愛財、雖不好色，卻也喜歡一個名。折子渝要他隨口說說，姑且聽聽，他就肯胡言亂語自壞名聲？

扶搖子苦笑著搖頭，將棋子放到棋盤上，吁了一口氣道：「老道上了妳的大當啦，妳這是逼著老道做神棍啊。」

他坐直了身子，打量折子渝的面相，說道：「姑娘是府州折家的女公子，可以說是要風得風，要雨得雨，老道實在想不出，還有什麼是妳想要的，是妳不能掌握的。姑娘妳……到底想問些什麼呢？」

折子渝微笑道：「道長可知子渝要問什麼？」

扶搖子拈鬚道：「姑娘天之驕女，又當妙齡，唯一關切的……莫非是姻緣？」

本來嘛，除了未來夫婿，還有什麼是她這位天之驕女如今不能把握的？也唯有這夫婿，若是所託非人，若是非她所喜，那是以她的聰慧和家世地位也無法改變的結果，而這又恰恰是影響她一生幸福的關鍵。

折子渝淺淺一笑，說道：「若問姻緣，老仙長能告訴子渝些什麼呢？他的功名利祿？年齡相貌？性情品行？」

老道瞠目道：「這個如果也算得出來，那還是占卜嗎？老道分明成了一個媒婆。」

折子渝掩脣一笑道：「既然這些都算不出來，那小女子問來做啥，平白患得患失，自惹煩惱。」

「那就奇怪了，若不問姻緣，姑娘想問什麼？」

折子渝的神色凝重起來：「官家有意邀我兄長入朝，做個清閒太平官。我家兄長卻不願捨了祖宗的基業。朝廷勢大，子渝深為憂慮，想請老仙長指點一下……家兄的前程！」

扶搖子臉色微微一變，沉吟片刻道：「軍國大事，扶搖子一介方外之人如何置喙？不如……就替子渝姑娘卜算一下姻緣吧。」

折子渝莞爾搖頭：「不要。」

「貧道可以幫妳卜算一下他的功名前程。」

「不要！」

「罷了，老道豁著洩露天機，連他的相貌也一併告訴了妳。」

「不要！」

「哎呀，老道我買一送十，再贈送妳他的脾氣稟性、性格為人。」

「不要！」

扶搖子愁眉苦臉：「折姑娘，妳可難為死老道了。」

折子渝翩然起身，長揖一禮：「還請老仙長勉為其難，指點一二……」

院中，狗兒如猿猴一般從樹上靈敏地攀下來，拉著折惟忠的小胖手並肩坐在石階上，得意洋洋地從懷裡掏出幾枚鳥蛋：「給你，小忠。」

「哇，好多。一個、兩個……比兩個還多。小忠最喜歡狗兒姐姐了，我哥哥們從來不幫我掏鳥蛋。」

「呵呵，姐姐也喜歡你呀，所以才幫你。要是娘看到我爬這麼高的樹，也要罵我的。不過……我感覺這幾天爬樹特別有力氣，師父爺爺教的法子似乎真的很有用呢。」

折惟忠用兩隻小手寶貝似地捧著鳥蛋，說道：「我喜歡的人就多，爹爹、娘娘、叔叔、嬸嬸、姑姑、大哥、二哥、三哥、大堂哥……還有狗兒姐姐。」折惟忠一口氣說了半天，又問：「姐姐喜歡的都有誰呀？」

狗兒想了想，笑道：「姐姐喜歡我娘、喜歡楊浩大叔、喜歡師父爺爺，然後就是你了。」

兩個小孩子單純而快樂，一些在大人眼中無謂的事、無謂的話，他們也能做得興致勃勃、說得津津有味。房中，折子渝聽了扶搖子一番「玄之又玄、似是而非」的話，情知他不會進一步點明，沉思有頃，便正容道：「多謝老仙長指點，這番恩德，子渝銘記心頭。」

扶搖子哼了一聲，自己一生精明，竟也著了人家的道，心中著實有氣，他仔細打量折子渝相貌，竟與自己一直追索而不得其詳的那個天機有著莫大的關係，心中不覺驚訝，他一路追索而來，可是卻看不破那人的底細和未來的發展，可是從這個與他有莫大關係的女子面相上看，卻是貴不可言。如此說來，難道他……

想想自己今日被折子渝擺了一道，那日又被天機飽揍一頓，老道頓生促狹之心，說道：「妳那未來夫婿，妳真的不想知道？」

折子渝大喜過望，欣然道：「老仙長肯說？」

扶搖子嘿嘿一笑，說道：「妳那夫婿嘛，功名前程，貴不可言。人模狗樣的，倒也匹配。而且視妳如珠似寶，這樣的夫婿妳還滿意嗎？」

折子渝滿心歡喜，急問道：「當真？果然？不知小女子這分情緣現在何處呢？」竭力想像那未來夫婿的模樣，她的腦海中卻不期然地浮起了與她生有淡淡情愫的丁浩，心頭不由噗通一跳。

扶搖子「奸計得售」，心道：「妳挾天機而來，老道不敢招惹妳，免得折我壽祿，這頓苦頭報在妳家娘子身上，總不為過吧？反正老道不是信口胡謅，她本就有這一劫，只不過要應在妳這一解上，嘿嘿……」

扶搖子眨眨眼，故作不解地問道：「自然知道，只是老道不知……姑娘妳問的是哪一個呢？」

折子渝一聽，本已泛起兩朵桃花的嬌顏便有些發白，吃吃地道：「老仙長，這姻緣……怎麼……怎麼可能……有兩個？」

扶搖子慢條斯理地道：「這個嘛……天機不可洩露。」

折子渝頓時緊張起來，扶搖子名頭太大，折子渝雖蘭心蕙質，天資聰穎，對他占卜的本領、對他的話卻是深信不疑的。天生陰陽，人有男女。男女大不相同，一男可以娶二女，一女豈能嫁二夫？扶搖子這麼說，難道自己命數坎坷，竟要先嫁一人，丈夫猝死，再以未亡人身分另嫁一夫。這……這教人情何以堪？

折子渝臉色發白，顫聲道：「老仙長，小女子實在惶恐，還請老仙長指點得明白一些。」

扶搖子見她模樣，心中不覺有些後悔，婚姻大事，非同兒戲。這番話說出來，恐怕這位姑娘再也難有快活日子了，於是轉口說道：「姑娘無需憂急，並非如妳所想。妳的命格，貴不可言，命中注定，也只一夫。只不過這之前必有一劫，生起些波瀾罷了。呵呵，劫，也是解；死，便是生。若無這一劫，哪有那一解？若無那一解，妳如何與意中人長相廝守？啊！貧道洩露的天機已經太多太多了，罪過，罪過。」

折子渝聽得一頭露水，不過倒是聽出他所說的與自己所想的並不是一碼子事，芳心這才稍安，急急又問：「那麼請問老仙長，這一劫該如何破解？」

扶搖子道：「呵呵，姑娘順其自然即可，時辰到了，自然有應劫之人，來助妳解厄脫困。此乃天機，說了就不靈了。」

折子渝看他一副故作神祕的模樣，恨得牙根癢癢，只想把那一盒棋子都擲到他的臉上去，但她臉上卻露出如糖似蜜的笑容，福禮說道：「多謝老仙長，子渝知道了，來日得遂心願，子渝必與郎君同赴太華山，感謝您的……大恩……大德！」

扶搖子心血來潮，激靈靈便是：「不好不好，大難臨頭，老道要遭殃了！」

*　*　*

楊浩與程德玄是受命把百姓們帶到宋境的，如今差使已了，但是當初聖諭並不曾說帶入宋境之後他們的去向，兩人不知是該逕直去汴梁覆旨，還是等候官家的進一步指示，反正奏表已經送上京去，只得在府州等候消息。

本來這段時日子應該最是清閒，可是兩人這幾天的勞累幾乎不下於帶著數萬軍民長途跋涉的辛苦。因為他們的飯局，幾乎從早排到晚，沒有一刻消停。自那晚節度留後折御卿設宴款待兩位欽差之後，各級官員的請柬邀約便如雪片一般紛至沓來。這些地方官員的熱情勁，彷彿他們兩人不是引進副使、西翔都監這種七、八品的小官，倒像是朝廷二、三品的大員蒞臨貴境似的。

每天都有官員親自趕來相請，兩人盛情難卻，只得硬著頭皮赴宴。可這酒宴吃一席是好的，上一頓下一頓沒完沒了地吃，任誰也受不了。今天，楊浩實在撐不住了，便藉口身子不適婉拒了。幸好還有程德玄肯去，有了這麼大的一塊擋箭牌，那些官員們才放過了楊浩，使他在驛站得以歇息。

楊浩從不知程德玄如此貪杯。每次飲宴，總是酩酊大醉而歸。其實自打那天他中暑暈倒之後，情形就有些不對，楊浩當時只以為他是剛剛甦醒，精神不振，所以囑他好好休息之後就離開了。結果從當晚參加折御卿的宴會開始，程德玄便杯來口乾，來者不拒，整日宿醉不醒，楊浩滿心奇怪，但是他這副樣子，也實在無法交心，苦勸不聽之後，只好由得他去。

今日楊浩沒有出席，飲宴的主角就只剩下了程德玄一人，程欽差更是得其所哉，在眾人「海量！海量！」的讚美聲中，如長鯨飲水一般，也不知喝了多少酒下肚，那一張臉已經變成了紫紅色。

酒很苦，他的心更苦。可是怨得了誰呢？一個人搬開別人架下的絆腳石時，也許恰恰是在為他自己鋪路。同理，給別人下絆子的時候，斷的可能是他自己的腿。這苦酒是他自己釀的，便也只能由他自己一杯杯地喝下去。

折海超輕輕一拐堂兄弟折惟正的肩膀，低笑道：「大哥，這兩個欽差其實很好對付嘛，我還從未見過這麼貪杯的人，看來只要有酒，就足以打發他們了。」

折海超是折惟正的堂弟，比他幾個親弟弟歲數都大一些，在家族這一輩裡排行第二，因此折惟正按兄弟之間的排行一直喚他二哥，聽他這麼說便低聲道：「二哥，大意不得，這個欽差好酒，那個欽差卻不喜飲酒，你沒看他今天沒來嗎？可別讓他打聽到了蘆河嶺的情形，萬一他跑來向叔父進言，那些百姓還未安排妥當，有什麼理由不換一個地方？」

折海超點頭稱是，說道：「那位楊欽差既不好飲宴，不如小弟今晚送幾個嬌娘美妓去侍候他。正當壯年的男子，焉有不好女色的道理？」

折惟正道：「且慢，他們官職不高，咱們如此殷勤，他們已經有些摸不著頭腦。若是再那般逢迎，恐怕更要引起他們疑心了。不管那個楊欽差，還是這個好酒貪杯的程欽差，我看著可都不像糊塗人。還是摸清了他們的底細，再對症下藥才好。」

折海超道：「這位程欽差好酒，這就是弱點了。聽說他還是開封南衙、當今皇弟的屬下，嘿！趙光義用的人也不怎麼樣嘛。至於那位楊欽差，卻一直不清楚他的來路，也不知道他的脾氣稟性，不知他是好財還好色。既不知他所好，如何對症下藥？」

折惟正向對面與轉運使任卿書、軍都虞侯馬宗強碰杯豪飲、醉眼矇矓的程德玄一努嘴，輕笑道：「問這程欽差，還怕摸不到那楊欽差的底細？」

折海超恍然大悟，立即舉起杯來，笑吟吟地繞過桌去，與程德玄推杯換盞起來。

「哈，你……你問那楊浩啊？他……他呀，他本來根本就不是官，」程德玄輕蔑地笑了笑，伸出小指搖晃著道，「他……他本來就是霸州城外一位員外家的小管事，走了狗屎運，走了狗屎運吶！」

程德玄已酩酊大醉，說話毫無顧忌，數日來鬱積心頭的苦悶都發洩了出來。折惟正與折海超對視一眼，暗道：「看來，這兩位欽差不大和睦啊。」

程德玄冷笑道：「你們不知道吧？嘿，這……這個楊浩，本名……叫作丁浩，他……他貪圖美色，勾搭了一個俊俏的小寡婦，哈哈哈哈……」

他前仰後合地笑著，也不知這事到底好笑在哪兒，笑完了又喝一杯酒，說道：「結果也不知是因情生妒，還是……還是什麼緣故，殺了人家家人逃了出來。他……他與那廣原程世雄有舊，蒙他……收容，改名換姓做了……一名親兵，後來……後來他與本官一起向官家進言，遷走北……漢百姓，以弱漢國之力。因此上嘛……才……才撈了這個八品都監、欽差副使。嘿，他……他不過就是一個戀色殺人的賊囚罷了，什麼欽差？狗屁！哈哈哈哈……」

折惟昌年紀小，雖是陪客，卻只飲了幾杯酒，一直坐在那兒吃菜扒飯，聽到這兒忽地抬起頭來，對折惟正道：「大哥，他是程世雄保舉出來的？那不就是咱們的人嗎？怎麼沒聽爹爹說起？」

「噤聲！」折惟正瞪了他一眼，折惟昌忙吐吐舌頭，低下頭去繼續與那碗白飯作戰。折惟正看了程德玄一眼，程德玄此時坐都坐不穩了，哪裡還能聽清他們說些什麼，折惟正這才放下心來，便又舉杯笑道：「來來來，程欽差，本公子也敬你一杯酒。」

「乾！」程德玄抓起酒杯往上一揚，「嘩」地一下就潑了半杯出去，不待折惟正相勸，便把剩下的酒全都灌進了肚去，然後把杯子一拋，拍著桌子漫聲吟道：「得即高歌失即休，多愁多恨亦悠悠。今朝有酒今朝醉，明日愁來明日愁！咱們喝！」

說完抓起酒壺，仰起脖子就往嘴裡灌，折惟正臉上露出一絲笑意，向折海超遞個眼色，說道：「程欽差喝醉了，海超啊，你和宗強送程欽差回去歇息。」

「我沒醉，我沒醉，咱們……喝，繼續喝……」程德玄一面說著，一面被馬宗強和折海超攙起來扶了出去，手裡還緊緊抓著那只酒壺。

程德玄一走，轉運使任卿書便疑惑地道：「那位楊欽差是程將軍的人？奇怪，那不就是咱們的人嗎？怎麼節帥提都不提，還要咱們小心提防著他？」

折惟正苦笑道：「小姪也正覺納悶，照理說，他既是咱們的人，那就不必對他處處設防，可爹爹如此囑咐，莫非另有深意？」

幾人面面相覷，均覺折大帥如此安排必定大有深意，至於到底深在哪兒，他們水性太淺，實在摸不著底。

他們當然不會想到，程世雄以為楊浩隨那正欽差程德玄一定把百姓送往河東道去了，所以只是在奏報的軍情中簡略地提了一下折將軍曾授意他關注的楊浩如今的去向，並說明他現在改姓了楊，詳細情形全然未提。

而折御勳當時正忙於商議如何破解官家的「明陞暗降」之計，也沒把這事放在心上。這些祕密信札，只有折御勳才有權閱覽，就連他的胞弟折御卿為了避嫌，也不敢翻閱這些他與各地駐守大將之間的聯絡信件，倒是如同他女兒一般親近的小妹折子渝，因為是女兒身，反而沒有這些顧忌，但是她又很少主動去查閱大哥的軍書文束。

坐在折惟正另一側的折惟信放下酒杯笑道：「那……咱們還要不要給他送幾個女人過去呀？唐三昨天和我說，『群芳閣』新來了幾位姑娘，都是江南水鄉女子，一個個姿容美豔，玉體妖嬈，通曉音律，能歌善舞，如果大哥同意，我便去尋兩個俏媚的給他送去。」

折惟正哼了一聲道：「狗屁，你小子想去嘗鮮才是真的。」

折惟信叫屈道：「怎麼會呢？我是那樣的人嗎？要不然大哥與我同去便是。」

正大口扒飯的折惟昌連忙抬起腦袋道：「好好好，咱們一起去。」

折惟正在他後腦杓上「啪」地就是一巴掌，笑罵道：「滾你的，你才多大？不到十五歲，不許你進那種地方。」

對面白面長鬚的任卿書咳嗽一聲，正色道：「幾位賢姪，節帥正在前方征戰，此時你等怎可留連花叢？讓外人看在眼裡，是覺得你們不孝呢？還是曉得了你爹此番出征根本就是一場兒戲？不像話！今晚你們小姑姑就要回府了，你們不在府中相迎？」

任卿書四旬上下，現為折系高級將領，他昔年曾隨老帥折德扆征戰南北，戰功赫赫，如今擔任永安軍轉運使，掌管水陸運輸、後勤保障、財賦管理、監察地方官吏之責，實權著實不小，乃是現任節度使折御勳的拜把兄弟。

叔父如此訓斥，折惟正不敢頂撞，只得唯唯應諾，帶著幾個兄弟一溜煙跑了。待離開任卿書的視線，任惟正才訓斥道：「你這小子，真是不長腦子，偏在任大叔面前說起？」

折惟信乾笑兩聲：「那咱們還去不去？姑姑要回來了，若她回來後吩咐一聲，咱們再想出去可就難了。」

折惟正苦臉道：「小姑姑管的比咱們爹還寬，真該早些給她找位稱心如意的夫婿回來。有了小姑夫受她管教，咱們才得自由。唉！趁她還未回來，咱們趕緊去一遭吧，把小秦、唐三那幾個賤貨都叫上，再請那楊欽差同去，醇酒在口，美人在懷，我就不信盤不出他的底！」

百六六章　女兒心思

折子渝回到了府谷，她的車子駛進百花塢的時候，已是黃昏時分。彩霞滿天，夕陽斜照，烏鴉繞樹，蜻蜓低飛，不時有燕子貼地掠過，炎熱的天氣也清涼了許多，看來今夜要有一場好雨了。

她本來是要請扶搖子到府上居住的，奈何扶搖子嫌棄將軍府邸規矩森嚴，逕去李玉昌府上住了。待明日他攜狗兒見過了楊浩，就要返回華山，何處住一晚也沒什麼，折子渝便也不再強求。

扶搖子託折子渝幫他往雁門關外紫薇山上送一封信，這樣的小事折子渝自然滿口應承，一回府她就喚來一個老成持重的家將，將信交給他，囑他帶幾個人，明日一早便上路，務必把信送到。

折子渝回到自己閨房沐浴更衣，待她再走出來時已是晚飯時間，可是平素極熱鬧的後宅大廳卻清清靜靜，折子渝料想自己不在府裡這幾天，那幾個姪兒都放了羊似地野出去了，是以也不理會，她就著幾道清淡的小菜吃了碗粥，一小碟點心，便去後花園中散步，剛剛拐過一片花叢，就見小姪兒折惟忠追在三哥折惟昌後面，跟屁蟲似地糾纏著什麼。

折子渝俏臉一板，喝道：「折惟昌，給我過來！」

折惟昌只比這姑姑小兩歲，可姑姑就是姑姑，那可是他爹的親妹子，長幼有序，不敢失禮。他臉上帶著想要逃跑的怯意，那雙腳卻在折子渝瞪視下訕訕地走了過去。

折子渝冷哼道：「沒出息的東西，一見我就嚇成這副模樣，不消問也知道，你們一定又幹什麼見不得人的事了，自己招，要是等我查出來，要你好看！」

折惟昌苦著臉道：「小姑姑，大哥、二哥嫌我小，去『群芳閣』根本就不帶我的，我還能做什麼壞事啊？哎呀！」他自知失言，不禁驚呼一聲掩住了嘴巴。

其實豪門大宅的貴介公子，十五、六歲就流連花叢，做些風流事尋常得很，折御勳一向不過問，折子渝雖然看不過眼，不過若不是這些人想去風流時被她堵個正著，她也不太管的。

豪門大戶人家在這一點上對子弟比較縱容，也有它的一些道理。一個大家族，將來出頭做事的一定是男丁。少年慕艾，年輕的男子在女色和感情一道上，總有個從青澀到成熟的過程。如果在這方面管束過嚴，等到將來他們長大成人，開始替家族打理事業獨當一面的時候，卻還是個感情純稚的毛頭小子，難免就成了他的一個重大弱點，說不定便被有心人所乘，這也算是對子弟的一個錘鍊。

所以折子渝雖然不悅，卻也只是冷哼一聲道：「這兩個臭小子，又與他們那班狐朋狗友去鬼混了？這是什麼當口，你爹親自率軍出征，上稟朝廷說匪情嚴重，你們卻這樣胡作非為，看在有心人眼裡，會怎麼樣？」

折惟昌笑道：「這一次小姑姑可是冤枉了我的兩位哥哥，朝廷欽差已經到了府谷，遵父親囑咐，要把他們盡量留在這兒，兩位哥哥今晚就是請那欽差丁浩赴宴的。」

折子渝一癟嘴：「冠冕堂皇！嗯？」她目光一凝，動容道：「你說那欽差是何人？」

「丁浩啊。」折惟昌一拍腦門，說道：「錯了，他如今叫楊浩。」

折子渝更是疑心大起：「什麼如今過去？他到底叫丁浩還是楊浩？」

折惟昌把他在酒席上聽來的話原原本本地說了一遍，折子渝聽了登時呆在那兒。丁浩就是楊浩，楊浩就是丁浩，如今的大宋欽差，就是當初廣原城的小小管事，她再聰穎過人，事先又如何能夠想得到？折惟昌說什麼？他在霸州與一個俏寡婦私通，姦情敗露，那婦人被浸了豬籠，他一刀兩命，就此亡命天涯？

折子愉心中一陣失望，還有些淡淡的醋意。她與楊浩相識日淺，雖然彼此投緣，感情上並不曾更進一步。但是不可諱言的是，長到這麼大，在她心中印象最深的就是楊浩，若非如此，在棲雲觀向扶搖子詢問終身時，她的腦海中也不會浮現出楊浩的身影來了。她沒想到，楊浩也不過是個貪戀女色、爭勇鬥狠之輩。可他……怎麼又成了欽差了？

折子渝心亂如麻，一直站在旁邊聽他們說話的折惟忠忍不住了，小傢伙從懷中掏出幾枚鳥蛋，寶貝似地舉起來告狀：「小姑姑，狗兒姐姐說，這鳥蛋能孵出小鳥來，我讓哥哥孵，哥哥不給我孵。」

折子渝意興索然，隨便擺手道：「不孵不行，小姑姑說的，讓他給你孵。」

折惟忠大喜，一蹦老高，得意洋洋地道：「是小姑姑說的，你給我孵蛋，你不孵我就哭，我讓小姑姑揍你。」

折惟昌聽得猛翻白眼：「不是吧姑姑，我又不是母雞，怎麼給他孵蛋？」

折子渝俏顏一冷，哼聲道：「那你就去幫他找一隻母雞來。」

她轉身走出兩步，忽又止步回頭，秋水般的一雙明眸向折惟昌一掃，冷斥：「還有，你這臭小子，少在我面前擺出一副兄友弟恭的樣子來。你大哥、二哥不帶你去，你就有意失口告他們的黑狀，以後再敢在姑姑面前玩這心眼，看我怎麼收拾你。」

折惟昌心事被拆穿，登時滿頭大汗，連忙唯唯稱是，後邊折惟忠生怕他跑了，一把扯住他衣襟，央求道：「三哥，姑姑都說了，你要幫我孵蛋，你去給我找隻母雞來，要不然我就哭……」

＊　＊　＊

閨房中，折子渝托著香腮坐在梳妝檯前，一身羅衣勝雪，清湯掛面的模樣就像一朵悄然綻放的白蓮。鏡中的少女眉目如畫，星眸閃亮，一雙紅脣雖嫌大了些，但是那清麗的氣質、絕代的風華，卻足以彌補這缺憾。任誰一眼看到她，都是從頭到腳的一種完美氣質。

「唉，丁浩，楊浩，我本想……想不到幾天不見，你已一飛沖天，做了朝廷的欽差。更未想到，幾日不見，你竟做了這麼些事情。」

折子渝心煩意亂，暫且拋開自家心事，又想：「官家如此破格提拔，不是因為你進諫有功，而是有意施恩於程世雄。以你的聰明，想必也看得明白。我一直想盼你來，如今你來了，可是……我該如何是好？」

抬頭看看窗外一輪明月，折子渝心想：「他……現在應該正與小秦、唐三那幫好色之徒混作一堆推杯換盞吧，等那明月升上枝頭之後，他就該紅綃輕解，羅帳低垂，一嘗溫柔滋味了。」一念及此，折子渝心中好一陣不舒服……

她的目光漸漸落到梳妝檯上的六菱銅鏡上，那銅鏡一塵不染，鏡中是一張絕美的容顏。她優雅地伸出蔥白修長的手指，輕輕一挽長髮，那雙眸子盯著鏡中的自己，漸生流暈。

誰說少女不懷春？每個少女心中，都有一頭不安分的小鹿，在她不經意的時候調皮地跳幾下，蕩漾起她的情懷。

銅鏡中那嬌豔誘人的紅脣微微輕啟，露出一排碎玉貝齒，彷彿在發出一種無聲的邀請。是怎樣的邀請？她也不知道，這惱人的夏夜，本就容易勾起人的愁緒，何況天空中還升起一輪明月。

白玉睡蓮花，鵝黃一點蕊，花兒悄悄綻放，花芯暗吐幽香，可那蜂兒卻在何處？

她忽然款款起身，掩上窗子，避到屏風後面輕解羅裳，嬌軀透影而出，纖如一輪新月……

當那鏡中再出現一個人時，已是一個眉清目秀、脣紅齒白的少年，「他」啟齒一笑，便露出幾分柔媚的脂粉氣來，還透著一些慧黠機靈的味道。銅鏡纖毫畢現，她那小巧玲瓏的耳珠上還有女兒家才有的耳洞。

無需掩飾，唐人女子出門時就喜穿男裝，不是為了掩飾女兒家的身分，只是為了出行方便。上至公主貴婦，下至平民女子，多有此喜好。如今歷經五代，此風俗不減，折子渝出門時也常著男裝。

她打扮停當，便執小扇一柄，輕輕俏俏地出了房門。

「大小姐！」門口侍婢剛要屈膝行禮，折子渝的摺扇便挑住了她的下巴，吩咐著：

「不必行禮了，叫人備車。」

「大小姐要出去？」

「嗯！」折子渝手指一動，摺扇靈巧地打了個轉，重新轉回她的掌心，刷地一下展開來，露出一幅洛陽牡丹圖，她微微一笑，說道：「去『群芳閣』！」

那侍婢稍露驚容，卻不敢再問，只恭敬地應了一聲，便悄然退了下去。

＊　＊　＊

「來來來，楊欽差，就是這裡了，哈哈哈，請下車，請下車……」

折惟正、折惟信兩兄弟殷勤地相讓，馬車已經停下，前方一棟樓平地而起，紅燈高掛，富麗堂皇，樓前車水馬龍，可見其繁華景象。

「兩位公子，實在是太客氣啦。楊某今兒身子不適，實在是不便多飲了。」

「哈哈，那有什麼關係？今晚請的都是本公子的至交好友，沒有朝廷的官員，咱們隨意飲宴，只是消磨時光嘛。此樓美伎如雲，名姝無數，楊欽差一路辛苦，也該享受一下溫柔鄉的滋味啦，否則爹爹回來，豈不怪我兄弟招待不周，哈哈哈……」

折惟正兩兄弟白日聽了程德玄的話，只想這楊浩既肯迷戀鄉間一孀居的婦人，性喜漁色那是一定的了，如今投其所好，他萬無不喜的道理。而楊浩呢，卻也知道宋朝民風較之後世明清要開放自由得多，宋朝士大夫飲宴，若無官妓美婢一旁侍酒承歡，那簡直不可想像，只道風氣如此，說不得只好應酬一下，便苦笑著應了，隨他們一起走下去。

後面車上，折氏兩兄弟的家將與楊浩的貼身扈衛劉世軒等人也著便裝跟了進來。這折氏兄弟顯然是群芳樓的常客，一進大門，便有一位媽媽迎上前來。說是媽媽，看這女子一身淡青羅裙，素紫色的衫子，手執一紈團扇，倒像一位大戶人家的夫人，長相清秀，舉止優雅。

她上前來也只殷勤問好，寒暄敘舊，並無電影裡那種夜貓子般的一聲嚎叫：「姑娘們出來接客啦……」然後便嘩啦一下跳出一堆殘花敗柳來的悲慘景象。一進這樓，倒令人有種回了家似的溫馨感覺，大廳中的布置也素雅自然，沒有大紅大綠的惡俗裝飾。

折惟正笑道：「他們幾個到了嗎？」

那位媽媽笑道：「到了、到了，兩位少爺請上樓，還是老地方，奴家就不送兩位少爺進去了。兩位爺還是找稱心和都惜嗎？不知道這位公子喜歡什麼樣的姑娘？」

折惟正擺手道：「妳少要裝樣，就是聽說妳這兒新來了幾位江南美人，少爺們才來光顧的，挑幾個俊俏的、會侍候人的俏姑娘來。」

那位媽媽笑道：「兩位少爺喜新厭舊，我那兩個女兒要是知道了，可要以淚洗面了。」

折惟正打個哈哈道：「我們兄弟怎麼會喜新厭舊？我們是喜新不厭舊。不過，這新嘛，不及時嘗那就也要做舊了，哈哈，花堪折時直須折，莫待無花空折枝呀。妳去、妳去，把最順眼的姑娘給少爺們送進來。」

兩位公子顯然是風月場上的常客，反倒是年歲比他們大一些的楊浩略顯局促，有些不太自在，他也不知這青樓歡客的規矩，只是悶著頭跟在折惟正兄弟左右，看他們舉止而定。

那位媽媽與兩位少爺又談笑幾句，便翩然轉身招喚姑娘去了。他們三人自行上樓，到了第三層，只見雕梁畫棟，金壁輝煌，與一樓的素雅親切又有不同。三人到了一幢房間，只見門上掛著一塊紅纓的牌子，寫著牡丹閣。牡丹為百花之首，既是群芳樓，這牡丹閣大概就是這樓中最高級的所在了。

還沒走到房前，折惟正便扯開嗓子嚎了一聲：「唐三，出來接客啦！」

楊浩自到了府州，就得了唐氏恐懼症，他一直害怕唐焰焰領了哥哥、弟弟一幫人來找他的麻煩，連著多日不見人來，這才放心。如今一聽是姓唐的，心裡咯登一下，暗道：「此唐不會是彼唐吧，但願不是……」

折惟正話音剛落，就聽房中一個賤咧咧的聲音說道：「老娘正在房中快活，是哪個賤人呼喚奴家？」

百六七章　劉世軒說書

聽了那位「老娘」的別緻稱呼，楊浩直接被他們幾個紈褲子刺激得沒電了。

就見房門一開，一個身著團花綿繡公子袍的男子晃晃悠悠地從房中閃了出來，衣袍半解，一頭長髮如漢晉狂士一般披散在肩頭，他腳上未著布襪，只光著大腳丫，穿一雙唐人式的高齒木屐，風流不羈，放浪形骸。

那飄逸的長髮、雪白的牙齒、微眯的眼神、淫賤的笑容、別具一格的打扮，還有那頂著門楣足足一米九還有餘的高大個頭，只一露面，楊浩便覺一股淫蕩之風撲面而來：「我靠！好……好高大的一條淫棍啊！」

「咦，這位哥哥是哪家的公子？」

那個唐三怔了怔，便齜著一口小白牙笑眯眯地問。楊浩忽然發現，這人不管做出什麼表情，不管說的什麼內容，只要露出笑容，便有一種掩飾不住的淫蕩氣息，楊浩不禁暗想：「這唐三的淫蕩笑與壁宿的桃花眼，也算是絕代雙嬌，一時無兩了。」

折惟正笑罵道：「閉上你的鳥嘴，這位是楊欽差，奉諭帶數萬百姓遷往我府州的，一路風塵，勞苦功高，如今身為地主，我等自當竭誠招待。不過那官宴實在拘束，所以今晚才找了你們幾個浪蕩子來，陪楊大人快活快活。」

「哎呀，你只說是位貴人，卻不曾告訴我是欽差大人，這可是你的不是了。怠慢怠慢，失禮失禮，楊欽差勿怪。」唐三連忙拱手道。

楊浩不知這淫蕩唐與那潑辣唐是否有什麼關係，心中也有點發虛，忙拱手笑應了，與他寒暄兩句。折惟正一推唐三道：「去去去，你杵在這兒，還讓我們怎麼過去？」

他回頭又對楊浩笑道：「楊欽差，今日咱們俱著常服，不論官場尊卑，圖的就是一個輕鬆自在。唐三說話就是這副德性，你習慣了就好，哈哈，我也不稱你大人了，免得你覺得拘束，你年歲比我稍長，我就稱你一聲楊兄，楊兄，請，請進……」

一進房去，嘩啦啦便站起幾位公子來，一個個都是一副衣冠不整的樣子，他們身旁那些嬌俏可愛的鶯鶯燕燕也都站了起來笑臉相迎，這些明眸皓齒的美人一個個釵橫鬢亂，看樣子方才沒少給這幾位公子揩油，只是這裡畢竟是偌大一個房間，又有這麼多人，不曾真的有人揮戈入巷，大肆殺伐罷了。

他們方才都已聽清這楊浩是欽差，不過他們的家世俱都不凡，而且西北人家只知折家，中原那位趙官家，目前在他們心中還沒有多大分量，所以雖然做出恭敬的樣子來，卻也不曾真的有所拘束。

折惟正四下一掃，奇道：「小秦呢？我明明使人叫他來赴宴的呀。」

唐三一臉笑容地道：「小秦來不了啦，他去我家討好母老虎去了，還不知今晚又要吃什麼苦頭，咱們都是風流子，偏他要扮情聖，自討苦吃，休咎他人。」說著那雙清秀的眉毛還挑了兩挑。他這番話無涉風流，本不該露出這樣的表情，不過他只要雙肩一翹，蕩意自來，天生如此，莫奈之何。

折惟正聽了便唏噓道：「這可憐孩子，找誰不好，偏喜歡了你家那頭母老虎，自作孽，不可活呀。來來來，咱們入座吃酒，不理那個廢物。」

眾人紛紛落座，自然請楊浩坐了上席，唐三少一推偎向他懷裡的那個嬌小玲瓏的美人道：「去去去，沒有眼力的，去把咱們楊兄侍候開心了便好。」

那姑娘的確十分美麗，五官精緻，身材嬌小，圓潤纖俏，如同一枚香扇墜子似地可愛。聽了唐三的話，她嫵媚地一笑，那雙會說話的大眼睛滴溜溜地向楊浩一瞟，便輕輕俏俏地向他走去。

折惟正剛剛落座，一聽這話便揮手道：「去去去，誰要你來操心？本公子已喚了人來，馬上就到。」

唐三洋洋得意道：「這挑女人嘛，本公子才是行家，我敢說，這房中諸美人，最會侍候枕席的，便是這位凝雪姑娘。嘿嘿，你們莫看她嬌小直如女童，相貌清純稚嫩，但她胸膛飽滿，腰肢柔腴，而且必定是個內媚的女子，枕席上的風月，那是顛狂得很吶。

哈哈，本公子一雙法眼，還會看錯了去，楊兄，你今夜試過了就知道了。」說著，他一雙淡眉又習慣性地挑了幾挑。

房中幾位姑娘聽了，都輕嗔薄怨地向他撒嬌，唐三左摟右抱，眉開眼笑。那香扇墜子似的凝雪姑娘聽了唐三的誇獎登時暈生雙頰，她以雪膩的手背掩著口輕笑，一雙美眉似嗔還喜地瞪了唐三一眼，那動作明明爛漫稚純，卻從骨子裡透出一股嫵媚的味道，令人心癢難搔。

可她翹臀一偏，擠到楊浩椅子上時，那軟綿綿、香噴噴的嬌軀往楊浩身上一靠，很大方地拉過他的手往自己纖細柔軟的小蠻腰上一搭，乜著杏眼瞟他一眼，笑得又媚又甜，那模樣分明就是望著自己最可意的情郎了。

楊浩明知這是歡場女子的手段，還是有些招架不住，被那香風一熏，玉體一靠，便有些心猿意馬起來。心中不由暗叫厲害：「難怪人說溫柔鄉是英雄塚，雖然……咳咳，我也算不得什麼英雄。可這女人的銷魂手段還真是了得。」

眾人坐定，那凝雪姑娘乖巧地幫楊浩布著菜，斟著酒，折惟正這才正式介紹了起來：「楊兄，我來介紹一下，這位叫唐威，這位是張非，這位是李澤皓，這位是童升典，還有這位方圓，他們有的是一方巨賈豪紳家的少爺，有的是我西北文武大員家的公子，都是久慕楊兄大名，今日特地趕來拜會的。」

「幸會，幸會。」楊浩與這些素不相識、也不曾久慕大名的公子哥兒們一齊拱手，露出一副假惺惺的笑容，其中唯有唐三淫蕩依舊……

＊　＊　＊

折子渝下了車，抬頭往樓上一看，輕哼一聲，握著小扇便往裡走，兩個身材魁梧、神態機警的彪形大漢立即緊隨其後。一位媽媽迎上前來，笑道：「喲，這位公子爺是頭一回光臨咱群芳閣嗎？」

她走近了一看折子渝的面相，神色便是一變，以她閱歷，如何看不出折子渝是個雌兒來。女人逛窯子？可能嗎？就算所謂的蜂窠（男妓館），也是專為男人服務的，哪有女人逛青樓的？除了來捉姦鬧事的。

折子渝止步俏立，身後一名大漢便超了過去，在那媽媽耳邊輕輕低語幾句，那媽媽聽了大吃一驚，驚慌地看了折子渝一眼，訥訥地便道：「奴家見過五……五公子，不知公子要奴家……奴家做些什麼？」

折子渝莞爾一笑道：「我那兩個不肖的姪兒進了哪間房？」

「回五公子，兩位少爺去了……去了天字號牡丹閣。」

「唔。」折子渝把摺扇一收，在掌心輕敲兩下，眉梢一揚，問道：「可有暗室通道？」

她以前常幫九叔管理情報，折家的情報機構下也設有青樓，青樓本就是打探情報的一個極佳所在。所以她知道一些青樓中的事，即便沒有搜集情報的特殊目的，青樓房舍也都有窺視孔，其目的很多，比如觀察剛剛馴服的性情比較貞烈的女子是否真的肯竭力服侍客人等等。

那媽媽本欲否認，一迎折子渝的目光，便乖乖說道：「有的。」

「好，帶我去。妳放心，本公子不會在妳店裡生事。」

那媽媽半信半疑，可是知道了她的真實身分，哪裡還敢有半分違逆的念頭？她乖乖帶著折子渝上樓。到了二、三樓之間的樓梯上，恰有一個布衣漢子往下走，與折子渝打個照面，彼此都是一怔，覺得有些面熟。

細細一看，那漢子忽地失聲道：「你是五……可是五公子當面？」

折子渝疑惑地問道：「你是……」

那人抱拳說道：「屬下劉世軒，廣原程將軍麾下，曾護送五公子返回府州。」

「啊！」折子渝想起來了，她蛾眉微微蹙起道：「你在這裡幹什麼？」

劉世軒忙道：「回五公子，屬下奉程將軍之命，目前在楊浩楊欽差面前行走，折府兩位少公子今日宴請楊欽差，所以……卑職就跟來了。」

折子渝微微一笑：「來的好，你跟我來。」說完與他錯身而過，劉世軒忙跟在後面。到了三樓拐過牡丹閣，進了一間僻靜小屋，兩個大漢守在外面，那媽媽引了折子渝和劉世軒進去，也不知在牆角扳弄了幾下什麼，伸手一揭，牆上便打開一道口子。

折子渝擺擺手，那媽媽忙識趣地退下，折子渝自那洞口看去，發現那小小洞口位置選的極是巧妙，對面房屋又大，所以自那小小洞口看過去，對面房中的一切幾乎一覽無遺，聲音也聽得清楚。似乎小洞開口處是對面房子的夾角處，外面置了屏風，屏風緊貼牆壁，這邊透過那屏風將對面看得清楚，對面卻很難發覺這個窺視口。

窺視口自斜對面正將那房中的主位完全映入眼底，而楊浩是坐在主位的。折子渝乍見楊浩，心頭忽然湧過一陣欣喜與親切，原本只是淡淡的思念，一種近乎純粹友情的思念，可是在見到他的那一剎那，忽然有所昇華，莫名的喜悅感一下子充溢了心頭，讓人渾身覺得溫暖。

但是眼簾一低，她就發現楊浩那隻大手正攬在凝雪姑娘的纖腰上，一股醋意情不自禁地便泛了起來，她恨恨地掩好洞口，扭身回頭問道：「我記得他叫丁浩，怎麼又改姓了楊？你們領著百姓不是往東去的嗎？怎麼又到了這裡？說來給我聽聽。」

劉世軒抱拳道：「遵命，五……」

「噤聲！」折子渝急忙喝止，悄悄打開牆上掩口往對面看了看，對面那一席人正談笑甚歡，不曾發現有異，這才放下心來，她重又掩好洞口，向劉世軒打個手勢，道：

「小聲些，細細說。」

劉世軒忙又應一聲是，他不但對一路上的遭遇一清二楚，就連楊浩殺人犯案，逃出霸州的前因後果也一清二楚。一同浴血疆場的戰友還有什麼不能說的？楊浩早將自己的遭遇原原本本地說與他聽了。

劉世軒將楊浩告訴他的話原原本本地說了出來，折子渝聽得大為動容。事情還是那些事情，可是從不同的人嘴裡說出來，用不同的方式說出來，聽在人耳中的感覺那是截然不同的。

折惟昌轉述程德玄的說法，講的是楊浩貪慕美色，使手段勾引了一個孀居婦人，又與她圖謀婆家產業，事情敗露，宗親開了祠堂，公審將那婦人浸了豬籠，楊浩挾怨報復，殺了人家婆婆和府上一個管事，然後逃到了廣原。而劉世軒娓娓道來，說得極是詳細。那是楊浩親口告訴他的，一字一句，都是他對冬兒的真情、對老娘的思念、對兄弟的牽掛，雖然劉世軒不是個說書的人才，那些話說出來，聽在比較感性的折子渝耳中，還是心潮起伏，漣漪蕩漾。

待劉世軒說到楊浩如何受人冤枉，眼看要被人燒死，也堅決不肯吐露真相以維護冬兒體面時，折子渝心中的些許醋意都一掃而空，她的臉龐騰起兩抹激動的紅暈，彷彿楊浩捨了性命也要維護的那個女子就是她一般。這樣重情重義、信如尾生的男子，哪個女兒家不為他的那分關懷體貼而感動？

待劉世軒說到羅冬兒挺身而出，受盡辱罵，直至被人浸豬籠時，折子渝的眸中隱隱溢出了淚光，兩隻粉拳都攥緊了。她天資聰穎、才學出眾，而且幫著九叔打理情報司，可謂見多識廣，可是像這樣的鄉間事情她幾時聽見過？此時聽在耳中，竟有一種不亞於戰場的慘烈悲壯。

聽到楊浩夜入董府，將那縱體合歡的一對狗男女一刀斃命時，折子渝拳掌一擊，低聲喝道：「殺得好！他若捨了仇人自己逃了，那他就是天下第一無良負心的大混蛋！」

百六八章　公子論道

「五公子說的是，楊浩這番作為，才是一條響噹噹的漢子！」

劉世軒微微一笑，又道：「不過，要是楊欽差只是為了心上人一怒殺人，縱然可讚，卻也不過是鄉野之間一條有血性的漢子。天下間因情殺人而一逃千里的亡命之徒比比皆是，劉世軒未必便肯敬佩他。可是接下來楊欽差一路上的所作所為，劉世軒看在眼裡實是心悅誠服，這一遭奉程將軍之命為他奔走，是劉世軒的榮幸，楊欽差若有吩咐，我們兄弟便是為他赴湯蹈火，那也是在所不辭了。」

折子渝動容道：「此話怎講？」

劉世軒便把楊浩如何奪節，如何西行，如何穿越死亡河道，如何在子午谷兩軍陣前飛騎救人，如何在逐浪川捨生斷橋，又復從河底爬上來的經過一一說起，折子渝聽得心潮起伏、熱血沸騰，待劉世軒說完，她整個人都痴了。

斷然奪節，那不止是大智，而且是大勇；為冬兒殺人，那是一己私情；為病童闖陣，那才是大道；逐浪川上，為保數萬生靈慷慨赴死，那是大仁大義之舉。折子渝聽得心潮澎湃，熱血沸騰，只恨不得當時自己也在現場，能親眼見證他從江底如紅蓮出水，浴火重生的那一刻，為他真心誠意地喝一聲「采」！

「你先下去吧！」折子渝沉默有頃，輕輕擺手：「今日見到我的事，不得說與任何人知道，包括那位楊欽差！」

「是，屬下明白！」劉世軒恭應了一聲，悄然退了出去。

房門一關，折子渝便又打開了那扇牆上小門，悄悄湊了上去。帶著一腔柔情與激動再看楊浩時，感覺便又不同，他放在人家姑娘纖腰上的大手似乎也不那麼礙眼了，仔細看看，好像倒是敷衍地搭著，嗯……一定是這樣。

自古英雄多風流，他能為一寡婦的清白名聲自陷死地而不辯白，能為一無親無故的病弱小童而衝上戰陣，能為數萬不相干的百姓而從容赴死，這樣的漢子，偶有逢場作戲之舉，在大戶人家出身、見慣了父兄風流的折子渝看來，不覺可惡，反覺這才是有血有肉、知情識趣的他了。

＊　＊　＊

對面，幾位公子正眉飛色舞地講著自己對女人的見解。男人嘛，吃的又是花酒，不談女人難道談人生、談理想？你把眾家公子當啥人了？

方圓把手探在一個美女懷中，大力揉搓著，揉得那女人臉上飛霞，嬌喘細細，他口中只道：「本公子就喜歡胸膛堅挺飽滿的，其他的嘛，倒不計較許多。」

張非翻個白眼道：「那是打小你娘就缺奶，還堅挺飽滿呢？你也不怕撲上去一頭悶死。」

童升典侃侃而談道：「以我之見，欣賞女人，當從四個方面著手，分別是眼睛、頭髮、身段還有腳。眼睛是否有神韻，對面部五官有畫龍點睛之效。至於一頭秀髮，乃是女人柔媚之根本，身段那是不用說了，豐乳、皓腕、纖腰、曲臀、膚色，可是這些都美的女人，未必便有一對美足，所以這是極品女子最難得的一點，因此依我之見，女子最美者，當屬一雙美足。嘿嘿，把玩一對纖秀動人的美足，那是只有充滿靈性與感性的人，才能意會其美感的呀。」

唐威笑咪咪地轉頭道：「澤皓兄今天怎麼了，有什麼不開心的事嗎？若有，不妨說出來，讓大家開心一下。」

李澤皓瞪了他一眼，打個哈欠道：「昨夜關撲一宿，實在是倦了，你們聊你們的，我打我的瞌睡。」

唐威便笑道：「我最喜歡的卻是美女的屁股。大而不肥，圓而不贅，滑而不膩，形如滿月的美臀，那才是我的最愛。試想一下，榻上一輪明月，增之一分則肥，減之一分則瘦，臀股肌膚滑若凝脂，在幽幽的燈光下看來粉光緻緻，唉，只消看上一眼，我就噴了……」

折惟信笑問道：「噴的是什麼？」

唐三眉毛挑了挑，嘻嘻笑道：「自然是鼻血，不然還能是什麼？」

幾個女人都掩口輕笑起來，唐三感慨道：「美臀之道，博大精深，路漫漫其修遠兮，吾將上下而求索。」

楊浩當即想到一個詞：「戀臀癖！這幾位，戀胸癖、戀足癖、戀臀癖都全了，我是什麼癖？」

剛想到這兒，折惟正已轉向他道：「楊兄，大家都已各抒己見，不知你有什麼高見呢？不妨說來聽聽。」

折子渝在那邊咬牙切齒地暗罵：「小混蛋，看我回去不收拾你。」嘴裡罵著，她的耳朵卻不由自主地豎了起來。

楊浩躊躇不好作答，凝雪姑娘吃吃地笑著，環住他的腰，把臉貼到他胸前道：「我家楊公子含蓄內斂，是個斯文君子，你們這麼問，他會不好意思的。」

眾人大笑，折子渝暗哼一聲：「狐媚子！」全然不覺自己話中的酸意。

楊浩臉上微熱，揉揉鼻子，才乾笑道：「我嘛……呵呵，我與唐兄所見略同，一楊風月，才能風情無邊嘛，其中意境，只可意會，不可言傳，呵呵……」

唐三拍手大笑：「不錯不錯，其中意境，正是只可意會，不可言傳。人生難得一知己，當浮一大白，來來來，咱們哥倆乾一杯。」

楊浩苦笑著舉杯飲盡，那間房裡折子渝聽他說與唐三一般皆好美臀，紅著臉輕啐一口，那隻手卻情不自禁地撫向自己臀後，悄然自問：「我的臀，可算是美麗的嗎？」

一念方生，她便面紅耳赤：「呸，不知羞的丫頭，胡思亂想些什麼了。」

* * *

酒過三旬，那些公子們便放浪起來，撫胸者撫胸，吮舌者吮舌，這邊皮杯款款迎送，那邊上下其手不得消停，折子渝雖是大方親和、不拘小節的一個姑娘家，還是看得面紅耳赤，可她又不願就這麼離去，便只把目光盯在楊浩身上。

楊浩的表現還算稍慰折姑娘的芳心，不曾像那幾個公子一般窮形惡相，可是……可是……可是……天殺的！他不去動那女人，那女人卻來動他啦！

楊浩也快受不了啊，這位香扇墜子般的凝雪姑娘哪裡是內媚？根本就是悶騷啊！見他局促，不肯相就，那位凝雪姑娘就使出手段主動投懷送抱，這也罷了，可是她那纖纖玉手竟趁人不備，從桌下直接探到了他胯下去，輕撫下體的手段如魚之吻，極有技巧，片刻工夫就撩撥得那金剛杵橫眉立目，躍躍欲試地想要施展手段降妖伏魔了。

凝雪姑娘見他本錢如此雄厚，也不禁春心蕩漾起來，姐兒愛俏，這漢子不止是俏，一副身軀強壯結實得很，若與他一夕纏綿，想必銷魂得緊，於是情挑手段更是頻頻施展。

楊浩不願與這歡場中女子一番風流，可是身體的本能卻又非他所能控制，眼看這樣下去，恐怕自己就要當場出醜。縱然自己還把持得住，同席的人卻越來越放浪，看著也不像話了，又不好板起臉來做那惹人厭的正人君子。

情急智生，楊浩忙飲一杯酒，喝得急了，卻灑了半杯在身上，正濺在凝雪姑娘臉上，凝雪哎呀一聲，酒液入眼，眼淚長流，忙取手帕擦眼。那一面折子渝看得輕輕一笑，好像解了氣似的。

楊浩搖晃著站起身，佯狂裝醉地道：「諸位，諸位，且聽楊浩一言。」

自打進了屋，楊浩就微笑隨和，不曾主動張揚過什麼，這時他一說話，那些公子們都不禁把眼望來，當然，該親的還是親，該摸的還是摸，他們是兩不耽誤。

楊浩正色道：「今日承蒙諸位公子款待，楊某感激不盡。這一路行來，幾番出生入死，今日能坐在這席上與諸位公子歡飲，又得幾位靈秀過人的姑娘侍酒，楊某真是感慨良多啊……」

楊浩說著，不禁唏噓幾聲，抬起手指，拭了拭那根本不曾流下來的熱淚，往虛空裡一彈，然後神色一振，慨然道：「這杯酒，楊某借花獻佛，還敬大家，多謝諸位公子今番相請的美意，祝各位公子榮華富貴，前程似錦。」

眾公子面面相覷：「這哥兒們喝多了吧？不就敬個酒嘛，怎麼還要搞得熱淚盈眶的？」他們只好吐出姑娘們的小雀舌，從姑娘們夾峙的雙峰間抽出手來，紛紛站起，舉杯應和。

楊浩笑道：「來，咱們斟滿酒，舉起杯，乾！」

一杯酒喝完，眾公子剛剛落座，楊浩又道：「諸位，我們在這裡歡歌宴舞，全賴永安軍節度使折大將軍保境安民之功。如今，折將軍親率大軍出征，正與叛亂的党項羌人作戰，這第二杯酒，我們敬奮鬥在抗羌剿匪前線的折大節度使和浴血奮戰的全體將士，祝折大將軍馬到功成、凱旋而歸。」

這一回楊浩提的是折御勳，折御勳的兩個兒子折惟正、折惟信一聽提起父親的名字來，就趕緊推開癱在懷裡的美人，正襟危坐，一臉嚴肅，一聽他說完，連忙雙手捧杯站了起來，其他公子們紛紛起身，只聽桌椅稀里嘩啦一陣響。

楊浩說的是折大將軍，那是府州之主，在他們心裡比趙官家分量還重，再加上面前又有折大將軍的兩個兒子，於是便連衣衫也都整了整，免得太過不堪。楊浩在這花酒席上，抬出這麼冠冕堂皇的理由敬酒，實是大煞風景，弄得那些在座的女子們坐也不是、站也不是，笑固然不合適，故作嚴肅好像又挺滑稽，一個個神情便有些尷尬。

楊浩道：「來，咱們斟滿酒，舉起杯，乾！」

這杯酒喝完，眾公子遲疑落座，不知道楊浩又要搞什麼花樣出來，這酒要嘛敬一杯，要嘛敬三杯，還很少出現二這個數字，要是連這他們都不知道，那這些公子們也太「二流」了。

果不其然，楊浩並未坐下，神色反而變得更加嚴肅，甚至有那麼一點神聖的感覺：「說起折大將軍，本欽差就不由得想起了當今官家。官家親征北漢，勞苦功高，為了替我大宋子民消除邊患，餐風宿露，身先士卒，有這樣一位好官家，大宋幸甚！大宋子民幸甚！我等幸甚哇！來……」

楊浩還沒說完，折惟正就悄悄擺手，那些姑娘們正覺得自己身為妓家，跟著一起站起不太像樣，可是人家端出欽差身分向汴梁城的趙官家遙表忠心，自己又不方便大剌剌地坐在那兒，一見折惟正手勢，她們如釋重負，趕緊起身作鳥獸散了。

楊浩笑容可掬，雙手捧杯，左右看了看，找準了東南方向，舉杯說道：「來，咱們斟滿酒，舉起杯……」

眾公子苦著臉互相看看，唐三少咧咧嘴，像牙疼似地跟著嚎了一嗓子：「乾！」

旁邊靜室裡，折子渝掩口輕笑，一雙大眼睛悄然彎成了嫵媚的月牙狀：「這個傢伙，看著成熟了許多，可是……還是像以前一樣，古靈精怪，作弄起人來，教人家恨不得、氣不得呢。」

她輕咬紅脣，盈盈起身，向那根本不知她之所在的楊浩甜甜地一笑，轉身走向門口。

今夜，她沒有白來。如果一個男人，在一個可以合理放縱的地方而不放縱，這樣的自律尤其可貴。且去，且去，心滿意足。

折子渝滿心歡喜地想：「如果你今夜不得已而留宿於此，與那歡場女子顛鸞倒鳳一番，我……我也不怪你就是了。」

步出房門，走向長廊，一提袍裾款款下樓的時候，折子渝忽想：「人家是妳的什麼人，妳去怪個什麼勁了？」一念及此，不禁滿臉紅暈。

出了群芳閣，步一天星月，搖一扇清風，子渝姑娘的心情忽然大好……

百六九章　唐家兄妹

一輛楠木華蓋的駟馬高車駛進唐府，唐威趿著一雙高齒木屐，大袖飄飄，披頭散髮，如晉漢狂人一般走下車來，搖搖擺擺地進了前廳，嘻皮笑臉地對老管家道：「小秦呢？走了沒有啊？」

唐府老管家忍笑道：「剛被大小姐罵得灰頭土臉地離開。三少爺，你勸勸大小姐吧，這般對待秦公子，實在是有些……咳咳……」

唐威聳肩道：「勸？如何勸法，闔府上下，誰不曉得那丫頭刁蠻？咱唐家男丁興旺，自打我爹那一輩起，這男丁一撥一撥地就生個沒完，就是女孩兒家少，到了我這一輩上就出了這麼一個丫頭，那些爺爺奶奶全拿她當寶貝看待，誰敢去招惹她？好啦好啦，我去哄哄她去。」

唐威趿著一雙木屐，「呱嗒呱嗒」聲中像隻鴨子似地奔了後宅，到了唐焰焰閨房，輕輕叩門，揚聲說道：「焰焰呀，小秦又怎麼惹妳不開心了，跟三哥說說。」

說著推門進去，就見唐焰焰坐在榻邊，小嘴高翹，正在那兒生悶氣。唐威笑嘻嘻地過去傍著她坐下，攬住她肩膀，像哥兒們似地緊了緊笑道：「妳生什麼氣呀？小秦這些天還不是一直在受妳的氣？妳不理他也就算了，哪有妳還生氣的道理？」

唐焰焰瞪起杏眼道：「本姑娘現在一看見他就有氣，行不行？」

「行，行，怎麼不行？」唐威嘆了一口氣道：「那妳說，到底生的是哪門子氣嘛，就為了上次他跟我們一起逛青樓？妹妹呀，這事妳還真得看開一點，妳還指望把他拴在褲腰帶上？他真心喜歡妳那就成了。在外面逢場作戲，難免的，男人嘛，啊……對不對？」

「對個屁！」唐焰焰氣鼓鼓地道：「我現在見了他就有氣，可不是衝著他逛過青樓，而是看不慣他。以前，我還不覺得什麼，現在越看越覺得這個傢伙淺薄無趣，他見了我會說什麼呀？就是講唐秦兩家如何門當戶對，我們兩人若是成了親，那是錦上添花，兩家更加壯大，我做了秦家少夫人會如何快活。

「我快活嗎？我快不快活他怎麼知道？這樣子就叫快活了？你看看人家，雖說出身卑微，做的是憂國憂民的事，存的是大仁大義的心，有情有義，說起話來也比他有味道：『你若心中是天堂，那便置身地獄也是天堂；你若心中是地獄，那便置身天堂也是地獄。』你聽聽，秦逸雲說得出這樣大有玄機的話嗎？哼！跟著那樣的人，哪怕餐風宿露，日日辛苦，也覺有趣。與這個胸無大志的傢伙在一起，真是談吐無趣，言語乏味，他跟人家一比簡直是一個天上、一個地上，你讓我怎不生厭？」

「咦，小妹呀，妳說的這個人家……是誰呀？」

「他……」

唐焰焰臉蛋一紅，眼神便有些躲閃，眼見唐威瞇起眼睛，滿是促狹的神情，她惱羞成怒起來，蠻橫地道：「要你管！說這話的人是一位上古聖人，你這不學無術的傢伙當然不知道，我問你，我叫你幫我教訓教訓那個楊欽差，你有沒有幫我去做？」

唐威收回手，懶洋洋地往妹妹的香榻上一躺，雙手枕臂，一雙超長的腿擱在地上，哼哼道：「去了，就是今晚去的。」

唐焰焰登時緊張起來，她看看哥哥，咬咬嘴唇，猶豫半晌才小聲問道：「你真去啦？」

「嗯，」唐威有氣無力地道，「不只是我去了，還有惟中、惟信、方圓、李澤皓他們一票子人，全都去了。唉，這通折騰啊，起來了坐下，坐下去又起來，可把我們累壞了。」

唐焰焰聽了臉便有些發白，過了半晌，她忽然咬著牙根在唐威大腿上狠狠掐了一把，唐威「嗷」的一聲就蹦了起來，呼痛道：「哎呀、哎呀，可痛死我啦，妳幹什麼呀我的小祖宗？」

「你……你……誰讓你那麼打他的，人家……人家只是叫你嚇唬嚇唬他嘛……」唐焰焰抽抽鼻子，眼圈一紅，淚珠就開始劈里啪啦地往下掉，她抽噎著道：「你們那麼多人，又大多是習過武的，要是把人家打壞了怎麼辦？他都倒下了，你們還要打，哪有這麼欺負人的？幹什麼呀你們……」

唐焰焰眼淚汪汪地站起來道：「我去看看他，你要真把他打壞了，我跟你沒完。」

唐威把頭髮一甩，翻了個大大的白眼道：「誰說我們動手打他啦？妳當妳三哥真是個棒槌啊。好歹他也是個欽差，不看僧面看佛面，我怎麼能動手打他？那不是自找麻煩嗎？」

「呃……」唐焰焰詫異，忙扯起袖子擦擦眼淚，問道：「那你說什麼坐下又起來，起來又坐下的，還把你們累死了，不是……不是打得他起來又倒下嗎？」

唐威苦笑道：「當然不是，是我們被他耍得站起來坐下，坐下去又站起來……唉，本來今晚想去群芳閣尋開心的，被他那三鞠躬跟拜死人似的，弄得全然沒了興致。」

唐焰焰破涕為笑，轉念一想，突又瞪起杏眼，吼道：「你帶他去青樓？」

唐威趕緊擺手道：「不是我、不是我，是折惟正那小子。誰想，找了幾個江南女子，本想著今晚可以享用一番水鄉女子的溫存，卻被那楊浩攪了局，只得各自回家，真是好生無趣。」

唐焰焰沾沾自喜地道：「我就說嘛，他跟你們這些紈褲子是大不相同的。」

唐威睨了她一眼，忽道：「小妹，妳是不是喜歡了那個楊浩？」

「嘁，我喜歡他？」唐焰焰嗤之以鼻，作不屑一顧狀。

她橫了哥哥一眼，忽然抽抽鼻子，有些心虛地問：「哥，我表現得有那麼明顯嗎？」

唐威搖頭道：「也不是太明顯啦。」

唐焰焰鬆了一口氣，就聽唐威又道：「要是瞎子，得聽了妳剛才的話才明白；要是聾子，得看了妳的表情才會看出來；要是又瞎又聾，那就只有嗅到妳一身的怨婦味才會恍然大悟啦。」

唐焰焰又羞又怒，抬腿就踢，唐威閃身躲開，哈哈大笑起來。

唐焰焰癟癟嘴，眼淚汪汪地訴苦：「哥，人家是喜歡他，可他不喜歡人家。你說怎麼辦好呢？人家……人家都對他表白過了，丟人丟大了……」

唐威哼了一聲，順手從懷裡摸出一個瓷瓶，說道：「哭什麼哭，咱老唐家的人，還有想要而得不到的？給妳！」

唐焰焰擦著眼淚接過來，莫名其妙地問：「這是啥？」

唐威傲然道：「春藥！」

唐焰又羞又氣，怒道：「滾你的烏龜大鴨梨，哪有給自己妹子這種東西的？」

唐威不以為然道：「這有什麼關係？兩情相悅、水到渠成的結果和霸王硬上弓的結果其實是一樣的，根據妳三哥我闖蕩多年的江湖經驗，我覺得第二種方法更加直接有效。等他成了妳的人，嘿嘿，妳若憐惜他，對他好一點也就是了。」

唐焰焰挺起胸膛道：「我唐焰焰是什麼人？喜歡了一個男人，就要他心甘情願地喜歡我才成。憑我的相貌人品，我就不信他不動心，不是說女追男，隔層紗嗎？哼，我寧可現在放下身段，對他低聲下氣一些，這些委屈，總有跟他算總帳的一天，這種下三濫的手段，也就你唐三才使得出來，我唐大姑娘根本不屑一顧！這東西……怎麼用啊？」

唐威一個趔趄，差點沒趴在地下。

* * *

唐威一出唐焰焰的房間，就見二哥唐勇正站在門口，一見他出來，立即豎指於脣，做了個噤聲的動作，唐威心領神會，兄弟二人不作聲地轉身，一前一後到了庭院中葡萄架下。

唐英回身說道：「三哥，我剛回來，聽說小妹又把逸雲罵走了，本想來規勸一番的。」

他微微蹙眉道：「你怎麼鼓動她去喜歡那個什麼楊欽差了。咱們唐家立足於西北，四大家中咱們只排名第三，若與秦家聯姻，那咱唐家立時就會成為四大世家之首，今後的勢力必然更形擴張。再說，從個人方面來說，逸雲其實也是一個良配，你在搞什麼鬼？」

唐威那副嬉皮笑臉沒個正經的模樣不見了，他肅容道：「二哥，這幾天你不在家，我跟大哥商議過唐家今後的發展。」

他一舉手便摘下一串葡萄，丟了一顆到嘴裡，繼續說道：「二哥，唐家今後不能只著眼西北，應該把眼光放長遠一些，往中原看了。」

唐勇神色微微一動，問道：「此話怎講？」

唐威道：「趙官家兵發北漢，此番雖是無功而返，但是北漢已名存實亡，縱有契丹人照應，恐怕也撐不了幾年了。大宋的勢力一旦到達北漢，咱們西北就被他半圍在當中了。想必你也知道，前不久官家給折將軍還有麟州楊將軍加官晉爵，要他們進京做官，這就是一個兆頭，官家要收服西北的兆頭。

「就算官家北有漢、南有唐，一時半晌不會對這裡動武，那也只是早晚之間的事。折將軍養匪自重，只能解一時危難，等到官家騰出手來之後……怎麼辦？所以，咱們得盡早與開封拉上關係，把生意往中原做。

「秦家與折家是姻親，走動一向比咱們親密得多，真要是小妹與逸雲成了親，那咱們唐家也就徹底打上了折氏的印記，想要投效開封，恐怕也要招官家忌憚猜疑，這聯姻不過是錦上添花之舉，無甚大用。一旦折氏不肯放棄西北，與朝廷兵戎相見，咱們就要受了牽連，還不如現在這樣若即若離的好。」

說到這兒，他笑了笑，把葡萄往與他長得有七分相似的二哥手裡一放，又道：「若是與開封建立了聯繫，咱們兩面逢源，不比現在保險嗎？小妹與秦逸雲交惡，這也好，讓她分分心，喜歡了旁人，也就澈底斷了秦家的念頭。小兒女之間分分合合，也不致使得秦唐兩家交惡。至於那位楊欽差，八字還沒一撇呢，若真成了，小妹開心固然好，他是官家親信，咱們唐家也多了一條路，有何不可呢？我和大哥談過我的想法，大哥也認可我的意思。」

唐勇這才明瞭，點頭道：「你說的有道理，居安思危，才是家族存續之道。」他眉頭一蹙，又道：「不過……你也太胡鬧了，怎麼能給小妹春藥呢？你在外面怎麼胡鬧都沒關係，但是在家裡，做兄長的總得有點兄長的樣子。」

唐威剛想解釋，就聽小妹房中發出一聲咆哮：「唐威，你個殺千刀的，竟拿『消食健脾丸』來誆我！」

唐威一聽，急忙溜之乎也。房門一開，霍地閃出一個俏麗的身影來，唐勇逃跑不及，乾脆蹲到了葡萄架下……

＊　＊　＊

驛站裡，葉之璇被阻在門外，直到壁宿得了消息趕出相迎，才把他接了進去。葉之璇牢騷滿腹地道：「本公子雖是個平頭百姓，可是這一番是為欽差效力，也算半個公人啊，那些狗眼看人低的東西，竟不放我進來。要不是欽差吩咐，讓我把人送到以後一定回來見他一趟，我才懶得上這兒來受那些小人的鳥氣，囊中有錢，什麼樣的客棧我住不起？」

壁宿笑道：「好啦、好啦，不要發牢騷了，咱們這個欽差不也是匆匆上任，沒有什麼信物交給你嗎？欽差赴宴去了，來來來，到我房中先歇了，一塊喝茶。那些百姓們怎麼樣了？欽差可一直牽掛著他們。」

壁宿道：「說起那地方還真不錯，野草豐美，沃野千里。有山有水，有湖有島。依我看來，再安置十萬人去也輕鬆得很。李員外已先行趕了去，在那嶺上依山挖掘窯洞，築造土牆。他們架了幾十口大鍋熬煮糯米湯子，摻在那黃土裡築的牆，據說硬得都能用來磨刀子。

「這活輕鬆，房子造得也快，只是大多沒有烘烤過，有點潮，好在現在是夏天，願意住就進去住，不願意就先在野地裡歇著，散了潮氣再入住也是一樣的。唉！看得我真是羡慕呀，幾乎不費什麼材料建的房子，回頭向朝廷要錢，那可是磚瓦木料什麼都算的，李員外賺得是缽滿盆滿，還是有當官的做靠山發財容易呀。」

璧宿笑道：「你羨慕什麼，這一遭你為欽差奔走，不也靠上了一個官？就算楊欽差不去廣原做官，朝廷邸報對你大加褒獎一番，還怕廣原官吏以後對你家沒有個照應？」

葉之璇轉嗔為喜，眉開眼笑地道：「這話有理。不過……那地方什麼都好，就是有一點不妥，我是聽那自稱姓木的老者說的，他說那地方北接麟州，南接府州，西接夏州，正在三方勢力交界之處，一旦有了戰事，那地界就是首當其衝，恐怕……不是善地。」

璧宿動容道：「竟有此事，待欽差回來，這一條，你可千萬記得要跟他說說。」二人正說著，楊浩已然乘車回來了。

楊浩藉醉退席，剛回驛站，璧宿便帶著葉大少進了他的房間。三人落座，聽葉大少介紹了那裡的情形，楊浩不禁蹙起眉頭，在房中慢慢地踱起步來。

葉之璇補充道：「党項七部正在作亂，那個木姓老者說，党項八部中的野亂氏，距那蘆河嶺最近，快馬只需兩到三天的路程。這一氏族最是桀驁，蘆河嶺突然出現數萬漢民，恐怕他們會來生事。」

或許少數民族對八這個數字有特別的好感？契丹有八部，党項有八氏，後來的女真人有八旗。相對於契丹八部，党項八氏發展比較平穩一些，党項八氏中第一氏是拓跋氏，唯一這一氏是後融入羌人的，他們本來是鮮卑族，論起遠近，其實和府州的折氏反而更近一些，祖上系出一源，都是鮮卑皇族。不過鮮卑人所建的北魏滅亡之後，鮮卑族日益凋零，拓跋氏漸漸便融入了党項羌族。

党項八氏中，拓跋氏人數最少，可是他們曾經是入主中原的皇族，既保持著草原部落的剽悍，又有著落後的党項羌人所不具備的政治頭腦、經濟頭腦，所以融入党項羌族之後，後來居上，一躍成為党項八氏之首，其餘七部那些真正的羌人反而屈居在他們的統治之下。

他們本來族群文化就有差異，拓跋氏對其他七部盤剝得又太狠，所以七部時常起來叛亂，打得贏就出一口氣，打不贏就認輸，等到下次忍無可忍了再起來反叛一次，如此週而復始，已成家常便飯。

党項七部的驍勇是毋庸置疑的，但是缺少兵器糧草，缺少統一的指揮，缺少一個真正能統領全局的統帥，一盤散沙再能打仗，也不是夏州拓跋氏的對手，每逢戰亂一起，為了保障糧草供應，這些窮得像叫化子似的党項羌人就來劫掠漢人邊境，幾成定律，是以李光岑的這種擔心和推測不無道理。

楊浩聽了葉之璇的話，已經澈底明白了折大將軍的意圖。折大將軍在擔心這些漢民的遷入會對他不利，如果朝廷一旦派駐流官，動搖了他的根基，那時就要借刀殺人，將這處於三方勢力交界處的勢力剷除。如果朝廷不想借這數萬百姓搖撼他的根基，那他就不妨扶持一把，在三方勢力中間扶持一個親折氏的緩衝勢力。避免與党項人直接衝突。可是這樣一來，那些好不容易逃出一劫的北漢百姓，不是被人又放到了一個隨時可能爆發的火山口上嗎？

楊浩沉吟良久，霍地抬起頭來，一字一句地道：「明日一早，我去見那永安節度留後……折御卿！」

《步步生蓮》卷五奪此千竿一池碧完

GOBOOKS
& SITAK
GROUP©